KB241814

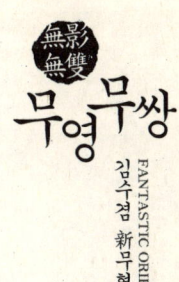

無影無雙

무영무쌍

FANTASTIC ORIENTAL HEROES

김수겸 新무협 판타지 소설

무영무쌍 2

김수겸 新무협 판타지 소설

초판 1쇄 찍은 날 § 2008년 7월 30일
초판 1쇄 펴낸 날 § 2008년 8월 11일

지은이 § 김수겸
펴낸이 § 서경석

편집장 § 문혜영
편집책임 § 서지현
편집 § 이재권

펴낸곳 § 도서출판 청어람
등록번호 § 제1081-1-89호
등록일자 § 1999. 5. 31
어람번호 § 제2-1550호

주소 § 경기도 부천시 원미구 심곡1동 350-1 남성B/D 3F (우) 420-011
전화 § 032-656-4452 팩스 § 032-656-4453
http://www.chungeoram.com
E-mail § eoram99@chollian.net

ⓒ 김수겸, 2008

ISBN 978-89-251-1426-2 04810
ISBN 978-89-251-1424-8 (세트)

※ 파본은 구입하신 서점에서 교환하여 드립니다.
※ 저자와 협의하여 인지를 붙이지 않습니다.
※ 이 책은 도서출판 청어람과 저작자의 계약에 의해 출판된 것이므로,
  무단 전재 및 유포·공유를 금합니다.

無影無雙

무영무쌍

김수겸 新무협 판타지 소설
FANTASTIC ORIENTAL HEROES

② 악연

目次

第一章
절대지검 。

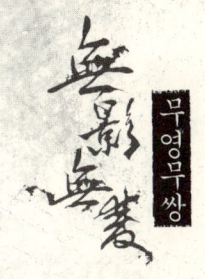
무영무쌍

검성 남궁유수는 조용히 눈을 감고 있었다.

강호의 배분이나 강호에서의 위치를 감안하면 자신이 직접 나서 일을 처리하는 것은 그리 적절치 못했다. 또 모용천산과 모용위국 무사들의 경박한 언행이 썩 마음에 들지도 않았다.

'쯧쯧, 저래서야 어찌 당당한 정파의 무사라 할 수 있겠는가? 모용세가는 여전히……'

모용세가가 정파 무림맹에 속해 있다고는 하나, 이문을 추구하는 과정에서 사파들이나 할 법한 행위마저 서슴지 않았다. 그래서 그는 모용세가 사람들을 적잖이 멀리 하고 있던 차였다.

하지만 모용가의 모용천산이라는 아이가 마음에 들든 안 들든, 모용세가에 대한 자신의 생각이 어떻든, 함께 청설위국을 추궁하러 온 모용천산이 정체 모를 청년의 검에 목이 날아가게 방관할 수는 없었다.

남궁유수가 손가락 하나 까딱하지 않았음에도 그의 손에 들려 있던 검집에서 검이 뽑혀 나왔다. 그러더니 눈 깜짝할 사이에 허공을 갈랐다.

남궁세가를 상징하는 청죽(靑竹)이 선명하게 새겨진 그 검은 모용천산의 목을 베려던 구양소유의 검을 향해 곧장 날아갔다.

팅!

짧지만 선명한 금속음이 울렸다. 남궁유수의 검이 구양소유의 검과 그대로 맞부딪쳤다.

찌릿!

모용천산의 목을 베려다 뜻을 이루지 못한 구양소유는 손목을 타고 흐르는 강렬한 고통을 느꼈다.

뚝뚝!

검파를 움켜쥐고 있던 그의 손에서 살점이 뜯겨 나가 핏물이 떨어졌다.

구양소유는 자신을 방해한 검의 주인이 누구인지를 너무나 잘 알고 있었다.

단 한 사람밖에 없었다.

'손목에 금이라도 간 것 같군. 단 한 번의 부딪침으로 이렇게 되다니… 역시 검성은 검성인가?'

그는 맞은편에 조용히 눈을 감고 서 있는 백발의 노인을 바라봤다. 그가 기운을 쏘아내자 그때까지도 조용히 눈을 감고 있던 검성이 마침내 눈을 떴다.

검성이 그와 눈을 마주쳤다. 구양소유가 크게 웃었다.

"하하하! 오늘 이 사람이 천하의 검성께 도전을 하고자 하오."

그는 검을 든 상태 그대로 가볍게 포권을 하더니 검을 고쳐 잡았다.

"모용가의 쥐새끼, 네놈 어깨 위 물건은 오늘부로 내 소유다. 그러니 내가 가지러 갈 때까지 엉뚱한 놈에게 바치지 말고 간수 잘해라. 훗!"

그는 오줌까지 지린 채 바닥에 주저앉아 있는 모용천산을 비웃더니 앞을 향해 뚜벅뚜벅 걸어갔다.

"무엇 하느냐? 청설위국 놈이 먼저 검을 뽑았다. 모두 저놈을 쳐라!"

구양소유를 청설위국 사람으로 착각한 모용방산이 명했다. 그러자 모용위국 무사들이 일제히 검을 빼 들고 그들이 자랑하는 북풍진을 형성하기 시작했다.

"남궁위국 무사들은 보고만 있을 셈이냐? 청설위국이 저렇게 나온 이상 대화는 끝났다!"

남궁위국주 남궁수가 검을 뽑자 남궁위국 무사들 역시 검을 빼 들었다.

이백이나 되는 무사들이 당장에라도 구양소유를 향해 달려들 기세였다. 그때까지 멀리서 지켜만 보고 있던 질풍대주 천강수 역시 더 이상 관망만 하고 있을 수는 없었다.

"소국주에게 살인 혐의를 씌우고 그도 모자라 우리 청설위국을 핍박하려 드는 저 오만한 무리들에게 따끔한 맛을 보여주자!"

천강수는 돌연 자신들을 청설위국 소속이라 밝히며, 질풍대와 함께 두 위국 무사들을 향해 돌진했다.

그런데 그 소리에 깜짝 놀란 것은 국주 장원교 곁에 서 있던 청설위국 사람들이었다.

"저들이 왜 우리 청설위국 사람임을 자처하지?"

막청송이나 조자한처럼 청설위국에서 잔뼈가 굵은 이들의 반응은 대체로 그러했다.

위국 식구들의 얼굴 중 그들이 모르는 얼굴이 존재할 수 없다. 그런데 지금 청설위국 사람들을 자처하는 저들의 얼굴은 분명 위국 식구의 얼굴이 아니었다.

하지만 금동의 생각은 조금 달랐다.

'북경에서 다섯 손가락 안에 드는 두 위국이 몰려왔음에도 국주는 눈 하나 깜짝 하지 않았어. 달리 크게 믿는 바가 있지 않고서는 도저히 그럴 수가 없지. 그런데 국주의 그런 반응을 입증하기라도 하듯 위국이 위기에 처하자 때맞춰 등장한 저 무리들은…….'

금동에 이어 목개 또한 머리를 굴렸다.

'살왕 막주님이 위사를 자처한 것도 그렇고, 이 위국에 무언가 깊은 사연이 있을 거라는 것쯤은 진즉부터 예상하고 있었다. 어쩌면 저들은 청설위국이 비밀리에 숨겨둔 한 수일지도 모른다.'

비밀리에 숨겨둔 한 수!

저들은 분명 청설위국이 이럴 때 쓰려고 숨겨둔 비밀 위사 내지는 비밀부대일 것이라는 게 목개의 판단이었다.

목개가 눈을 또르르 굴려 막청송과 조자한에 이어 국주 장원교를 바라봤다.

'두 대위사가 놀란 척하고 있지만, 이 목개의 날카로운 눈까지 속일 수는 없지. 게다가 두 사람과는 달리 특별한 반응을 보이지 않고 침착하기 그지없는 국주만 봐도 그림이 다 그려진다. 그나저나 놀란 척하는 두 대위사의 연기는 무척 어설프구나.'

그는 속으로 그리 생각하더니 순식간에 난전으로 빠져든 광경을 지켜봤다.

남궁위국과 모용위국 무사 수는 이백, 반면 청설위국이 숨겨둔 한 수쯤 되는 저 비밀 위사들은 고작 스물에 불과했다.

숫자만 놓고 보면 상대가 비밀 위사들을 잘근잘근 짓밟아줘야 했다.

그러나 놀랍게도 비밀 위사 개개인의 실력은 장난이 아니었다. 자신이나 금동 형님 못지않아 보였다. 비밀 위사 한 명이 적 열을 너끈히 상대하고도 남았으니.

'꿀꺽! 저런 고수들을 보유하고 있었다니. 이놈의 위국, 혹시 천하사패 중 한곳이 북경에 비밀리에 설치한 지부 아니야?'

목개가 적잖이 놀라고 있는 사이, 금동은 큰 목소리로 소리쳤다.

"하하하! 별것도 아닌 녀석들이 쪽수만 믿고 감히 우리 대청설위국에 도전하다니. 얘들아, 모조리 쓸어버려라. 인정사정 보지 말고 짓밟아줘라! 오늘 저것들을 누르고 그 여세를 몰아 남궁위국과 모용위국의 현판까지 떼어버리자꾸나!"

십만마교 질풍대가 청설위국 소속임을 자처했다. 그러니 단순하기 이를 데 없는 금동이 그에 대해 전혀 의심하지 않을 수밖에.

그런데 그런 금동의 목소리는 지금 이 자리에 모여 있는 이들 모두가 다 들을 수 있을 정도로 컸다.

'젠장! 청설위국이 이렇게 강할 줄은 미처 예상하지 못했다. 이건 말도 안 된다. 하나하나가 본 가의 정예인 창룡십팔검수 못지않은 고수들이라니.'

남궁수는 어느새 겁을 집어먹고 있었다.

제아무리 요즘 북경제일도 장철웅을 배출해 명성을 떨치고 있다 해도 청설위국 전체의 힘은 별 볼일 없다 생각하고 있었다. 그러나 막상 부딪쳐 보니 위사 하나하나의 실력이 상상을 초월했다.

'후퇴해야 하나⋯⋯.'

십만마교 질풍대의 실력이 어찌나 대단했던지. 얼마 싸워 보지도 않고 그가 후퇴부터 생각하고 있을 때였다.

멀리서 이 싸움을 지켜보고 있던 천상루주도 고개를 갸웃거리고 있었다.

"저들의 실력은 도저히 일개 위사들이 갖출 수 있는 수준이 아닌데⋯⋯."

게다가 그녀는 잔뜩 경이에 찬 눈으로 두 절대고수의 대결을 바라보고 있었다.

"천하의 검성을 맞상대로 한 발자국도 물러서지 않고 있는 청년 고수라니!"

그녀의 시선이 가리키는 곳에서는 검성 남궁유수와 정체불명의 청년 고수가 격전을 벌이고 있었다.

이 대결은 참으로 단순했다. 경천동지할 초식도, 신출귀몰한 재주도 없는 평범한 싸움처럼만 보였다. 하나 천상루주의 눈에는 다르게 보였다.

저처럼 험악한 싸움은 근자에 보기 드문 것이었다!

'검성이 우세를 잡고 있기는 하다. 하지만 저 청년 고수 역

시 그 상대를 찾아보기 힘들 정도로 대단하다. 차세대 천하제
일검이라 해도 손색이 없을 실력. 대체 누가 있어 저런 대단
한 고수를 키워냈단 말인가?

"어찌 청설위국에 저런 고수가 숨어 있던 사실을 모르고
있었단 말인가?"

그렇게 묻는 그녀의 음성에는 은은하게 분노가 섞여 있었
다. 그러자 언제나 그녀를 수행하고 있는 백의사내가 어깨를
움츠리며 답했다.

"청설위국에 대해 알아보는 것을 최우선 순위에 놓겠습니
다."

"마땅히 그래야 할 것이야. 자칫 청설위국 하나로 우리 계
획이 송두리째 흔들릴 수도 있으니."

"명심, 또 명심하겠습니다."

수하를 가볍게 질책한 그녀의 눈은 이제 청설위국 국주 곁
에 서 있는 한 노인에게로 향했다.

'그리고 저 노인, 아무래도 낯이 익어. 어디서 봤더
라…….'

그녀는 떠오를 듯 말 듯 계속 머릿속을 간질이는 노인의 얼
굴을 두고 한참이나 고개를 갸웃거렸다.

"인아, 저것들은 대체 어디서 나타난 종자들이냐?"

천상루주의 머릿속을 괴롭히고 있는 장본인인 당막천이
다른 사람들은 들을 수 없는 목소리로 세인에게 물었다.

"글쎄요……."

"그나저나 저 녀석들 덕에 번거로운 일 하나 덜게 생겼구나. 그런데 남궁 늙은이가 꽤 고전하고 있는 것 같구나."

당막천은 구양소유를 상대하며 진땀을 흘리고 있는 남궁유수를 가리켰다.

"그러게 말입니다."

"흐흐흐! 저 늙은이, 고생하는 거 보니 왠지 고소하다는 생각이 다 드는구나."

"하지만 이대로 계속되면 결국 검성 어르신이 이길 겁니다."

당막천도 동의했다.

"뭐, 그건 그렇다만. 남궁 늙은이의 검도 여전히 녹슬지 않았구나. 하긴 저 늙은이나 나나 아직 한창때이니. 암, 그렇고말고."

한창때라는 말에는 절대 동의하지 않지만 뭐 그러려니 했다. 당막천이 또, 자신의 나이는 마흔하나이며 앞으로 한 오십 년은 끄떡없을 것이고, 지금부터가 자기 인생의 황금기라는 둥 하는 그런 얘기는 별로 듣고 싶지 않았다.

"그래도 꽤 놀랍군요. 저 젊은 나이에 검성과 맞상대를 할 수 있는 고수가 있다는 사실이요."

"허허! 다른 사람은 몰라도 네가 그런 말 하면 안 되지. 너는 저 녀석보다 몇 살은 더 어린 나이에 남궁 늙은이와 검을 섞지 않았느냐?"

세인이 빙그레 웃었다.

"누가 그럽니까? 제가 검성 어르신과 검을 섞은 적이 있다고."

"우리 세계에는 소문 다 났다, 이놈아."

"우리 세계요?"

"그런 세계가 있지. 하수들은 모르는 고수들만의 세계가. 흐흐흐! 그런데 말이다, 남궁 늙은이도 당연히 네 녀석이 짓밟아줬겠지?"

당막천은 잔뜩 기대하는 눈치였다. 세인이 검성도 꺾었다고 말해주기를 간절히 바라는 얼굴이었다. 자신은 세인에게 졌는데, 검성이 세인을 이겼다면 이는 그의 자존심에 크게 상처를 입히는 일이었다.

"글쎄요……."

"이 녀석이 또 사람 애간장 끓이게 만드는구나. 너와 나 사이에 감출 게 뭐 있다고 그러느냐. 나만 알고 있을 테니, 조용히 알려다오."

세인이 미소를 지으며 당막천의 귓가에 입을 가져다 댔다.

"그게 말입니다……."

"헉! 저쪽에 싸움 났다!"

북경에 도착한 후, 사람들에게 물어물어 청설위국을 찾아오던 왕팔이 죽은 아비라도 되살아온 양 기뻐 소리쳤다.

"여보쇼, 저기 싸우고 있는 인간들 대체 누굽니까?"

왕팔이 한참 싸움 구경에 몰두하고 있던 구경꾼 하나에게 물었다.

"그것두 모르슈? 남궁위국과 모용위국이 청설위국을 요절낸다고 와서 크게 한판 붙은 거요."

"에계. 난 또 뭐라고. 고작 위국 나부랭이들이 싸우는 거였네."

순간 활활 불타올랐던 왕팔이 급 실망한 표정을 지었다.

"위국 나부랭이? 여보쇼, 당신 이곳 사람 아니지요?"

"그건 그렇소만."

"내 그럴 줄 알았지. 그런데 북경에서는 위국 서열이 바로 문파 서열이나 마찬가지라오. 북경에는 강호 문파가 존재하지 않으니 그 자리를 위국이나 표국이 대신하고 있소. 그 얘기는 곧 다른 곳 같으면 강호 문파들이 차지할 이권들을 위국이나 표국이 몽땅 갖게 된다는 얘기라오. 명예도 명예지만, 앞으로 들어올 어마어마한 은자를 누가 갖게 되느냐를 놓고 저들이 싸우는 거라오."

구경꾼은 이 싸움에 숨겨진 의미를 정확히 파악하고 있었다. 겉으로는 남궁가와 모용가의 사람이 죽은데 대한 복수를 내걸고 있지만, 싸움이 벌어진 원인은 결국에는 이권 다툼이었다.

"듣고 보니 가벼이 볼 싸움은 아닌가 보네요?"

"그렇소. 남궁위국은 북경에서 두 번째, 모용위국은 네 번째 혹은 다섯 번째로 꼽히는 곳이오. 그런 두 곳이 손을 잡고 청설위국을 치겠다며 무사들을 몰고 왔으니 대단한 구경거리가 아니겠소?"

"그럼, 청설위국은 몇 번째나 되는 위국이오?"

"청설위국은 요새 급성장한 위국이라 평가가 분분하오. 뭐, 오늘 싸움이 끝나고 나면 정확히 알게 될 거요."

그렇게 말한 구경꾼이 곧 감탄사를 내뱉었다.

"허! 대단하구만. 저리도 숫자 차이가 크게 나는데도 청설위국이 전혀 밀리지 않아. 근자에 사람들이 청설위국, 청설위국 하며 입에 침이 마르도록 칭찬을 하는 데는 다 이유가 있었군그래."

그 구경꾼뿐만 아니라 주변에는 일천에 가까운 이들이 눈을 치켜뜨고 싸움을 구경하고 있었다. 그들은 때로는 환호하며, 때로는 누가 크게 다치기라도 하면 안타까운 탄성을 내지르기도 했다.

그런 구경꾼들이 쑥덕거렸다.

"누가 이기든 남궁위국과 모용위국은 크게 타격을 입겠군그래. 지금 부상을 입어 땅에 쓰러져 있는 이들 태반이 두 위국 무사들이니 말이야."

지금 땅바닥에 쓰러져 신음하고 있는 무사들은 크게 다친 상태였다. 제아무리 빨리 회복된다 해도 몇 달은 제대로 요양해야 할 듯싶었다. 위국의 재산은 바로 저 위사들, 위사들이 다치는 것은 위국에 크나큰 타격으로 작용할 터였다.

"그러게. 그나저나 오늘부로 북경의 위국 서열을 다시 잡아야 하겠는걸? 남궁위국이나 모용위국 둘 중 하나와 일대일로 싸웠으면 청설위국이 진즉에 승리했을 테니 말이야."

사람들은 수적 열세에도 불구하고 잘 싸우고 있는 청설위국을 연방 칭찬하고 있었다.

그 얘기를 듣고 있던 왕팔이 중얼거렸다.

"청설위국이라… 기억해 둬야 하겠는걸?"

왕팔 또한 반드시 기억할 이름이라고 생각하며 잊지 않게 몇 번이나 그 이름을 반복했다.

그런데 그와 동행했던 미랑이 그런 왕팔을 보며 갑자기 머리를 감싸 쥐었다.

"팔아, 너 정말 청설위국을 몰라서 이제야 기억하겠다고 하는 거니? 지금 그 말 농이지?"

"무슨 농? 북경 사람도 아닌 내가 어찌 청설위국을 알겠어?"

"아이고, 머리야. 팔아, 대주 형님이 있는 곳이 어디라 했었지?"

"그게 그러니까……."

왕팔은 잠시 머리를 굴리더니 곧 무언가 생각났다는 듯 크게 손뼉을 쳤다.

"아, 맞다! 청설위국이었다."

"그래, 이 무식아! 그 청설위국이 바로 저 청설위국이야."

"젠장! 그럼, 이러고 있을 때가 아니지. 형님이 저 안에 있을지도 모르는데 마땅히 이 왕팔도 한 손 거들어야……."

거한 왕팔이 바글바글 몰려 있던 구경꾼들 사이를 순식간에 뚫고 지나갔다. 크게 둔할 것처럼 보이는 거구에 전혀 걸맞지 않게 무척이나 민첩한 몸놀림이었다.

"나도 간만에 몸이나 풀어볼까?"

미랑 역시 그렇게 말하더니 긴 다리를 이용해 허공에 떠올랐다. 그녀는 우아한 한 마리 학처럼 하늘을 날아 한참 싸움이 벌어지고 있는 곳으로 향했다.

"팔 형님이랑 랑 누님도 참. 보아하니 우리가 낄 싸움도 아닌 것 같은데……."

소녀보다 더 아름다운 용모를 가진 미소년 소운 역시 그렇게 말하면서도 결국에는 두 사람의 뒤를 따랐다.

'이러다가 우리 쪽도 몇몇은 크게 다칠 수 있겠어.'

한참 싸움에 열중하고 있던 질풍대주 천강수는 현재 상황을 그렇게 파악하고 있었다.

젊은 혈기에 검성과 겨뤄보겠다고 나선 이공자 구양소유를 보호하기 위해 어쩔 수 없이 나선 싸움이었다. 그렇다고 무림맹 세력권인 이곳 북경에서 자신들을 십만마교 소속이라 밝힐 수도 없었다.

어차피 청설위국의 싸움이니 자신들을 청설위국 소속이라 둘러대고 나섰던 것인데, 정작 당사자인 청설위국 쪽에서는 싸움에 나설 기미도 보이지 않았다.

'왜 청설위국은 나서지 않는 것인가?'

그는 왜 청설위국이 싸움에 나서지 않는지 궁금해하는 동시에, 어이없게도 정작 자신들의 싸움을 나 몰라라 하고 있는 청설위국에 분노를 느끼고 있었다.

'이러다 자칫 크게 피를 볼지도 모른다.'

대규모로 싸움이 붙었다지만 이제껏 죽은 사람은 한 명도 없었다. 이것에도 나름의 이유가 있었다.

무슨 이유로든 북경에서는 대놓고 살인을 해서는 안 된다. 그것을 잘 알고 있는 남궁위국이나 모용위국은 물론 자신들 역시 처음부터 살인만은 절대 피하고 있었다.

하지만 싸움이 격해지다 보면 이성보다는 본능이 더 크게 작용하는 법이다. 살인을 피하고 있다지만, 자칫 실수로라도 누군가 죽기라도 한다면 그때부터는 대규모 유혈 사태가 벌어질 것이 불을 보듯 뻔했다.

이렇게 싸움을 하는 것 자체를 관부에서 곱게 보지 않을 터다. 게다가 누군가 죽어나가기 시작하면 관련자들은 모조리 관부의 추적을 받게 될 터였다.

그것만은 결단코 피해야 했다.

'제대로 싸웠으면 금세 끝낼 수 있었던 싸움인데……'

십만마교의 무공들은 애당초 사람을 죽이기 위한 것들이지 제압하기 위한 용도가 아니었다.

상대를 죽이지 말아야 한다는 족쇄만 없었다면 진즉에 끝낼 수 있는 싸움이었다. 질풍대 입장에서는 지금 손발이 묶인 채 싸움을 하고 있는 듯한 느낌이었다.

'이공자가 검성과 치열하게 싸우고 있는 상황에서 우리가 몸을 빼면 이공자의 생사를 보장할 수 없다. 하지만 그렇다고 우리 질풍대가 이렇게 손발 묶인 채 해야 하는 싸움에 계속 빨려 들어갈 수만도 없지 않은가?'

그는 남궁위국 무사 하나를 칼등으로 강하게 후려쳐 정강이뼈를 부러뜨린 후 청설위국 쪽을 바라봤다.

'저들이 도와주면 금세 정리될 수 있을 텐데……'

확실히 상황은 자신들 쪽이 유리했다. 단지 자신들의 수가 부족해 압도적으로 밀어붙이질 못하고 있을 따름이었다.

청설위국에 화도 내며, 천강수와 십만마교 질풍대가 이러지도 저러지도 못하고 있을 때였다.

바글바글 몰려 있는 구경꾼들 사이에서 거한과 여인, 소년 하나가 갑작스레 뛰쳐나왔다.

거한은 꼬리에 불이 붙어 미친 듯이 날뛰는 황소처럼 돌진해 오더니 두 위국과 질풍대 무사들이 뒤엉켜 있는 곳을 단박에 돌파했다.

거한은 주변에 보이는 이들을 통나무 뽑듯이 들어 올려 하늘로 크게 집어 던졌다. 처음에는 남궁위국과 모용위국 무사들을 향해 공격하는가 싶더니 이제는 질풍대 무사들까지 가리지 않고 닥치는 대로 내던지고 있었다.

'저치는 뭔가?'

천강수가 의문의 거한을 바라보고 있을 때였다.

다리 양쪽이 탁 트인 치마를 입고 있어 한 걸음 움직일 때마다 허벅지가 훤히 보이는 여인이 허공에서 손짓 한 번으로 열 개가 넘는 체대를 사방에 흩뿌리고 있었다.

"윽! 윽!"

그 체대에 사지관절이 휘감긴 이들은 조종하는 줄에 매달린 꼭두각시 인형처럼 이리저리 부자연스럽게 움직이기 시작했다.

우드득! 우드득!

그러더니 곧 팔다리가 부러져 바닥에 고꾸라졌다.

그리고 마지막에 등장한 예쁘장한 소년은 뒤엉켜 있는 무사들 사이를 유령처럼 미끄러져 나갔다.

탁! 탁! 탁! 탁! 탁!

그와 동시에 소년의 팔이 빠르게 움직였다. 그때마다 소년이 들고 있는 철로 된 판관필에 혈도를 찍힌 무사들이 사지가 마비돼 그 자리에서 석고상처럼 굳어버렸다.

그 광경을 목격한 천강수는 적잖이 놀랐다. 아니, 그들의 빼어난 실력에 크게 놀랐다.

'저들이 적이라면 우리 질풍대는 여기서 한 사람도 빠져나가지 못 하리라⋯⋯.'

불과 셋에 불과했으나, 그들을 보는 천강수는 난생처음 공포라는 감정과 대면하고 있었다.

"저 미친 소는 왕팔이, 저 노출증 환자는 미랑이, 그리고 저 꼬맹이는 소운이가 아닌가?"

당막천이 가장 먼저 그 세 사람을 발견했다.

"저 녀석들이 여기엔 왜?"

세인 역시 곧이어 그들을 발견하고는 미간을 찌푸렸다.

"하하하! 역시! 확실히 저 녀석들 싸우는 거 보면 시원시원하다니까?"

지금 한참 격전을 벌이고 있는 십만마교 질풍대조차 그다지 높게 평가하지 않던 당막천이었다. 그러나 저 세 사람을 보면서는 무척 만족스럽다는 표정을 지었다.

"하긴 비교할 걸 비교해야지. 저 녀석들과 같이 놓고 보면 천하에 그 어떤 녀석들이 성에 찰까."

사람 칭찬에 인색한 당막천이 이처럼 연방 칭찬을 하자 곁에서 눈을 동그랗게 뜨고 세 사람을 바라보고 있던 금동이 물었다.

"큰형님, 저 세 녀석이 대체 누굽니까?"

"저 녀석들? 강남땅에는 이런 말이 있다. '강남엔 용부가 있고, 용부에는 무영무쌍이 있다. 그리고 무영무쌍에게는 무영대가 있다' 라고."

"그럼……."

"그래. 저 녀석들이 그 무영대의 조장들 중 세 사람인 왕팔, 미랑, 소운이다."

그 소리에 목개가 침을 꿀꺽 삼키며 소년처럼 보이는 소운을 가리켰다.

"설마 저 꼬맹이가 무영대의 조장이란 말입니까?"

"소운이? 겉보기보단 몇 살 더 먹은 아이지. 그래 봐야 얼마 먹지 않았지만. 그래도 실력만은 진짜야. 생사판관 소운하면 강남땅에서는 저승사자보다 더 무서운 존재니까."

"그, 그렇습니까?"

막주 당막천에 대해 너무나 잘 알고 있는 목개였다. 그가 그렇다면 반드시 그럴 것이다.

'무영대주였다는 세인 형님을 따라 저들이 올라온 것이겠지? 어쩌면 저들을 필두로 무영대 전체가 이곳에 올지도 몰라. 만약 용부의 무영대 전부가 이곳에 모인다면…….'

목개가 머리를 굴렸다.

'막주님이 이곳에서 강호일통을 준비한다고 했을 때는 솔직히 믿을 수 없었다. 하나, 청설위국이 비밀리에 양성하고 있는 비밀 위사들의 수가 얼마나 되는지 모르는 데다 거기에 무영대까지라면… 막주님도 그렇고, 세인 형님도 그렇고, 굳이 이곳에서 위사 생활을 하고 있는 것은 진실로 뭔가 큰 계획을 가지고 있어서 그런 것일지도 모른다. 어찌 됐든 이것은 나 목개에게 있어 크나큰 기회다. 이 기회를 놓치지 않으려면 막주님은 물론이고 세인 형님에게도 한층 더 충성하는 모습을 보이는 수밖에 없다.'

목개가 한참 세인을 향해 충성 맹세를 다지고 있을 때였다.

그때까지 조용히 지켜보기만 하던 세인이 돌연 몸을 날려 왕팔과 미랑, 소운의 등장으로 슬슬 정리되고 있던 싸움의 한복판으로 뛰어들었다.

그에 이어 당막천이 말했다.

"흠, 저 세 녀석이 더 사고 치기 전에 우리가 적당히 정리해 주는 것도 좋겠군. 인이도 그런 생각인 것 같고."

당막천 역시 그러더니 몸을 날렸다.

"헛! 형님들! 그렇다면 우리도 질 수 없지."

금동과 목개, 그리고 위사 보조 요립이 마침내 싸움에 뛰어들었다.

"자, 자네들! 어쩌려고 그러는가! 부디 목숨을 아끼게!"

그 모습을 지켜보던 대위사 막청송과 조자한이 뒤늦게 만류하려 했으나 허사였다.

그런데 세인 일행의 그 갑작스런 행동이 여전히 망설이고 있던 청설위국의 다른 위사들에게 크게 영향을 끼쳤다.

"우리도 가자!"

그때까지 남궁위국과 모용위국이란 이름에 주눅 들어 눈치만 보고 있던 스물가량의 청설위국 위사들도 그 광경에 힘을 얻어 마침내 칼을 뽑았다.

그들은 모두 삼류에 불과했으나, 별의별 핑계를 대며 위국의 위기를 수수방관했던 다른 위사들과는 달랐다. 위국에 대한 애정이 남달랐던 그들이었기에 세인 등이 나서는 것에 크게 용기를 얻어 마침내 싸움에 뛰어들기 시작한 것이다.

"자, 자네들까지 왜 이러는가!"

막청송이 제지하려고 했다.

"대위사님, 청설위국은 우리가 지킵니다. 이제껏 용기가 나질 않아 주저했습니다. 하지만 같은 식구가 저렇게 싸움에 나섰는데 어찌 계속 방관할 수 있겠습니까?"

한 식구를 돕기 위해 나선다는 말에는 막청송도 어찌할 수가 없었다.

"무, 무리하지 말게. 몸을 소중히 하고!"

그는 그저 그렇게 말할 수밖에 없었다.

세인을 선두로 당막천, 금동, 목개, 요립, 그리고 청설위국 위사들까지 합류하자 그렇지 않아도 기울고 있던 판세가 급격히 기울기 시작했다.

그중 당막천이 유달리 눈에 띄었다.

별다른 초식이나 재주를 부리지 않는 것 같은데도 그가 손이나 발을 한 번 뻗을 때마다 남궁위국과 모용위국 위사들이 입에 게거품을 물며 쓰러졌다.

오로지 한 방!

당막천은 한 방으로 그를 막고 선 두 위국 위사들을 모조리 쓰러뜨리며 전진했다.

"괴, 괴물 같은 늙은이가!"

남궁위국주 남궁수가 자신을 향해 다가오고 있는 당막천을 발견하고는 발악이라도 하듯 검을 휘둘렀다.

그가 사용한 검법은 남궁세가가 자랑하는 창궁무애십팔검이었다. 방계라 해도 창궁무애십팔검의 전반부는 배운 바 있는 그가 혼신의 힘을 다한 공격을 당막천에게 퍼부었다.

하지만 그는 큰 실수했다.

"저, 저, 미친 새끼가 감히 큰형님에게!"

그 광경을 목격한 금동과 목개가 발끈해 곧장 남궁수에게 달려들었다.

금동은 고금제일의 대가리로, 목개는 어지간한 명검으로도 흠집 하나 낼 수 없다는 묵철수갑을 낀 주먹을 남궁수에게 날렸다. 그리고 인간개조를 빙자해 끝없이 이어지는 구타로 인해 현재 약간 맛이 간 상태인 요립은 어른 팔뚝만 한 몽둥이로 남궁수를 찔러 들어갔다.

쿵!

금동의 대가리가 남궁수의 면상에 그대로 충돌했다. 다른 하찮은 대가리도 아닌 금동의 명품 대가리였다. 금동의 대가리와 부딪친 남궁수의 코가 그대로 주저앉고 말았다.

퍽!

주먹 하나만큼은 과거 살막 전체에서도 크게 인정받던 목개였다. 게다가 목개의 주먹에는 상대의 내장을 후벼 파고 뒤집어엎는 내가중수법의 묘리가 담겨져 있었다. 살인귀로 악명을 떨쳤던 요립이 달리 구타 한 번에 사람이 달라졌던 것이 아니었다.

맨주먹으로도 살인적인 위력을 발휘하는 그런 그가 묵철수갑까지 낀 주먹으로 남궁수의 복부에 일격을 꽂았으니 남궁수는 온전할 리가 없었다.

"우웩! 우웩!"

남궁수가 삼 일 전 먹었던 것까지 모조리 토해내기 시작했다. 그나마 죽여서는 안 된다는 명을 받아서 이 정도로 끝난 것이지, 목개가 전력을 다했다면 남궁수는 목개의 일격에 진즉에 숨이 끊겼을 것이다.

바닥을 데굴데굴 구르며 온갖 것을 게워내고 있던 남궁수. 그런데 그런 그를 매섭게(?) 노려보는 한 쌍의 눈이 있었다.

휙!

그 눈이 번뜩이더니 그를 향해 두꺼운 몽둥이를 꽂았다. 몽둥이는 거침없이 날아가 남궁수의 엉덩이 사이에 깊숙이 꽂혔다. 일전에 금의위 진무사 사마운을 한 방에 보내 버렸을 정도로 극악(?)했던 금지된 공격.

"……."

남궁수는 비명 소리 한 번 지르지 못하고 그대로 혼절하고 말았다. 금동의 대가리도 강하고, 목개의 주먹도 위력적이었으나 진정으로 치명적인 일격은 따로 있었던 것이다.

우연히 성공시켰던 사마운의 경우와 달리, 이번에는 꽤 높은 완성도를 보여주고 있었다.

지나친 구타로 인해 정신이 조금 나가 있는 요립이 비밀리에 이 금지된 공격을 연습하고 있기 때문이었다.

또다시 작렬한 요립의 필살기를 목격한 금동이 중얼거렸다.

"저 새끼 저거, 강호 밥은 이제 다 먹었다."

"그러게요. 저 꼴을 당하고 어찌 강호에서 얼굴 내밀고 다닌답니까?"

요립의 이 금지된 공격에 당한 상대를 보면, 구타 전문인 금동과 목개마저 혀를 다 찰 정도였다.

"그 어떤 고수도 저거 한 방 당하면 금분세수를 하든, 조용히 사라지든, 강호에서 은퇴하는 수밖에 없어. 그런 개망신을 당하고 어찌 강호에 면상 쳐들고 다닐 수 있겠어?"

"게다가 이번에는 저번보다 훨씬 더 강도가 셌으니 저 자식 살아나 있으면 다행이겠지요."

요립에 의해 시작되고, 그 완성까지 본 이 금지된 초식.

후일 강호 전체가 그 어떤 경우에도 이 초식의 사용을 금지하고, 만일 사용하는 것이 발각되면 강호의 공적으로 선언하겠다고 결의하게 될 줄은 지금 당장에는 아무도 상상할 수 없었다.

"헐! 남궁수는 이제 끝났군."

서두르기는 했으나 너무 통보를 늦게 받아 싸움이 거의 끝날 무렵에야 도착한 무림맹 북경지부장 팽연우가 혀를 찼다.

"그동안 눈엣가시 같아 언제 한번 밟아주려고 벼르고 있었는데, 막상 저렇게 비참한 꼴을 당하는 것 보니 불쌍하기도 하군그래."

하북팽가 출신인 팽연우과 남궁세가 방계인 남궁수는 당연히 사이가 좋질 않았다.

"그나저나 이게 어찌 된 일이지? 청설위국쯤은 간단히 제압할 것 같던 남궁위국과 모용위국이 도리어 개 박살이 나고 있다니."

그가 보기에 남궁위국과 모용위국 쪽 무사들 태반이 바닥을 뒹굴며 고통을 호소하고 있었다. 제대로 움직이고 있는 것은 거의가 청설위국 쪽 무사들로 보였다.

"청설위국이 이렇게 강했었나?"

싸움의 막바지에 도착한 그는 도무지 이해할 수 없었다. 확실히 청설위국 쪽이 숫자도 적은데 상황을 압도하고 있다니.

'그나저나 남궁위국과 모용위국 녀석들이 박살나니 속이 다 후련하구나.'

하북팽가 출신인 팽연우는 뒤에서 손을 잡고 북경위국을 압박하던 두 위국이 이런 꼴을 당하자 만면에 미소를 보였다. 최근 여러 이권을 두고 북경에서 그들과 격돌하고 있던 터라 더욱 그러했다.

"지부장님, 저희는 어찌합니까?"

북경위국에서 지원 나온 위사들을 이끌고 온 대위사가 그렇게 물었다.

"어찌하긴 뭘 어찌하나? 굿이나 보고 떡이나 먹으면 되는 거지. 우리가 굳이 남궁세가와 모용세가가 뒤에서 버티고 있는 두 위국을 도울 이유라도 있는가?"

"그렇기는 합니다만……."

"그리고 저들이 위사를 이백 넘게 동원해도 박살이 난 마당이야. 고작 서른에 불과한 우리 규모로 청설위국과 지금 당장 붙어보기라도 할 셈이야?"

"그거야 그, 그렇지요."

팽연우는 상황 판단이 느린 대위사를 질책한 후 생각했다.

'이제 북경에서 북경위국 다음은 청설위국이 되겠군. 앞으로 청설위국을 어찌 대해야 하나? 오늘 보여준 것만 놓고 판단하면 힘으로 찍어 누르기는 부담스럽고… 슬슬 회유해서

손을 잡아볼까? 뒤에 남궁세가가 버티고 있는 남궁위국보다
는 청설위국 쪽이 백배는 상대하기 쉬운데 말이야. 일이 잘
풀려 우리 팽가 쪽으로 끌어들일 수 있다면 크게 힘이 될 것
도 같고 말이야. 본 가 어르신들과 한번 상의해 봐야겠구나.'

"저 노인……."
의외의 상황에 놀라고 있던 천상루주를 가장 놀라게 한 것
은 십만마교 질풍대도, 무영대의 세 사람도, 그리고 치명적인
요혈에 몽둥이가 꽂혀 구경꾼 전체에게 대폭소를 선사한 남
궁수도 아니었다.
"루주님, 어찌 그리 놀라시는지……."
백의사내가 의외라는 듯 물었다.
"듣기로는 십 년 전 누군가에게 크게 패해 죽거나 진즉에
은퇴를 했다 들었었는데……."
"저 노인이 누구기에 그리도 신경을 쓰시는 것입니까?"
천상루주가 혼잣말처럼 중얼거렸다.
"어쩐지 낯이 익다 했어. 중원에 오기 전 수십, 수백 번도
더 그림에 그려진 저 얼굴을 본 적이 있어서 그랬던 거야."
루주가 그토록 얼굴을 기억하려 했다면 필시 중원에서도
대단히 큰 비중을 차지하고 인물일 거라 생각한 백의사내가
어림짐작으로 물었다.
"저 노인이 설마 환우십삼성 중 하나이기라도 한 것입니까?"

루주가 조용히 고개를 끄덕였다.

"중원제일의 박투술을 자랑하는 자다. 또, 순수한 실력만 놓고 보면 고금제일의 살수라 칭해도 전혀 부족함이 없는 자지."

"고금제일의 살수라면……."

백의사내에게도 떠오르는 이름이 있었다.

"그래. 저 노인이 바로 살왕 당막천이야."

그 말에 백의사내가 크게 놀랐다.

그 역시 강호의 절대자들이라는 환우십삼성 중 하나이자, 살왕에 대한 얘기는 귀가 따갑도록 들어왔던 터였다.

"그래그래, 살왕을 보니 청설위국이 저토록 강했던 것을 조금은 이해하겠구나. 어쩌면 청설위국이란 곳은 위국을 가장한 신(新)살막일지도 모르겠어. 그런데 저자가 왜 위국을 가장하고 있을까? 무슨 목적으로?"

루주는 잠시 그에 대해 고민하더니 백의사내에게 명령했다.

"오늘 돌아가면 곧 바로 가장 쓸 만한 아이들을 몇 뽑아놓아라."

"그것은 어렵지 않습니다만, 어디에 쓰실 요량이신지요?"

"우리가 제아무리 밖에서 정보를 수집한다 한들 내부에 직접 침투해서 알아내는 것만 하겠느냐? 최고인 아이들 몇을 청설위국에 침투시킬 생각이야."

백의사내는 루주의 뜻을 완벽하게 이해했다.

"알겠습니다, 루주님."

"청설위국, 청설위국이라……."

루주는 온통 청설위국이란 이름과 당막천에게 관심이 쏠려 있었다. 그래서 그녀는 불행히도 정작 관심을 기울여야 했던 곳을 순간 놓치고 말았다.

'대단하구나. 나 구양소유는 환우십삼성과 상대하기에는 아직 부족하단 말인가?'

구양소유의 눈과 귀는 완전히 막혀 있었다. 오직 그가 지금 상대하고 있는 검성 남궁유수에게로만 모든 것을 집중하고 있었다.

싸우는 내내 태산 같은 압력이 밀려와 검 한 번 휘두르고, 빼는 데에도 심력 소모가 엄청났다. 게다가 검성과 검을 한 번 부딪칠 때마다 상대의 엄청난 내력이 느껴져 숨이 다 턱턱 막힐 지경이었다.

검을 한 번 맞대는 것만으로도, 그저 상대와 맞서 서 있는 것만으로도 죽을 둥 살 둥 전력을 다해야만 했다.

'하지만 물러서지 않겠다. 그리고 절대 지지 않겠다!'

구양소유가 이를 악물고 필사적으로 검을 휘둘렀다.

그를 상대하는 검성 남궁유수는 잠시도 방심하지 않았다.

아니, 방심할 수가 없었다. 순간 방심하면 환우십삼성 중 한 명인 자신이라도 단박에 끝장날 수 있을 정도로 청년은 막강했다.

'젊은 축에서는 이 청년을 맞상대할 고수가 거의 없을 정도야. 군데군데 미숙한 점이 보이나, 거의 완성된 검을 구사하고 있어.'

정체가 무엇이든 이 청년은 이제껏 거의 만나본 적 없는 검의 귀재였다. 나이에 걸맞지 않게 내력 또한 심후했고, 무엇보다도 검에 젊은이 특유의 패기가 실려 있어 검성은 몇 차례나 곤혹을 치르기까지 했다.

그래도 그는 이 땅의 절대자들로 불리는 환우십삼성 중 하나, 구양소유에 비해서는 확실히 여유가 있었다.

'이 청년도 그렇고, 처음 등장했던 자들도 그렇고, 필사적으로 감추려 하고 있으나 검에서 은은하게 마기가 느껴진다. 아마도 십만마교와 어떤 식으로든 관련이 있을 터다. 하나, 이들이 십만마교의 마인이라면 이는 또 이치에 맞지 않는 일인데……'

검성을 상대하는데도 버거워 주변 상황에 신경을 쏟을 여력이 없는 구양소유와 달리 검성은 다른 상황을 확실히 파악하고, 그에 대해 분석하고 있었다.

구양소유의 검에서 마기를 느꼈음에도 그가 십만마교의 마인이라는 것이 이치에 맞지 않다 판단한 것에는 이유가 있었다.

검성은 서서히 자신을 향해 다가오고 있는 세인을 이미 알아채고 있었기 때문이다.

'그는 용부의 검. 용부와 십만마교는 그간 단 한 번도 싸움을 멈춘 적이 없을 정도로 앙숙 관계다. 저 아이가 무슨 이유로 청설위국의 옷을 입고 있는지는 모르나, 십만마교의 마인이라면 저 아이가 속한 청설위국을 도울 리가 없다.'

그런데 불길한 추측 하나가 순간 그의 뇌리를 스쳐 갔다.

'만약 용부가 십만마교와 손을 잡았다면……?'

천하사패 중 가장 강력한 두 곳을 꼽으라면 바로 용부와 십만마교였다. 그 두 세력이 손을 잡고 다른 세력들을 친다면 그들의 공격을 받는 세력은 근 백 년 내 최대 위기에 봉착할 수밖에 없었다. 불길한 상상과 함께 전신을 다 찌릿하게 만들 정도의 위기감이 그에게 몰려왔다.

'저 아이가 만약 내게 검을 들이댄다면……'

세인과는 이미 겨뤄본 적도 있다. 세인의 실력이 어느 정도인지는 질릴 정도로 잘 알고 있었다. 지금 상대하고 있는 구양소유에게 우세를 잡고 있다고는 하나 압도적인 것은 아니었다.

그런 상황에서 맞상대를 해도 감당하기 힘든 세인이 구양소유를 도와 자신에게 검을 들이댄다면…….

'청설위국의 장우서란 자가 연이를 죽인 것도 확실히 무슨

의도가 있어 그런 것일 터. 아, 이 남궁유수가 어쩌면 함정에 빠진 것인지도 모르겠구나.'

그런 생각에 빠져들자 갑작스레 머릿속이 복잡해지기 시작했다. 그러자 검성의 검에 조금씩 잡념이 스며들기 시작했다.

천하의 검성이라 할지라도 일단 검에 잡념이 배이기 시작한 이상에는 진정으로 강력할 수가 없었다. 잡념은 검객에게 있어 극독보다도 더 치명적인 것이었다.

게다가 갑자기 흔들리는 상대가 순간적으로 보인 빈틈을 놓칠 만큼 구양소유는 호락호락하지 않았다.

'천재일우의 기회다!'

계속 밀리던 구양소유가 사냥감을 포착한 매처럼 눈을 번뜩이며 혼신의 힘을 다해 검을 찔러 들어왔다.

쉬익!

이제껏 구양소유가 펼쳤던 검 중에 가장 강력하고, 빠르며, 예리하기 이를 데 없는 검이었다.

'이, 이런!'

남궁유수는 상대의 치명적인 공격에 화들짝 놀라며 일순 흔들렸던 검을 다시 수습하려 했다. 그러나 불행히도 검성이 자신의 검을 수습하는 것보다 구양소유의 검이 반 발자국 정도 더 빨랐다.

묵직하기 이를 데 없는 구양소유의 검이 그렇게 남궁유수의 가슴을 파고들려 할 때였다.

구양소유는 미처 알아볼 수 없는 곳에서 푸른 검광이 번뜩였다. 강렬한 검광을 흩뿌리는 검은 기가 막히게도 현재 구양소유가 서 있는 방향에서는 절대 막을 수도, 피할 수도, 반격할 수도 없는 치명적인 사각을 찔러 들어오고 있었다.

그 검은 놀랍게도 구양소유 자신이 이제껏 추구해 왔던 이상적인 검에 가장 근접한 '절대지검'이었다.

'뭐, 뭐지!'

구양소유는 크게 놀란 동시에 갈등했다.

이대로 계속 검을 찔러 들어가면 천하의 검성을 쓰러뜨릴 수 있었다. 수십 년 내 그 누구도 해내지 못했던 일이 바로 환우십삼성 중 한 명을 쓰러뜨리는 것이었다.

영광과 명예는 물론이고, 한 사람의 무인으로서 그보다 더한 기쁨은 없을 터였다.

하지만 그 영광과 명예, 환희는 극히 짧은 찰나의 순간에 그칠 터였다. 그것들을 얻는 대신 지금 자신을 찔러 들어오는 절대지검에 의해 자신 또한 목숨을 잃게 될 것이니.

갈등은 그리 오래 가지 않았다. 아무리 명예가 좋아도 목숨보다 중한 것은 아니기에.

'이번이 전부는 아니다. 나는 젊고, 앞으로도 기회는 많다. 또, 절대지검을 이루지도 못한 상태로 요행수에 의지해 환우십삼성을 쓰러뜨려 봐야 의미도 없다.'

휙!

그렇게 판단한 구양소유는 강호 최대의 영광을 향해 가던 자신의 검을 회수했다.

탁! 타탁! 타타탁!

그와 동시에 화급히 뒤로 물러섰다.

절대지검은 맞설 수 있는 성질의 검이 아니다. 맞설 수 없다면 당연히 물러서는 것이 이치였다.

이번 싸움에 임하며 절대 물러서지 않겠다고 다짐에 다짐을 했던 그였다. 하지만 절대지검이라면 다르다. 절대지검을 구사하는 상대를 맞아 뒤로 물러섰다면 그것은 절대 부끄러운 일이 아니었다. 아니, 응당 그래야 했다.

자신이 물러서자 자신을 향해 날아오던 절대지검 또한 굳이 그런 자신을 뒤쫓지 않았다.

절대지검을 구사해 구양소유를 단박에 물러나게 만든 절대지검의 주인은 바로 세인이었다.

'검에 마기가 은은하게 서려 있는 것을 보면 십만마교의 마인인가?'

세인이 그리 곱지 않은 눈으로 구양소유를 응시했다.

그때, 구양소유가 뒤로 물러서자 순간 생사의 위기에 처했던 남궁유수 또한 검을 물리며 물러섰다.

남궁유수는 검을 검집에 꽂으며 길게 한숨을 내쉬었다.

"내가 이제껏 헛살았구나……."

구양소유가 보았는데 남궁유수가 보지 못했을 리 만무하

다. 그 또한 세인이 구사한 절대지검을 본 것이다.

자신 또한 그토록 염원하고, 그를 위해 칠십 평생을 송두리째 바쳐 왔으나 이제껏 이루지 못했던 것이 바로 절대지검.

그런데 고작 자신의 삼분지 일이나 살았을 법한 젊은 세인이 그 놀라운 경지를 보여주자 검성은 일견 허무함을 느꼈다. 뒤이어 만감이 교차하며 고개를 절레절레 흔들었다.

검이란 것은 치명적인 마성을 가지고 있음이다. 진정한 검객은 죽지 않고서는 절대 손에서 검을 놓을 수 없다.

아편보다 더한 중독성을 가진 검을 끊기 위해서는 검을 잡을 수 있는 손을 자르지 않고는 불가능하다. 이제껏 검에 중독돼 살아왔던 자신이 누구보다도 그 사실을 잘 알고 있었다.

"내 다시는 검을 잡지 않으리라……."

검성이 순간 왼손에 든 검으로 자신의 오른손을 향해 내려쳤다. 검이 막 그의 오른손을 절단하려는 찰나에 검성은 왼손이 저려 오며 마비되는 느낌을 받았다. 세인의 지풍을 날려 검성의 혈도를 짚은 것이었다.

"어르신, 제 검이 한 단계 더 나아갈 수 있었던 것은 바로 황산에서의 만남 때문이었습니다."

황산이라는 소리에 검성은 정신이 번쩍 들었다.

"어르신을 뵌 이후, 저 스스로 부족함을 느껴 절차탁마하게 됐고, 어르신과의 만남 이후 많은 것을 깨달아 여기에 이르렀습니다. 어르신이 없었다면 저는 결코 이런 경지에 오르지 못했을 것입니다."

스스로에 대해 실망하고, 순간 허무함이 몰려와 검을 쥐는 오른손을 자르려 했던 검성은 곧 깨닫기 시작했다.

분명 세인이 자신보다 한 단계 높은 경지에 있었으나 그것이 자신의 도움으로 인한 것이라 하니 왠지 기쁘기도 했다. 게다가 자신의 검이 누군가에게 크게 도움이 되었다면, 자신의 검과 인생이 전부 헛된 것만은 아니지 않겠는가?

'저 아이가 나로 인해 한 단계 발전할 수 있었다면 나 또한 그럴 수 있다는 의미일 터. 공자님께서도 이르시길 어린아이에게서도 배울 것이 있다 하셨는데, 왜 나는 진즉에 세인에게서 그의 검을 배울 생각을 하지 못했을까?

그렇게 생각되자 머릿속이 맑게 개이며 온갖 상념들이 사라졌다. 허무함과 함께 밀려왔던 절망적인 우울함이 씻은 듯이 사라졌다.

"오늘 나는 크게 깨달았네. 자네에게 어찌 감사해야 할지 모르겠어."

"감사라니요, 당치도 않습니다."

세인이 먼저 강호의 존장인 검성에게 허리를 숙이며 예를 표했다. 그러자 검성 또한 자신의 나이나 배분에는 상관치 않고 세인에게 정중히 예를 갖추며 말했다.

"꼭 한 번 남궁세가에 들러주게. 이 늙은이가 자네에게 많은 가르침을 받고 싶으니."

검성의 말 한마디, 한마디에는 세인에게 진심으로 감복해 마음에서 우러나온 그 어떤 것이 진하게 담겨져 있었다.

"어르신, 저는 아직 어르신의 검에서 배울 것이 많이 있습니다. 황산에서의 만남 이후 어르신을 이미 마음속의 스승으로 생각해 왔던 바, 반드시 어르신을 찾아뵙겠습니다."

"스승이라……."

검성은 그 말에서 대단한 기쁨을 느꼈다.

남궁세가 내에는 후손들도 많고, 자신을 큰 스승으로 모시는 제자들도 이루 헤아릴 수 없이 많다. 하나 그중 세인처럼 빼어난 인물은 없었다. 아니, 그 절반이라도 따라가는 이가 없었다.

'이렇듯 빼어난 제자를 가진 스승은 얼마나 기뻤을꼬? 자신이 알고 있는 것은 물론이고, 모르는 것이 있다면 어떻게든 알아내 몽땅 가르쳐 주고 싶었을 게야. 참으로 부럽구나, 이런 제자를 가졌을 스승이.'

그는 크게 부러워하더니 다시 생각했다.

'세가의 젊은 아이들이 세인과 연을 맺고 서로 교류할 수 있다면 얼마나 좋을까? 곁에 있는 것만으로도 크게 배우고, 느낄 것인데 말이야.'

검객이기 이전에 손자, 손녀들을 아끼는 인자한 할아비이기도 했던 남궁유수의 생각이 그런 쪽에까지 미치기 시작했다.

"어르신, 저희 청설위국에 남궁연 공자의 죽음과 관련해 좀 더 시간을 주실 수는 없겠습니까? 아무리 생각해도 이번 일에는 석연치 않은 구석이 있습니다."

"흠……."

"그렇게만 해주신다면 반드시 모든 진실을 밝히겠습니다."

남궁유수가 잠시 생각했다.

잠시 동안 용부가 십만마교와 손을 잡은 것은 아닌가 의심하기도 했으나 자신이 생사의 위기에 몰렸을 때 자신의 목숨을 구해준 것은 바로 세인이었다. 그러니 그에 대한 의혹은 자연스레 풀렸다.

손자뻘 되는 남궁연의 죽음에 여전히 분노하고 있었으나, 어찌 보면 구양소유에게 죽을 뻔한 자신을 구해준 것은 바로 세인이었다.

목숨 값을 빚진 구명지은을 입은 셈이었다.

"자네의 도움을 생각하면 마땅히 이 늙은이는 물러서야 할 것이네. 하나, 이번에 죽은 연이를 생각하면 그것이 쉽지가 않아. 자네는 약조할 수 있겠는가? 만일 자네 쪽 사람이 진실로 연이의 죽음과 관련이 있다면 마땅히 그에 상응하는 죄과를 치르게 하겠다고?"

"그게 사실이라면 마땅히 그렇게 하는 것이 도리일 겁니다. 그럼, 어르신께서도 약조해 주시겠습니까? 저희 쪽 사람이 죄가 없다면 이번 일과 관련해 공평무사하게 행동해 주실 것을 말입니다."

"물론이네. 만일 우리 쪽에서 애꿎은 사람을 핍박했다면 크게 사과하는 것은 물론이고, 책임질 부분은 책임을 질 것이네."

"알겠습니다. 간곡히 청하건대 이번 일의 진실을 밝히는 책임을 소생에게 맡겨주시겠습니까?"

남궁유수가 흔쾌히 답했다.

"내 자네를 믿네."

남궁유수는 그러더니 말했다.

"오늘의 분란은 이쯤에서 끝내기로 하세. 크게 다친 이들도 많은 것 같으니 우리가 물러날 길을 좀 열어주겠는가?"

그러자 조금 떨어진 곳에 둘의 대화를 듣고 있던 구양소유가 천강수와 질풍대에게 명령했다.

"이만 물러들 나거라."

그러자 명을 받은 천강수와 질풍대가 순식간에 몸을 빼더니 사방으로 흩어지기 시작했다.

"자네, 혹 저 청년과 안면이 있는가?"

구양소유를 가리키는 남궁유수의 물음에 세인이 답했다.

"이전에는 본 적이 없는 사람입니다. 왜 오늘 일에 저들이 관여했는지도 의문입니다."

"그래? 내 그럴 줄 알았네."

용부의 검인 세인이 십만마교와 관련이 없을 거라는 사실
은 내심 짐작하고 있었다. 그래도 몰라 확실히 확인하고 싶었
을 뿐이었다.

물론 십만마교의 무리가 왜 청설위국을 도왔고, 세인이 왜
청설위국에 있는지에 대한 의문은 남아 있었지만.

'세가의 젊은 아이들을 시켜 차근차근 알아보면 되겠
지.'

남궁유수는 십만마교의 마인으로 추정되는 구양소유에게
말했다.

"이곳은 북경이네. 내 다른 곳에서 자네를 만났다면 마땅
히 생사결을 지었을 것이나 오늘은 이쯤 해두겠네."

그의 말에 구양소유가 가볍게 포권을 하며 답했다.

"다음에 다시 도전하겠습니다. 응해주시겠습니까?"

"나는 그대들과 원한이 깊네. 그러니 굳이 피할 이유도 없
을 것이야."

적이라 하나 구양소유는 존장에 대한 예의로 가볍게 허리
를 숙이더니 세인을 바라봤다.

"소협의 이름을 물어도 되겠소?"

구양소유의 눈빛에는 호기심과 함께 호승심이 뒤섞여 있
었다. 반드시 세인과도 검을 맞대고, 그를 꺾고 싶다는 열망
을 굳이 숨기지 않았다.

"청설위국의 위사 진세인이라 하오."

"청설위국의 위사라……."

구양소유는 그렇게 중얼거리며 자신도 모르게 고개를 절레절레 흔들었다.

절대지검의 소유자가 일개 위사라니 그의 상식으로는 도저히 이해가 되질 않았다. 그렇다고 그에 대해 꼬치꼬치 캐물을 수도 없는 노릇이었다.

'그나저나 앞으로 상당히 즐겁게 되겠군. 본산에서 소환을 한다 하더라도 가지 않겠다. 앞으로 계속 북경에 머물러야겠어. 그리고 청설위국은…….'

"진 위사, 감사드리겠소. 이곳 북경에 온 이후 그동안에는 따분하기 그지없었으나 진 위사의 존재를 알게 돼 그런 지루함은 씻은 듯이 사라져 버렸소."

구양소유는 아이처럼 해맑은 표정으로 더할 나위 없이 기쁘게 웃고 있었다.

"진 위사, 나는 구양소유라 하오."

그는 그러더니 크게 웃었다.

"하하하! 우리 앞으로 자주 만납시다!"

그 말을 마지막으로 구양소유가 허공에 몸을 날려 순식간에 시야에서 사라졌다.

그렇게 사라진 구양소유는 속으로 생각했다.

'진세인 위사, 그리고 청설위국. 한번 제대로 알아봐야겠

군. 북경에 온 것이 크게 나쁜 선택은 아니겠어.'

"너는 어찌 된 일인지 보았느냐?"

천상루주가 백의사내에게 물었다.

"죄송합니다. 살왕 당막천이라는 얘기를 듣고는 온통 그에게만 신경을 쏟고 있었던지라……."

백의사내는 무척 송구하다는 표정이었다.

"나 또한 당막천에 집중하고 있었으니 너를 탓할 일도 아니겠지."

살왕 당막천에게 시선을 주고 있는 사이 검성 남궁유수와 정체불명의 청년 사이의 대결을 순간 놓치고 말았다.

대체 무슨 일이 벌어졌던 것인지 그 짧은 순간에 둘의 대결은 끝이 나고 말았다.

대결이 끝난 상황에서 갑자기 나타난 것처럼 보이는 청설위국 위사 차림의 청년이 허리를 숙이며 검성에게 무언가를 부탁하는 모습도 보였다.

"답답하구나. 저들이 나누는 얘기가 전혀 들리지 않으니."

자신들이 이곳에 있음이 들통나지 않도록 하기 위해 애당초 남궁유수와는 꽤 멀리 떨어진 곳에 자리를 잡았었다.

"이럴 줄 알았으면 위험을 감수하고서라도 좀 더 가까운 곳에 자리를 잡는 것인데……."

루주가 발만 동동 구르고 있는 사이, 처음 등장했던 청설위국 무리들이 철수를 시작했다. 곧이어 그녀는 전혀 정체를 알지 못하는 구양소유 역시 크게 한번 웃더니 자리를 떠났다.

그녀가 들을 수 있었던 것은 남궁유수가 그때까지 분전하던 남궁위국의 남궁후에게 일러 남궁위국 전체의 철수를 명했던 말 정도였다.

"어르신, 저희 무림맹 북경 지부에서 돕겠습니다."

상황이 종료되자 그때까지 지켜만 보던 팽연우가 검성에게 허리를 숙이며 나타났다.

"북경 지부에서 나왔다고?"

"그렇습니다. 팽연우라고 합니다."

"그래. 염치 불구하고 도움을 좀 받아야겠구나."

남궁유수는 북경위국 위사 옷을 입고 있는 수십의 무사가 진즉부터 이 자리에 있었음을 알고 있었다. 그가 그들에게 도움을 청했다면 북경위국 무사들도 마땅히 도왔을 것이나 그들이 도착했을 때는 이미 끝나가던 싸움이었기에 굳이 그렇게 하지 않았다.

"남궁위국과 모용위국의 부상들을 날라라!"

팽연우의 명에 따라 북경위국 무사들이 재빨리 움직이기 시작했다.

북경위국 무사들이 바닥에 널브러져 있던 남궁위국과 모용위국 무사들을 옮기기 시작하며 이 날의 싸움은 이렇게 일단락되었다.

第二章
황태자의 사조직

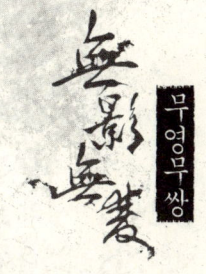

무영무쌍

　"자네, 그 얘기 들었는가?"

　객잔에서 술을 들이켜던 사내 하나가 동석한 다른 사내에게 물었다.

　"무슨 얘기 말인가?"

　"청설위국 얘기 말이네."

　사내의 말에 다른 사내가 코웃음을 쳤다.

　"북경 사람치고 그 얘기 모르는 사람이 어디 있는가?"

　"하긴 그렇기도 하겠지. 그 시끌벅적했던 일을 모를 수가 있나. 그런데 참으로 대단하지 않은가? 청설위국 무사들은 오십도 채 안됐다는데 이백이 넘는 남궁위국과 모용위국 무사들을 요절냈다니 말이야."

그 얘기에 곧 다른 사내가 입에서 침을 튀겼다.

"어디 그뿐인가? 환우십삼성 중 한 사람인 검성 남궁유수마저 청설위국에 한 수 접어줬다 하네."

환우십삼성의 명성은 대단했고, 보통 사람들조차 그들에 대해서는 너무나 잘 알고 있었다. 그러니 환우십삼성 중 하나인 검성이 한 수 접어줬다는 얘기는 인구에 회자되고 있었다.

"참, 대단하단 말이야. 그 말은 곧 천하의 남궁세가가 청설위국을 인정했다는 얘기도 되는데. 청설위국이 아무리 대단해도 그저 위국일 뿐인데 말이야."

사내가 앞자리에 앉아 있던 사내의 귀를 잡아당기더니 조심스럽게 말했다.

"이 얘기는 나도 어렵게 들은 건데 말이야, 청설위국이 황실의 비밀 세력이란 소문이 있어."

"비밀 세력?"

"일설에는 황태자 전하가 조정 내 고관들의 비리를 조사하거나 역모를 감지하기 위해 만든 사조직이라더군."

"이미 금의위와 동창이 있는데 대체 왜?"

"금의위나 동창은 세상에 너무 드러나 있지 않은가 말이야. 그래서 황태자 전하가 수족처럼 부릴 수 있는 무사들을 비밀리에 모아놓았다는 얘기지."

"흠, 그래서 금의위 한청서 도독이 청설위국을 은연중에 비호해 왔던 건가?"

"그렇지. 충분히 가능성있는 얘기가 아닌가 말이야. 그렇
지 않고서야 삼류 축에도 못 들던 청설위국이 하루아침에 북
경제일도를 배출하고, 남궁위국과 모용위국을 격파할 정도로
힘을 쌓을 수 있겠는가?"

그 소문을 전한 사내가 술을 한 잔 쭉 들이켜더니 말했다.

"물론 북경에 기반을 닦고자 하는 다른 천하사패의 비밀
지부란 얘기도 있더군. 하나, 그것은 약간 희박하다 보는데,
어쨌든 모든 가능성은 열어둬야겠지."

"북경 바닥에서 한다하는 권세가들이나 부자들이 문턱이
닳도록 청설위국을 드나든다 하더니… 내 생각에도 황태자
전하의 비밀 사조직일 가능성이 더 큰 것 같아. 이거 앞으로
청설위국 위사들이 멀리서 보이기만 해도 알아서 길을 비켜
줘야 하겠는걸?"

"지금 벌써부터 북경 내 관리들은 청설위국의 청 자만 들
려도 바르르 떤다더군. 관리들도 그러한데 우리 같은 것들이
야 크게 경치기 싫으면 알아서 몸 사려야겠지."

"맞네."

두 사내의 말처럼 갑작스레 급성장한 청설위국을 두고 북
경 사람들은 황태자의 비밀 사조직이라고 쉴 새 없이 떠들어
댔다.

강호 세력이 거의 없는 이곳 북경에서 청설위국처럼 갑작

스레 힘을 갖출 수 있는 방법은 거의 전무했다. 황실과 관부의 지원을 받지 않고서는 불가능한 일이었다.

그 황실과 관부를 황태자가 완전히 장악하고 있으니 사람들은 당연히 그리 생각할 수밖에 없었다.

*　　　　*　　　　*

"한 도독, 청설위국이란 곳이 내 사조직이라는 소문이 자자한다면서요?"

자금성 내 집무실에 앉아 있는 황태자가 대체 어디에서 들었는지 그에 대한 소문을 듣고는 한청서에게 물었다.

"소신 또한 그리 들었습니다."

"하하하! 그럼, 한 도독 역시 청설위국이 내 비밀 사조직이라고 여기오?"

한청서가 가볍게 미소를 지었다.

"소신은 그리 생각하지 않습니다."

"조정의 중신들도 그리 생각하는 것 같더군요. 심지어는 진왕조차 계속 내 눈치를 보더니 결국에는 그에 대해 물을 정도니. 그런데 다른 이들과는 달리 한 도독은 어찌 청설위국이 내 사조직이 아니라고 단언할 수 있는 것이오?"

"소신이 청설위국 위사 몇몇과 교분이 있습니다. 그래서 소신이 그들과 청설위국에 대해 잘 알고 있는데 어찌 그런 헛소문을 믿겠습니까?"

"그래요? 그런데 듣고 보니 이상하군요. 대명의 정일품 무관인 한 도독이 어찌 위사들과 교분이 있소?"

한청서가 답했다.

"연청학 경을 통해 알게 되었습니다."

"아, 연 사부. 소주로 떠난 한왕 일로 나와 적잖이 멀어지긴 했으나 그래도 내가 믿을 수 있는 몇 안 되는 신하 중 하나지. 그런데 듣고 보니 더 이상하구려. 문인인 연 사부가 어찌 칼 쓰는 위국 위사들을 알고 있소?"

"그것이……."

한청서가 잠시 저어하기도 했으나 굳이 숨길 일도 아니라는 생각에 답하기 시작했다.

"청설위국 위사 중 하나가 한왕 전하의 검무를 가르쳤던 적이 있습니다. 기억하시는지요, 전하 앞에서도 검무를 추었던 적이 있는 그 젊은 위사 말입니다."

그 말에 황태자가 바로 떠올랐다는 듯 말했다.

"당연히 기억하오. 재주가 무척 뛰어난 자였소. 내 시기를 보아 중히 쓸 생각이었는데… 근자에 북쪽 일에 너무 신경 쓰다 깜빡 잊고 있었소."

"재주가 있는 인물이니 한왕 전하가 소주로 떠나기 전 연청학 경에게 부탁해 조정에 쓰임을 받을 수 있는지 알아봐 달라 했습니다. 하나, 연청학 경은 무예에는 밝지 못해 소신에게 그를 평해달라 부탁을 했습니다."

한왕을 거론하는 일이었기에 한청서는 극도로 조심을 했으나 황태자는 크게 신경 쓰는 것 같지 않았다.

"그래서 어찌 됐소?"

"처음에는 큰 기대 하지 않고 만나보았으나 그것이 너무나 잘못된 생각이었음을 깨닫는 데는 그리 오래 걸리지 않았습니다. 소신이 이제껏 본 인재들 중 가장 뛰어난 인물이었습니다."

"오호, 그래요? 내 한 도독 입에서 누군가를 그렇게 극찬하는 얘기는 처음 듣는 것 같소."

"게다가 문재 또한 극히 뛰어나 연청학 경과 학문을 논할 정도라 합니다."

황태자가 무척이나 관심있는 기색을 보이기 시작했다.

"성정은 어떤 자요?"

"연청학 경이 그를 시험하기 위해 대과 책문을 이용해 문제를 냈습니다. 그런데 그 청년이 연청학 경의 면전에서 그런 책문은 아무 의미가 없다며 도리어 연청학 경을 질책할 정도니, 기개 또한 대단하다 할 수 있겠지요."

탁!

황태자가 자신이 앉아 있던 의자 모서리를 경쾌하게 내려치며 박장대소했다.

"하하하! 면전에서 연 사부를 질책해요? 연 사부가 크게 낭

패를 보았겠습니다그려. 이런, 이런. 내가 그 자리에 있었어야 하는 것인데. 그래서 어찌 됐소? 연 사부 성정에 크게 불호령이 떨어졌을 것 같은데."

"아닙니다. 그 질책을 들은 연청학 경은 크게 감탄을 하며 그의 문재를 몇 번씩이나 칭찬했습니다. 지금은 연청학 경이 수시로 그를 청해 담소도 나누고 할 정도로 친분이 두터워졌습니다."

그 얘기를 듣고 나더니 황태자가 말했다.

"그럼, 한 도독은 나에게 큰 죄를 지은 것이오."

그 소리에 한청서가 순간 긴장하며 반문했다.

"소신이 무슨 죄를 지었다 하십니까?"

"그렇게 뛰어난 인재가 있으면 진즉에 출사를 시켜 내 곁에서 능력을 펼칠 수 있도록 해야 했을 것 아니오? 그런데 아직까지 위사 일이나 하도록 놔두고 있으니, 황실과 조정에 인재를 등용할 책임이 있는 한 도독이 죄를 지은 것이 아니라면 대체 무엇이겠소?"

적잖이 농이 섞인 황태자의 말에 한청서가 굳었던 얼굴을 풀며 말했다.

"송구하옵니다, 전하."

"농 삼아 해본 말이 너무 신경 쓰지는 마시오. 인재 욕심이 많은 한 도독이 아직 출사를 못 시켰다면 다 이유가 있는 것이겠지. 그래도 나를 너무 오래 기다리게 하지 마시오. 한 도독이 하지 못한다면 나라도 직접 나서서 그자를 등용할 것이니."

"하나, 그는 한왕 전하와 인연이 꽤 깊은 자입니다."

황태자가 단박에 잘라 말했다.

"상관없소. 한왕과 인연이 있다는 이유로 그런 인재를 썩힐 만큼 내가 옹졸한 군주로 보이오? 게다가 그런 인재는 한왕에게 가면 그대로 묻혀 버릴 것이오. 크게 날개를 펴려면 당연히 나에게로 와야 할 것이오."

황태자가 단호한 뜻을 밝혔다.

"전하, 저는 그에 대해 한 치의 의심도 없습니다. 하나, 전하께서 중히 쓰시려면 일단은 전하께서도 그에 대한 믿음을 갖는 것이 우선일 것으로 사료됩니다. 그러니 일단 지켜보시다 인재다 싶으면 그때 등용을 해도 늦지 않을 것입니다."

"옳은 판단이오. 하나, 나란 사람은 본디 성정이 좀 급한 면이 있으니 너무 오래 기다리지는 않을 것이오."

"알겠습니다. 그런데 전하, 북경에 청설위국이 전하의 비밀 조직이란 헛소문이 나돌고 있는데, 저희 금의위가 나서서 진정을 시킬까 합니다만."

그런데 의외로 황태자는 손사래를 쳤다.

"그럴 필요 없소. 황실의 재물과 인재, 노력을 전혀 투입하지 않고도 금의위나 동창 같은 감찰기관을 만든 것과 같은 효과를 거두고 있소."

감찰기관 하나를 만들려면 만금의 황금으로도 부족했고, 쓸 만한 인재들을 등용하는 것은 수십만 금의 황금으로도 결코 쉬운 일이 아니다. 그런데 백성들과 관리들이 그런 기관이 있다 알아서 믿고 있으니 황태자는 제 삼의 감찰기관을 공으로 얻은 기분이었다.

"탐관오리나 백성을 괴롭히는 패악을 일삼는 무리들이 크게 두려워하도록 오히려 청설위국에 지원을 해줄까 생각 중이오."

"지원이라 하시면……."

"그저 그들이 금의위에만 자주 출입하게 만들어도 사람들은 더 확신하지 않겠소? 청설위국은 황태자 직속의 감찰기관이고, 금의위와 연계된 그들의 눈이 어디까지 뻗어 있을지 모르니 두려워해야 한다고 말이오."

"아!"

우연찮게 일어난 일을 기가 막히게 이용할 줄 아는 황태자의 판단에 한청서가 크게 감탄해 머리를 숙였다.

"현명하신 판단입니다, 전하."

"은자 한 냥 쓰지 않고 금의위나 동창에 버금가는 조직을 얻었으니. 하하하!"

황태자가 기분 좋은 듯 호탕하게 웃었다.

*   *   *

"그래서 청설위국의 정체가 대체 뭐란 말이냐?"

동창 제독태감 장필이 수하들을 질책하고 있었다.

"저희들의 조사에 따르면 황태자 전하와의 연결 고리는 찾을 수가……."

"이런 멍청한 것들! 금의위 한 도독이 비호하고, 그들의 금의위 출입이 그토록 빈번한 데도 그런 소리가 나오느냐? 모르겠느냐? 금의위와 우리 동창이 앙숙인 것은 천하가 다 아는 사실, 금의위와 연결된 청설위국은 우리 동창을 잡아먹기 위해 만든 황태자 전하의 비수란 말이다!"

장필은 요 근래 크게 위기감을 느끼고 있었다.

한청서에 대한 황태자의 신임이 각별해지는 데다 자신들은 최근 몇 가지 실책을 저질러 황태자의 눈 밖에 난 상태였다.

그런 상황에서 갑자기 등장한 황태자 직속의 감찰기관은 최소한 동창의 영역을 축소시킬 것이고, 최악의 경우에는 동창을 노리는 칼로 이용될 소지도 있었다.

"수박 겉 핥기 식으로 일하지 말고 당장 청설위국에 세작을 침투시켜라!"

"알겠습니다!"

제독태감 장필의 불호령을 들은 동창 관리들이 재빨리 움직이기 시작했다.

　　　　　*　　　　*　　　　*

　"대주 형님, 일단 절부터 받으시오."

　남궁위국과 모용위국을 격파한 후 겨우 자리를 마련한 거한 왕팔이 세인을 향해 크게 절을 했다.

　그런데 절을 마친 그는 두 주먹을 불끈 쥐더니 소리쳤다.

　"이 왕팔, 대주 형님께 도전하겠소!"

　그 소리에 곁에서 같이 인사를 하던 미랑과 소운이 사레라도 들린 듯 순간 '켁켁' 거렸다.

　"팔아, 이 무식아, 그게 대체 무슨 소리야?"

　"왕팔 형, 형이 대주 형님을 이길 확률은 일 푼도 되지 않아. 그 일 푼도 둘이 싸울 때 하늘에서 벼락이 떨어져 대주 형님 정수리로 떨어지는 상황에서나 가능한 확률이야."

　소운의 그 말은 곧 천재지변이라도 일어나지 않는 한 절대 이길 수 없다는 얘기였다.

　"사내대장부가 한 번 죽지, 두 번 죽냐? 말도 없이 우리를 떠난 대주 형님을 이 왕팔은 용서할 수가 없어."

　어찌 보면 유쾌하게도 들을 수 있는 얘기였으나, 세인의 얼굴은 딱딱하기 그지없었다.

　"나도 절대 용부를 떠나지 말라 했던 내 마지막 명을 어기고 북경까지 온 너희들을 용서할 수가 없구나. 일단 팔이 네

녀석부터 엄히 다스린 후 랑이와 소운이를 어찌 처리할지 생
각해 봐야겠구나."

세인이 자리에서 일어나 검을 집었다.

"너나 나나 같은 사내, 사내들의 겨룸에 있어 더 이상 무슨
말이 필요할까. 나는 팔이 너를 용부의 적이라 여기고 최선을
다할 것이다. 그러니 너 또한 나를 생사대적이라 생각하고 혼
신의 힘을 다해야 할 것이다."

그 모습에 왕팔은 물론이고 미랑과 소운 역시 깜짝 놀랐다.
대주가 용부의 적 운운하는 할 때는 무슨 일이 있어도 상대를
살려두지 않겠다는 강력한 의지를 표현하는 경우임을 잘 알
고 있었다.

잘못 장난을 걸었다가 된통 당하게 된 느낌이었다.

"대주님, 용서해 주세요!"

미랑과 소운이 바닥에 무릎을 꿇으며 사죄하기 시작했다.
그러더니 미랑은 자신들이 왜 용부를 떠나 이곳에 왔는지를
설명했다.

"대주님, 새 부주님께서 무영대를 해체시켰어요."

적잖이 화가 난 상태이더라도 무영대의 해체만큼은 세인
도 그냥 지나칠 수가 없는 문제였다.

"무영대가 해체돼?"

"그래요. 겉으로는 강남 각 지부의 지부장이나 내원의 요
직으로 영전을 시켜준다는 명목이었지만, 그건 누가 봐도 숙

청이었어요. 저희 또한 내원에 직책을 맡았는데 고작 한다는 일이 내원의 화원을 관리하는 일이었고…….

그 소리에 세인이 미간을 찌푸렸다.

무영대는 용부 최강의 힘, 그런 무영대를 이루는 정예들에게 고작 화원 가꾸는 일이나 시키다니.

"또한, 용부 내에는 지금 현 부주님이 전 부주님을 살해한 패륜을 저질렀다는 소문이 파다해요. 그건 저희도 물론 믿지 않지만. 하지만 하도 그런 소문들이 자주 들리니 석영과 영추운이 은밀히 조사를 하려 했었어요. 그런데 조사를 시작한 석영과 영추운이 어느 날 증발이라도 한 듯 사라졌어요. 그들이 마지막으로 목격된 것은 부주의 거처인 지존각에 들어가는 모습이었는데, 지존각에서 나오는 것은 아무도 본 자가 없어요."

미랑은 직접적으로 거론하지는 않았으나 새 부주가 무영대 형제들을 죽였을 거라고 주장하고 있었다.

"헛소문이야. 부주 형님이 다소 편협한 데가 없지 않아 있으나 그럴 분은 아니다. 그리고 석영과 영추운은……."

그에 대해서는 뭐라 할 말이 없었다. 미랑이 거짓을 말할 리도 없고, 미랑이 그렇다면 분명 그런 것이었다.

"그것은 쉽사리 판단할 문제가 아니야."

세인은 그리 말하더니 지그시 눈을 감았다.

용부를 떠나지 말라는 자신의 명을 어기고 제멋대로 자신을 찾아 북경을 찾아온 세 사람을 원래는 크게 혼을 내 돌려보낼 생각이었다.

그런데 그들의 얘기를 듣고 보니 이들이 이유없이 용부를 이탈한 것만은 아니라는 생각에 곧 처음 생각을 거두어들였다.

"나는 북경에서 너희들을 못 본 것으로 하겠다. 그러니 이만 용부로 돌아가거라."

왕팔과 미랑, 소운이 간절히 청했다.

"대주님, 부디 저희와 함께 용부로 돌아가 주십시오. 저희 무영대는 물론이고 부의 몇몇 뜻있는 이들 또한 대주님의 귀환을 학수고대하고 있습니다."

이들의 뜻을 모르는 것은 아니나, 자신이 용부에 돌아가면 용부는 그 순간 두 동강이 난다. 새 부주를 따르는 자들과 자신을 따르는 자들로. 그것은 곧 용부의 내전을 의미했다.

그것을 잘 아는 세인은 용부에 돌아갈 수 없었다.

"내 뜻은 변함이 없다. 그러니 돌아가거라."

유달리 정 많은 세인이다. 모르는 사람에게도 성심을 다해 대하는데, 어찌 지난 세월 함께 고생하며 생과 사를 넘나들었던 무영대 형제들을 그리워하지 않았겠는가?

하나 이들 셋을 일단 받아들이게 되면 용부에 남아 있는 다른 무영대원들 또한 이곳 북경으로 몰려들 터였다.

그렇게 되면 전혀 의도하지 않았으나 용부의 핵심이라 할 수 있는 무영대를 세인이 빼내오게 되는 것이다.

자신에게 아무리 박정하게 굴고, 결국에는 자신을 내쳤던 용부라 해도 세인은 용부를 그리 대할 수는 없었다.

"대주님, 부디 곁에서 모실 수 있도록 허락해 주십시오."

미랑과 소운이 바닥에 무릎을 꿇고 간절히 청했다.

처음에는 다짜고짜 세인과 한 판 붙어 보겠다는 헛소리를 나불댄 왕팔조차 분위기에 휩쓸려 그리 청하기 시작했다.

"형님, 저희를 내쫓으시려거든 차라리 죽여주십시오."

그러나 세인은 끝내 그들을 거부한 채 등을 돌렸다.

"내 할 말은 끝났다."

세인이 곧 그들 곁을 떠났다.

"형님⋯⋯."

단박에 거절당한 세 사람이 고개를 푹 숙였다. 쉽지는 않을 것이라 생각했지만, 세인이 이렇게 매몰차게 축객령을 내릴 지는 미처 예상하지 못했다.

곁에서 조용히 그 얘기를 듣고 있던 당막천이 혀를 차며 다가왔다.

"녀석들아, 그렇게 다짜고짜 떼를 쓴다고 될 일이냐?"

세인과 당막천의 막역한 사이를 잘 알고 있는 소운이 물었다.

"당 할아버지, 혹 다른 방법이 있나요?"

"뭐, 가장 간단한 방법은 너희들이 용부로 돌아가는 것이지. 이곳 북경에 있어봐야 별로 좋은 꼴도 못 볼 테니."

왕팔이 발끈했다.

"영감, 정말 그렇게 나올 거요? 영감이 우리한테 이러면 안 되지. 우리가 함께 마신 술이 소주 강물보다 많고, 우리가 도박장에서 함께 날린 은자가 태산보다 높을 건데."

"허허! 왕팔이 이놈, 여전히 허풍이 심하구나."

"예전에 영감이 풍류를 즐긴다 어쩐다 하면서 여자 문제로 사고 쳤을 때, 대주 형님 모르게 처리해 준 것이 누구요?"

그 소리에 당막천이 화들짝 놀랐다.

"쉿! 이, 이놈이! 무덤까지 안고 가기로 한 비밀을 그리 나불대면 어쩌느냐?"

"강호 전체에 당 영감이 손녀뻘 되는 여인이나 탐하는 호색한 변태라는 소문이 파다하게 퍼지기 전에 얼른 방법이나 뱉어내요."

"헛! 이놈이 정말!"

"아무리 사내들은 다 도적놈들이라지만 마흔 살 이상 차이 나는 여인과 붙어먹는 게 그게 사람이 할 짓이오?"

"부, 붙어먹어? 이놈, 왕팔이! 네놈이 오늘 죽고 싶은 게냐?"

"젠장! 죽이던가 말던가. 대주 형님 없으면 이 왕팔이는 더 살고 싶은 생각도 없으니 그리 아시오. 꺼이꺼이!"

거구의 왕팔이 체구에 어울리지 않게 대성통곡을 하기 시작했다.

"형님, 형님, 형님……. 꺼이꺼이! 꺼이꺼이!"

그런 가운데 소년 소운이 당막천에게 말했다.

"다시 돌아갈 거였다면, 애당초 소주를 떠나오지도 않았어요. 용부는 예전의 용부가 아니에요."

당막천은 왕팔에게 적잖이 화가 나 있었으나, 저렇게 대성통곡을 하며 울어대는 상황에서는 화를 내기도 그러했다. 그래서 왕팔에게는 신경 끊고 소운에게 말했다.

"허, 모르는 사람이 들으면 네 녀석이 용부에서 한 삼십 년은 족히 있었다 생각하겠구나."

작은 체구에 비해 몇 살은 더 들었다 해도 스물은 되지 않았을 소운이 그 소리에 얼굴을 붉혔다.

"당 오라버니, 대주님의 마음을 돌릴 수 있는 방도가 있으면 좀 가르쳐 주세요."

색정적으로까지 느껴지는 입술에서 나오는 미랑의 목소리 또한 묘하게 남자의 마음을 뒤흔드는 것이었다.

"헐헐헐! 간만에 우리 미랑이의 목소리를 들으니 이 늙은이 마음이 또 흔들리는구나."

"방법만 알려주면 목소리 정도는 얼마든 들려 드릴 테니 빨리 말해주세요."

당막천이 헛기침을 몇 번 하더니 말했다.

"가장 단순한 방법이 가장 효과적인 것 아니겠느냐? 일단

이 근방에 거처를 정하고 눌러앉아라. 그러고는 매일같이 세인에게 눈도장을 찍는 거야."

"그게 방법이에요?"

실망한 것 같은 미랑이었다.

"너희들은 잘 모르겠지만 인이 녀석에게 좀 유약한 부분이 있어. 좋은 말로는 정이 많은 거고, 나쁜 말로는 우유부단한 거지."

그 소리에 대성통곡하던 왕팔이 발끈했다.

"우유부단? 변태 영감이 지금 우리 형님을 뒤에서 까는 거요? 이 미친 소랑 한판 뜹시……."

퍽!

"무식한 미친 소가 계속 오냐 오냐 했더니……."

당막천의 주먹에 제대로 한 방 맞은 왕팔이 게거품을 물고 바닥에 고꾸라졌다. 금동과 목개가 수십, 수백 번의 주먹질로 상대를 조진다면, 당막천은 한 방으로 상대를 끝장내는 '일격승부'의 달인이었다.

그 정도로 세게 맞았으면 왕팔이 혹 죽었나 걱정을 할 법도 했으나, 당막천은 물론이고 미랑, 소운까지 전혀 걱정하는 기색이 없었다. 때 되면 지가 알아서 다시 일어나겠지 하는 표정들이었다.

"아무리 때려도 죽지 않는 강시 같은 녀석이 어디 이 풍류공자에게 변태, 변태 운운해."

왕팔을 그렇게 잠재운 당막천이 말을 이어갔다.

"너희들 주변에서 계속 알짱대면 인이가 그런 너희들을 보고 어쩌겠느냐? 죽일 수도 없고, 어디 한 군데 분질러 놓을 수도 없으니 그냥 그렇게 뭉개다 보면 너희들이 인이 곁에 머무는 것이 기정사실화 되는 거지."

"듣고 보니 그럴 법 하긴 하지만, 그 정도로 될까요?"

미랑과 소운은 약간 의심이 간다는 얼굴이었다.

"그게 좀 그러면, 요즘 인이를 귀찮게 하는 일들을 너희가 하나 해결해 주던가."

그 소리에 게거품을 물고 쓰러져 있던 왕팔이 진짜 강시처럼 벌떡 일어섰다.

"어떤 미친 새끼들이 대주 형님을 귀찮게 한답니까? 그 새끼들은 목숨이 한 몇십 개씩 된답니까? 알려만 주시오. 이 왕팔이, 당장에 쓸어버리고 올 테니."

미친 소 왕팔이 크게 발끈했다.

'저 미친 소의 신체 구조는 당최 이해할 수가 없어. 기회 되면 의가의 의괴(醫怪)에게 데려가 진맥이라도 한번 받게 해야 하려나?'

당막천은 환우십삼성 중 하나이자 그의 유일한 벗이라 할 수 있는 의괴를 떠올리며 말을 이어갔다.

"너희들도 지난번에 본 것처럼 모용세가 녀석들이 자꾸 신경을 건드는구나."

"모용세가 이 잡것들이 호랑이 간을 삶아먹었나⋯⋯."

왕팔이 솥뚜껑만 한 주먹까지 부르르 떨며 흥분했다.

"랑아, 소운아, 당장에 모용세가 것들 쓸어버리고 오자!"

흥분해 다짜고짜 모용세가를 쓸어버리자고 하는 왕팔을 미랑이 만류하며 말했다.

"모용세가가 어디 뒷골목 파락호들 집합소인 줄 알아? 강호오대세가에는 포함되지 않아도, 수백 년의 전통을 가진 명문 세가야. 우리 셋으로 모용세가를 박살 낼 수 있을 것 같아?"

"해보지도 않고 어찌 알아?"

"팔이 형, 참아. 내가 봐도 랑이 누님 말이 옳아. 하북성 승덕의 모용세가 본 가에 거하는 무사들만 오백이 넘어. 게다가 그들은 북방의 낭인 시장을 좌지우지하는 이들이야. 은자만 뿌리면 그 몇 배에 달하는 무사들을 동원할 수 있어. 들리는 소문에는 장성 밖 새외 문파들과도 끈이 닿아 있다고도 하고."

"천하의 무영대가 그럼 고작 모용세가 따위가 무서워서 꼬리를 내리자는 거야?"

"호호호! 당연히 아니지. 우리 셋으로 부족하면 형님, 동생들을 좀 더 부르면 간단한 일이야."

여인, 그것도 꽤 대단한 미녀임에도 미랑은 남자 동료들과 형님, 아우하며 지내고 있었다.

"오, 그거 괜찮은 생각이구나."

당막천은 진즉부터 세인이 쫓겨나듯 용부를 나와야 했던 것에 크게 불만을 품고 있던 차였다. 게다가 세인을 쫓아낸 용부의 새 부주란 녀석이 그렇잖아도 정말 마음에 들지 않았다.

그런 상황에서 용부의 무영대가 이렇게 세인을 알아서 찾아오자 이왕이면 무영대 전체가 용부를 이탈했으면 하는 마음이 있었다.

"무영대 쉰이면 모용세가를 제대로 혼쭐내 주는데 충분하려나?"

무영대 중 한 쉰 명 정도 데려오면 충분하다 싶은 마음에 당막천이 은근슬쩍 운을 뗐다.

"쉰 명 가지고 되겠어? 이왕 쓸어버리는 거 한 일흔 불러서 제대로 쓸어버리자고."

왕팔이 그리 주장하자 소운이 말했다.

"쉰 명으로도 충분하겠지만… 대주님께 일이 있는데 누구는 부르고, 누구는 부르지 않으면 그것도 곤란한 일이야. 나중에 분명 자신들만 부르지 않았다고 크게 서운해할 형님들도 있을 거야. 그럴 거면 차라리 전원을 소집하는 게 낫다고 생각하는데?"

무영대 전원 소집이라는 말에 당막천조차 깜짝 놀랐다. 무영대 전원이라면 예전에 사사혈교를 기왓장 하나 남기지 않고 폐허로 만들었던 강호 최강의 전력이었다.

그런데 미랑은 한술 더 떴다.

"무영대가 움직이면, 우리보다 앞서 정보를 수집해 주고 길을 닦아주는 은영대 또한 마땅히 같이 움직이는 거지. 은영대까지 부르자고!"

용부 밥을 근 십 년 먹었던 당막천은 은영대 역시 잘 알고 있었다.

용부 최고의 전투부대 무영대를 지원하기 위한 별도의 정보, 지원부대가 존재했는데, 그것이 바로 은영대였다.

은영대의 실제 전투력이야 보잘것없었으나 그들의 정보 수집력은 개방에 못지않았다.

또한, 그들의 다양한 재주는 하오문을 오히려 능가하는 점이 있었다. 특히, 독과 화약을 다루는 재주에 있어서는 독의 종주 사천당가와도 자웅을 겨룰 수 있을 정도였으니.

'이거 내가 너무 부추긴 것 아닌가? 무영대와 은영대라면 용부의 핵심 중 핵심인데 말이야. 그 녀석들이 이곳으로 오면 북경은 물론이고 강북 전체의 세력 지도를 다시 그려야 할 것인데…… 일이 너무 커지는 것 같기도 하고…….'

하지만 당막천은 깊이 생각하지 않기로 했다. 그들 모두가 용부를 버리고 세인을 따라 올지도 확실치 않았고, 설사 온다 해도 오면 오는 것이지 고민할 것이 무어냐는 생각이었다.

왕팔, 미랑, 소운의 마음은 진즉에 용부를 떠나 있었다. 이미 세인을 따르기로 결정했으니 이제 남은 것은 재빨리 행동해 곳곳에 흩어져 있는 무영대를 소집하는 일이었다.

"당 오라버니, 그럼 몇 달 후에 다시 북경에서 뵈어요."

그 말을 남기고 미랑과 왕팔, 소운은 곧 북경을 떠났다.

*　　　*　　　*

"지금 당장 연화라는 계집을 없애라!"

참패를 당한 데다 얼굴에 깊은 검상까지 입은 채 모용위국으로 돌아온 모용천산이 수하에게 명했다.

"그년을 없애란 말입니까? 그년이 청설위국을 몰아붙일 유일한 증인인데……."

"이 멍청한 놈! 우리에게 힘이 있을 때는 그년이 유리한 패지만, 우리에게 힘이 없을 때는 우리의 숨통을 끊을 비수인 것도 생각 못하느냐?"

장우서와 장철웅이 두 세가의 직계들을 죽였다는 사실은 전적으로 그것을 목격한 기녀 연화의 증언에 따른 것이었다. 그녀의 증언을 앞세워 두 위국의 힘으로 청설위국 현판을 떼어버리려던 것이 당초 계획이었다.

하지만 자신들은 참패했고, 이제는 청설위국의 역습을 걱정해야 할 판이었다. 청설위국에서 기녀 연화에게 직접 얘기를 듣겠다고 나서면 위국에 제대로 된 위사들이 거의 없는 지금 상황에서는 그녀를 내줘야만 했다.

청설위국 손에 들어간 그녀가 만일 자신들의 사주를 받고 거짓 증언을 했다는 사실이 밝혀진다면…….

'게다가 우리가 이미 죽인 시체를 방 안에 들이는 것까지 연화란 년이 목격했다. 그년이 만약 그 사실까지 토설하면 나는 물론이고 남궁수까지 끝장이다.'

"당장 가서 그년을 죽여라. 그리고 시체는 부골액으로 모조리 녹여서 흔적도 남기지 마라."

"아, 알겠습니다!"

수하가 서둘러 방을 나서자 모용천산이 탁자를 강하게 내려쳤다.

"연화란 년이 사라지면 억지를 부리면 된다. 진실이 밝혀지는 것이 두려운 청설위국이 오히려 그년을 죽여 살인멸구했다고 말이야. 그것을 두고 한동안 격론이 일겠지만 그년만 사라지면 그 누구도 진실을 밝히지 못할 터. 그러다 얼마 후이 일은 유야무야되겠지."

모용천산은 그 문제보다는 다른 문제가 더 시급했다. 자신의 얼굴에 영원히 지워지지 않을 검상을 남긴 그 작자를 찾아 복수를 해야 했다.

"이번에 보여준 힘도 힘이려니와 황태자의 사조직이라니 당분간은 청설위국을 건드릴 수 없다. 하나, 청설위국의 그놈만은 절대 용서할 수 없다!"

아직 다 낫지 않아 욱신거리는 상처의 고통을 참아내며 청설위국의 위사로만 알고 있는 구양소유에 대한 복수를 다짐했다.

*　　　*　　　*

만일을 대비해 모용위국 내에 두지 않고 북경 외곽의 한 집에 숨어 있던 기녀 연화는 은 천 냥짜리 전표를 만지작만지작거리고 있었다.

"몇 마디 말로 팔자 고치게 생겼구나. 일이 끝나면 이 돈으로 빚도 갚고, 비단옷도 사고, 그동안 눈여겨뒀던 노리개도 사고. 호호호!"

철저히 외부와는 차단돼 북경 상황은 까맣게 모르고 있는 그녀는 부푼 꿈에 젖어 있었다.

"모용 공자님이 나중에 시기를 봐 나를 첩실로 거두어준다 했으니, 이년 인생은 이제 활짝 핀 거야."

명문세가인 모용세가주의 아들에다 앞으로 모용위국을 이어받을 후계자다. 그런 배경만으로도 군침 흘리는 계집들이 한둘이 아닌데 잘생기기까지 했다.

"내 반드시 모용 공자 첩실로 들어가 떵떵거리며 살 테야. 누가 알아? 이 연화가 모용가의 당당한 며느리가 될지. 그렇게만 되면 그동안 나를 무시했던 것들을 모조리 잡아다 주리를 틀어버릴 테야."

터무니없는 꿈에 부풀어 있던 연화를 현실로 되돌아오게
만들어준 것은 한 사내의 목소리였다.

사내의 목소리를 들은 연화는 자신이 있던 방문을 열어주
었고, 연화가 가장 먼저 볼 수 있었던 것은 사내가 들고 있던
한 자루 칼이었다.

*   *   *

"진 형님, 아무리 알아봐도 연화라는 기녀의 행방을 찾을
수가 없네요. 이러지 말고 그냥 모용위국에 확 쳐들어가서 몇
놈 족치면 알아서 불지 않을까요?"

금동이 자신의 대가리를 들이밀며 모용위국 정문을 박살
내는 시늉을 했다.

남궁유수에게 반드시 진실을 밝히겠다고 한 이후 세인 일
행은 잠시 남첨부 일을 다른 위사들에게 맡기고 장우서와 장
철웅의 누명을 벗기는데 몰두하고 있었다.

그러나 이 일의 핵심이 되는 연화라는 기녀를 당최 찾을 수
가 없었다. 자신들은 그녀가 모용위국에 있던 것으로 알았는
데, 모용위국 쪽에서는 도리어 청설위국에서 자객을 들여 그
녀를 죽였다며 억지를 피우고 있었다.

"천상루에도 없고, 그 기녀의 부모 집에도 없어. 그녀가 친

분이 있다는 기녀들에게 물어도 보고, 그녀의 부모와 기녀들 뒤도 밟았지만 소득이 전무해. 이렇게까지 했는데 못 찾았다면 그녀는 진즉에 북경 땅을 떴거나 죽은 것이 확실해."

당막천은 그렇게 판단하고 있었다.

"금의위 쪽에 알아봤는데 그런 여인이 북경 땅을 떠난 적은 없다 하더군요. 물론 정식으로 성문을 통과하지 않고도 북경을 떠날 수 있는 방법은 한두 가지가 아니긴 하지만요."

그리 말한 세인이 잠시 생각에 잠겼다.

'청설위국에서는 그 기녀를 죽이지 않았다. 그렇다면 모용위국 쪽에서 그녀를 북경 밖으로 빼돌리거나 죽여서 입을 막았다는 얘기인데, 그들이 뒤가 구리지 않다면 그렇게 할 이유가 없겠지. 철웅이도, 소국주도 누명을 쓴 것이 분명해.'

왜 그런 누명을 씌웠는지는 확실치 않으나 모용위국과 남궁위국의 행동은 괘씸하기 그지없었다. 더욱이 이대로 일이 흐지부지된다면 언제고 이 일이 다시 튀어나와 큰 분란을 만들 소지도 있었다.

"확실히 일을 마무리해야 하는데……."

세인이 인상을 찡그리자 세인을 향한 절대적인 충성심을 보이기로 작정한 목개가 말했다.

"진 형님, 이 목개가 개인적으로 만들어놓은 연락망이 있습니다. 그 연락망에 포함된 수백의 정보원들도 열심히 뛰고 있으니 조만간 좋은 소식이 들릴 것입니다."

그 연락망이란 잠시 해체한 하북살막 소속의 살수들이었다. 하북살막의 부막주였던 목개는 그들에게 연화란 기녀의 초상을 돌려 사방에 찾게 하고 있었다.

"목개가 고생이 많구나."

"고생은요, 무슨."

그 말에 이어 '세인 형님, 진정으로 그리 생각하시면 한 수만 가르쳐 주십시오'란 말이 목구멍까지 넘어왔으나 목개는 간신히 참았다.

'더 좋은 기회를 보자고. 세인 형님을 위해 이 목개가 크게 공을 세우면 형님께서 알아서 챙겨주시겠지. 흐흐흐!'

"인아, 그런데 우리가 이렇게까지 열심히 찾을 필요가 있겠느냐? 철웅이야 그렇다 쳐도 그 건방진 소국주 녀석은 돼지든 말든 우리가 무슨 상관이냐? 게다가 증인이 사라졌으니 저쪽도 이제는 두 사람을 살인범으로 몰지 못할 텐데. 강호 일이란 것이 큰 고비만 지나면 대개 흐지부지해지게 마련이야. 사실 청설위국이 흥하든 망하든 우리하고 무슨 상관이 있느냐?"

당막천이야 세인이 이곳에 있으니 함께 머무는 것뿐이지, 청설위국에 별다른 애정이 있을 리 만무했다. 게다가 그는 곧 금의위 무관이 될 몸이 아니던가?

사실 세인 입장에서도 청설위국이 이왕이면 흥했으면 하는 것이지, 청설위국을 위해 이렇게 발 벗고 나서는 것은 아니었다. 단지 청설위국의 국주가 장원교고, 그 아들이 장우서이기 때문이었다.

자신만 알고 있는 나름의 사연이 있으나 당막천이라 해도 아직은 그에게 그와 관련한 얘기를 해줄 때는 아니었다.

"그러지 말고 조금 더 힘을 내 알아보도록 하지요."

세인은 그렇게 힘을 내자 말했으나 사실 아무 단서 없이 기녀 연화를 찾아내는 것은 북경 땅에서 왕 서방 찾는 일이나 진배없었다.

실마리가 없으면 방법은 한 가지뿐이었다. 발이 닳도록 북경 바닥을 샅샅이 훑고 다니는 것이었다. 그나마 이것도 기녀 연화가 죽지 않았거나 북경을 뜨지 않았을 때나 일말의 희망이 있는 방법이었다.

이날도 사방에 흩어져 하루 종일 연화를 찾았으나 허탕을 치고 돌아온 이들이 천상루 안 남첨부에 모였다.

"위사님들, 오늘도 소득이 없었나 보지요?"

남첨부 점소이 아평이 세인 일행을 보며 안타까운 표정을 지었다.

"내일은 좋은 소식이 들리지 않겠느냐?"

세인이 어색하게 웃었다.

"하루 종일 돌아다녔더니 출출하구나. 아평, 오늘은 어떤 요리를 추천해 주겠니?"

"요즘은 정말 남첨부 요리 먹는 낙으로 산다. 아평, 네가 추천해 주는 대로 먹을 테니 빨리 말해봐라."

금동과 목개가 유난을 떨었다.

"생선을 갈라 큰 양고기 조각 사이에 두고 약한 불에 푹 삶아 만든 양방장어(羊方藏魚)와 작은 찜 틀에 찐 작은 돼지고기 만두로 한 입 베어 물면 풍부한 육즙이 터져 나오는 소롱포(小龍包)가 오늘의 요리입니다."

"그래? 일단 이십인 분 정도 준비해 가지고 오너라."

당막천이 초장부터 이십인 분을 외치자 아평이 멋쩍은 표정을 지었다.

"당 위사님, 소롱포는 그렇다 쳐도 양방장어는 싼 요리가 아닙니다. 신선한 생선에 특별히 어린 양고기를 쓰는 터라 값이 꽤 나갑니다. 위사 월 샀으로는 부담이 갈 수도 있는 요리예요."

"이 녀석아, 너보고 언제 우리 주머니 사정까지 걱정해 달라 했느냐? 그 정도는 먹을 여유가 되니 가져오기나 하거라."

아평은 잠시 고개를 갸웃거리기도 했으나 곧 허리를 굽실거렸다.

"그러시다면야. 지배인님께 특별히 부탁해서 오늘 들어온 재료 중 최고 좋은 놈으로다가 골라서 해 올리라고 하겠습니다."

"녀석, 눈치 하나는 빨라서 좋단 말이야."

주문을 받은 아평이 주방 쪽으로 향했다. 그런데 기루에서 일하는 점소이 아상이 그를 불러 세웠다.

"기루 쪽도 슬슬 바빠질 시간인데 네가 웬일이야?"

"형, 청설위국 위사님들 여기 와 있어요?"

"방금 왔는데 왜?"

아상이 크게 기뻐하며 아평에게 말했다.

"형, 그분들한테 이거 좀 전해줄래요?"

아상이 작은 쪽지 하나를 아평에게 건넸다.

"이게 뭐니?"

"우리 같은 점소이가 그 안에 적힌 내용 알아서 좋을 게 뭐 있겠어요? 그저 시키면 시키는 대로 하는 거지요."

"하긴 그렇지. 내가 위사님들에게 전할 테니 너는 걱정 말고 가서 일 봐."

"그럼, 부탁해요."

아상이 그 말을 끝으로 사라지자 아평은 특유의 종종걸음으로 세인 일행이 앉아 있는 탁자로 향했다.

"진 위사님, 누가 이거 좀 전해달라고 하네요."

세인은 말없이 그 쪽지를 받아들더니 안에 적힌 내용을 읽었다. 그것을 읽자마자 세인이 크게 놀라며 아평에게 물었다.

"이 쪽지를 누가 전하라 했느냐?"

"그게, 위사님도 아시지요? 기루 쪽에 일하는 점소이 아상이라고."

"이상이라……."

그는 그렇게 중얼거리더니 자리에서 벌떡 일어섰다.

"인아, 왜 그러느냐?"

당막천의 물음에 세인이 쪽지를 건넸다. 내용을 보더니 바로 물었다.

"이 내용을 믿어도 될까? 함정일 수도 있지 않느냐?"

"함정이라면 이 함정을 판 자들을 잡아 실마리를 잡을 수 있지 않겠습니까?"

"네 말도 옳다. 제아무리 잔머리 굴려서 함정을 판다 한들 무슨 상관일까?"

자신과 세인이 함께라면 그 어떤 함정이라도 극복할 자신이 있었다.

당막천도 곧 바로 자리에서 일어서더니 세인과 함께 남첨부를 박차고 나갔다.

*   *   *

"소식은 잘 전했느냐?"

천상루 가장 깊숙한 곳에 자리한 방에 앉아 있는 천상루주가 물었다.

"전달되는 것을 직접 확인했고, 그들이 움직이는 것 또한 제 눈으로 직접 확인했습니다."

"수고했다."

"루주님, 저는 이 기회에 살왕 당막천을 제거해 버리는 것이 더 낫지 않았나 싶습니다."

"그것도 어쩌면 좋은 방법이겠지. 살왕 정도 되는 이가 뜻을 꺾고 우리에게 동참할 가능성을 열어두고 싶어. 우리가 마음만 먹으면 살왕은 언제든 제거할 수 있기도 하고."

"힘들지 않겠습니까?"

"힘들다고 시도도 안 해볼 수는 없지 않겠느냐?"

그 말에 백의사내가 고개를 끄덕였다.

"일단 이렇게 시작해 보는 거야. 그에게 좋은 인상을 심어주고 차근차근 접근하다 보면 좋은 결과가 나올 수도 있겠지."

루주는 살왕 당막천에 관한 모든 정보가 적혀 있는 문서를 읽으며 말했다.

"우리가 알아야 할 것은 지난 십 년 동안 그가 어디에 있었느냐 하는 문제야."

"천하 각지에 설치돼 있는 비밀 지부에 연통을 넣었으니 한 번이라도 살왕을 목격한 적이 있다면 반드시 소식을 전해 올 것입니다."

"그래야겠지. 그런데 요즘 용부의 동태는 어떻지?"

"새 부주가 차츰 자리를 잡아가고는 있으나 무영무쌍을 따르는 이들도 적지 않아 잡음이 좀 있는 것 같습니다. 새 부주가 전 부주를 죽였다는 사실을 우리 쪽에서 계속 흘리고 있으니 곧 큰 소란에 휩싸일 것입니다."

"호호호! 용부의 새 부주는 별 위협이 못 돼. 그는 아비를 죽이고 권좌에 올랐으니 태생적인 한계가 있을 수밖에 없어. 하지만 백방으로 손을 써봐도 얼굴조차 알 수 없는 무영무쌍은 달라. 그를 흔들지 않고서는 우리의 대업은 결코 성공할 수 없을 거야. 용부에서 쫓겨나듯 떠난 그는 대체 어디로 갔을까?'

정보통을 이용해 무영무쌍이 용부를 떠났다는 것까지는 확인했으나 그 이후 행적은 전혀 알 수가 없었다.

세상의 모든 것을 다 알고 있는 것만 같은 천상루주였지만, 무영무쌍이 자신이 있는 이곳 북경에 있을 것이라고는 상상도 하지 못하고 있었다.

"어떻게든 그자를 찾아서 용부로 돌려보내야 해. 그러고는 새 부주와 피 터지게 싸우게 만들어서 용부를 약화시켜야 승산이 있어."

"한층 더 노력하겠습니다."

"그건 그렇고, 청설위국에 투입할 아이들은 선발해 놓았느냐?'

"물론입니다."

"그들을 침투시키기 위해서라도 당분간은 청설위국에 힘을 실어줘야겠지⋯⋯."

                    *   *   *

　쪽지를 받고 나간 세인 일행은 순식간에 북경 서쪽에 위치
한 와불사로 향했다. 누워 있는 대형 부처상과 수려한 산림으
로 유명한 곳이었다.

　세인은 물론 당막천과 금동, 목개, 요립이 온 신경을 집중
해 혹 매복이나 함정은 없는지를 조심하며 빠르게 달려나갔
다. 그러나 다행히도 매복하고 있는 자들은 단 한 명도 눈에
띄지 않았다.

　그들은 그렇게 금세 쪽지에 적혀 있던 와불사 산문 입구까
지 당도할 수 있었다.

　"저기 여인 하나가 보입니다!"

　금동이 소리친 대로 화려한 궁장 차림의 젊은 여인 하나가
자신들을 기다리는 모양새로 서 있었다. 그런 그녀 곁에는 입
에 재갈을 물린 채 온몸을 결박당하고 있는 한 여인이 쓰러져
있었다.

　세인은 그 여인의 얼굴을 금세 알아볼 수 있었다. 수백, 수
천 번이나 초상화를 봐왔던 터라 잠시 스쳐가도 단박에 구분
할 수 있을 정도였다.

　한층 더 힘을 내 두 여인이 있는 지점으로 향하자 금세 그
자리에 도착할 수 있었다.

궁장 차림 여인은 세인 일행을 발견하더니 깊숙하게 허리를 숙였다.

"기다리고 있었습니다."

세인은 그 여인을 잠시 훑어보더니 말했다.

"그대는 우리를 알고 있으나, 우리는 그대를 알지 못하니 이것은 불공평한 것 같소. 그대의 이름을 물어도 되겠소?"

"천한 계집의 이름 따위는 위사님들께 누만 될 뿐입니다."

세인이 쓴웃음을 지었다.

"훗! 천하에 그대를 당할 고수가 채 스물도 되지 않을 것 같은데 어찌 스스로를 천하다 하시는 것이오? 내가 잘못 본 것이오?"

세인의 말에 여인이 속으로 적잖이 당황하기 시작했다.

'이자… 나를 어찌 알아봤을까?'

"그리 아름다운 얼굴을 어찌 인피면구로 가리고 다니지 모르겠소."

보자마자 단박에 자신의 진면목을 꿰뚫어보는 세인으로 인해 여인은 일순간 소름이 다 끼칠 지경이었다.

'절대 범상한 자가 아니야. 내가 직접 오지 않았다면 이자의 존재조차 알지 못했을 터, 의외의 소득을 얻고 돌아가는구나.'

흑요석처럼 까만 여인의 눈동자가 잠시 세인을 뚫어져라 바라봤다.

'내 눈마저 속일 수 있을 정도로 완전히 기를 안에 갈무리하고 있다니. 살왕 당막천에 못지않은 자다. 어찌 이런 자가 존재하고 있음을 몰랐을까? 천하는 넓고, 기인이사는 모래알처럼 많다더니 과연 그런가 보구나.'

여인은 세인으로 인한 떨림을 가까스로 진정시키며 말했다.

"위사 분이 바로 진세인 위사시겠군요. 무례가 되지 않는다면 사문을 물어도 되겠습니까?"

세인이 웃었다.

"내가 사문을 밝히면 그대 또한 사문을 밝혀주시겠소? 아니지. 나는 그대의 이름조차 알지 못하니 그대의 이름까지 들어야겠소. 그래야 공평할 듯싶은데 말이오."

"진 위사님은 저에게 참으로 많은 것을 요구하시는군요."

여인이 웃었다. 그러자 세인은 순간적으로 경맥이 뒤틀리고, 심력이 흩어지는 것을 느껴야 했다.

'내가 꿈이라도 꾸고 있는 것인가? 웃음 한 번에 이렇게까지 흔들리다니.'

세인이 이럴진대 금동과 목개, 요립이 그 웃음에 저항할 수 있을 리 만무했다. 그 셋은 눈의 초점이 풀리더니 순간 다리가 풀려 자리에 주저앉고 말았다.

"소저, 장난이 심하시오. 장난도 지나치면 그때부터는 장난이 아니게 되는 법. 더 하시겠다면 이 사람은 검을 뽑을 수밖에 없소. 이 사람의 검은 일단 뽑히면 상대의 사정 따위는 절대 봐주는 법이 없다오."

"호호호! 정말 두려운 말씀이로군요. 저의 이름을 듣고 싶다 하셨지요? 그런데 제 이름을 들었던 이들 중 이제껏 살아 있는 이가 단 한 사람도 없답니다. 그래도 듣고 싶으신가요?"

"그럼, 내가 소저의 이름을 듣고도 살아남은 최초의 사람이 되겠구려."

"대단한 자신감이시네요. 진 위사님 옆에 계신 분이 그 명성도 자자한 살왕 당막천 어른이시겠죠?"

여인이 당막천을 가리키자 당막천이 껄껄 웃었다.

"어디서 잔재주 몇 개를 익힌 것 같은데. 계집아, 그걸 믿고 장난질을 치다가는 허리가 분질러진 채 죽는 수가 있단다."

"어머머! 말씀도 참 무섭게 하시네요."

"하하하! 내가 말도 무섭게 하지만, 내 손은 그 말보다 몇 배는 더 무섭단다. 한번 시험해 보겠느냐?"

"시험해 보고 싶은 마음은 굴뚝같으나 오늘은 날이 아닌 것 같네요."

천하의 살왕 당막천을 앞에 두고도 전혀 흔들림이 없는 여인을 보며 당막천이 호쾌하게 소리쳤다.

"참으로 대담한 여아가 아닌가? 그런데 너는 빙백마후와 대체 무슨 관계냐?"

그 질문에 그때까지 여유가 넘치던 여인의 얼굴이 순간 굳어지고 말았다.

"왜 그리 묻는지를 알 수가 없군요. 저는 빙백마후가 누군지도 모른답니다."

"모른다? 그럼, 내가 가르쳐 주지. 예전에 상대에게 이름을 가르쳐 준 대상을 전부 죽였던 요녀가 한 명 있었다. 네가 이름을 알려준 사람 중에 이제껏 살아남은 이가 한 사람도 없다 하기에 혹시나 싶어 물어본 것이다."

"요녀라… 참으로 듣기 거북한 말이군요."

"요녀라는 것은 세간의 평이고. 나는 생각이 조금 다르지. 네가 혹 빙백마후와 관계가 있다면 전해주거라. 당막천은 아직 마후를 기다리고 있노라고."

대체 무엇을 기다리고 있는지 알 수 없는 아리송한 말이었다. 어찌 보면 대단히 깊은 사연이라도 있는 듯도 보였다.

여인은 당막천을 매섭게 노려보더니 생각했다.

'이자는 분명 사부님을 알고 있어. 하나, 사부님께서는 이자에 대해 한 번도 언급한 적이 없는데…….'

"호호호! 두 분께 선물을 드리러 와서 불필요하게 말이 길어졌군요."

여인이 바닥에 꿇어앉아 있는 기녀 연화를 가리켰다.

"소저께서 저리도 큰 선물을 주셨는데 이거 어떻게 보답해야 할지 모르겠소."

"저는 진 위사의 사문이 알고 싶답니다. 이 선물을 받는 대신 소녀에게 살짝 가르쳐 주시겠습니까?"

"하하하! 뭐 어려울 것도 없소."

세인이 말했다.

"나는… 사문이 없소."

"농을 하시는 것은 아니겠지요?"

"사문이 없으니 없다고 한 것뿐이오. 나는 몇 권의 책을 봤을 뿐, 정식으로 스승에게 배운 적은 한 번도 없다오."

"믿기는 힘이 드나, 일단 믿어보기로 하지요."

"그런데 이렇게 만난 것도 큰 인연인데 소저는 끝내 이름조차 가르쳐 주지 않을 셈이오?"

"제 이름을 들었던 이는 모두 죽었답니다. 그래도 듣고 싶으신가요?"

세인이 고개를 끄덕였다.

"고집이 센 분이시군요."

그 말이 끝나기가 무섭게 여인은 백옥을 깎아 만든 듯한 검지를 들어 세인의 가슴을 향했다. 여인이 검지를 움직이자 세인의 상의 가슴팍에 선명한 세 글자가 새겨지기 시작했다.

여인이 조금만 더 힘을 줘도 가슴이 꿰뚫려 죽을 수도 있는 상황이었으나 세인은 그저 미소만 짓고 있었다. 어디 한번 해볼 테면 해보라는 식이었다.

곧 여인의 손놀림이 끝나자 세인이 구멍 뚫린 자신의 상의를 바라봤다.

"이런, 이런. 위국에서 지급받은 옷이라곤 달랑 이거 한 벌 뿐인데."

"호호호! 그걸 몰랐네요. 옷을 망친 데 대한 사과의 의미로 내일 아침에 똑같은 걸로 한 벌 보내 드리도록 하지요."

"그렇다면 참으로 감사하겠소."

세인이 정중히 포권을 하자 여인이 가볍게 미소를 지었다.

"그런데 말이오, 소저의 이름을 알고도 내가 끝내 죽지 않는다면 어떻게 되는 것이오?"

"그것은……."

여인이 말끝을 흐리더니 웃었다.

"그건 그때 가면 알려 드리도록 하지요."

여인은 화사하지만 요사함이 숨어 있는 미소를 한번 짓더니 곧 허공을 날아 순식간에 사라졌다.

"경공 하나만 놓고 따지면 저보다도 윗줄이군요."

세인이 여인의 경공에 크게 감탄하며 말했다.

"너보다는 윗줄일지 몰라도 나보다는 아랫줄이야."

"형님의 경공이야 천하제일이니. 그나저나 북해빙궁에서 왜 우리에게 관심을 갖는 것일까요?"

"너도 꿰뚫어 보고 있었느냐? 저 여아가 북해빙궁 출신이란 것을 말이야."

"북해빙궁 출신들에게는 특유의 냄새가 있지요. 북풍한설의 싸늘한 냄새가. 이런 경우에는 향기라고 해야겠군요."

"킁킁킁! 그런 냄새가 난단 말이냐? 나는 당최 맡지 못하겠는걸?"

"내일부터 북경에서 여인의 지분을 취급하는 곳들을 돌아봐야 할 것 같습니다."

"최고급 사향이었지?"

"그렇더군요. 그쪽에 조예가 없어 잘은 모르겠으나 제아무리 북경이라 한들 최고급 사향을 취급하는 곳이 몇이나 되겠습니까? 게다가 사향과 섞인 이 독특한 체향이라면 그녀가 설사 다른 모습을 하고 있어도 충분히 알아볼 수 있습니다."

"저 여아는 분명 모든 체취를 지우고 왔다 생각했겠지만 감히 우리 같은 선수들을 속일 수야 없지."

"그런데 저 여인 발이 유달리 작더군요. 분명 전족을 해서 그런 것일 텐데, 북해빙궁의 여인이 전족을 하다니 이해할 수가 없군요."

"중원 출신의 아이인가?"

"만약 그렇다면 저 여인의 재능은 대단하겠군요. 폐쇄적인 북해빙궁에서 중원 출신이란 약점을 극복하고 빙궁의 비기를 모두 이어받았을 정도니."

세인이 말을 이었다.

"그뿐만이 아니지요. 금동과 목개 등을 단번에 무기력하게 만든 그 웃음은 분명 포달랍궁의 환희극락소였습니다. 그와 유사한 무공이 몇 개 있기는 하지만 그렇게 강력한 것은 그것뿐이지요. 아마 저 여인은 자신을 포달랍궁 출신으로 믿게 만들기 위해 처음에는 일부러 그 재주를 보여줬을 테지요."

당막천이 득의양양한 미소를 지었다.

"흐흐흐! 속일 수 있는 사람을 속여야지. 소림의 성승 앞에서 나한권 펼치는 격이고, 무당의 검선 앞에서 삼재검 자랑하는 꼴이지."

"북해빙궁과 포달랍궁의 진전을 한 몸에 이은 여인이라……."

세인의 그 말에 당막천이 꽤 심각한 표정을 지었다.

"좋지 않아. 새외팔세가 공동전인을 배출한 것일 수도 있으니 말이야."

"그러지 않기를 바라야지요. 그랬다면 천하가 피바다가 될지도 모르니."

세인이 잠시 생각하더니 약간은 짓궂은 표정으로 당막천에게 물었다.

"빙백마후하고는 대체 무슨 관계입니까? 젊은 시절 연정이라도 품었던 것입니까?"

당막천이 크게 당황했다.

"이, 이 녀석아, 중상모략하지 마라. 이 당막천에게 여인은 오직 고향에 두고 온 앵앵이뿐이다."

"왜 이리 말을 더듬고 그러십니까?"

"더, 더듬기는 누가 더듬었다고 그, 그러느냐."

"하하하! 농 한번 던져 본 것이었습니다. 그런데 사천당가에 혹 아는 사람 있습니까?"

"그 독쟁이 가문은 왜?"

"여인이 쓰고 온 인피면구 말입니다, 그게 보통 인피면구가 아닙니다. 천면관음이라고 하는 것인데, 내력의 변화만으로도 자유자재로 얼굴을 변화시킬 수 있는 신기한 물건이지요. 당가의 한 장인이 변검의 명인을 보고 영감을 얻어 처음 만들었다 전해지지요. 그 비법은 오래전에 실전됐다 들었는데 오늘 보게 되는군요."

"천면관음? 그 전설의 천면관음이란 말이냐?"

"형님, 안력을 돋우어 여인의 인피면구 안을 꿰뚫어 보려 할 때마다 계속 새로운 얼굴이 보이며 여인의 실체를 보는데 실패하셨지요?"

"그랬지. 나는 고것이 요사한 사술을 쓰나 보다 했는데 말이야."

"사술이 아닙니다. 얼굴이 계속 변했던 것은 천면관음의 기이함 탓이었으니까요."

"확실한 것이냐?"

"확실히 하려면 당가 사람에게 물어보는 것이 가장 빠르겠지요."

"내 한번 물어보마."

"그럼, 이 증인을 데리고 가서 최근의 소란을 마무리 짓도록 하지요."

"그전에 이 무능한 것들 좀 어찌해야겠다."

당막천이 그때까지 정신을 못 차리고 주저앉아 있는 금동, 목개, 요립 삼인방의 머리를 가볍게 쓰다듬어 줬다. 그러자 신기하게도 직전까지 넋을 잃고 있던 금동과 목개가 용수철이 튕기듯 벌떡 일어서더니 소리쳤다.

"위사! 금! 동~!"

"살수~! 목개!"

"살.수?"

당막천이 인상을 쓰자 그때서야 실수를 알아차린 목개가 바르르 떨었다.

"처음이니 넘어간다만 다음에도 또 그러면 네 녀석 대가리를 잘근잘근 씹어 먹어버릴 테다."

"며, 명심하겠습니다!"

최근 엄청나게 온화해졌다고는 하지만 금동과 목개의 기억 속에 남아 있는 당막천은 공포, 그 자체였다. 그리고 당막천 또한 아직은 과거의 난폭함이 조금은 남아 있었다.

"이 녀석은 왜 안 일어나?"

당막천이 요립을 보며 인상을 썼다. 그러자 금동이 요립의 대가리에 가볍게 손을 얹었다. 그러자 요립이 화들짝 놀라며 바로 일어나 부동자세를 취했다.

"위사 보조! 요! 립!"

*　　　　*　　　　*

"그렇게 된 거였군그래."

기녀 연화가 그간의 사정을 낱낱이 토설하자 남궁유수가 고개를 끄덕였다.

"게다가 살인멸구를 위해 사람까지 보냈다니⋯⋯."

남궁유수가 연화 바로 옆에서 바르르 떨고 있는 모용위국 위사 상우량을 노려봤다.

"참으로 간악한 놈이로구나."

"사, 살려주십시오."

상우량이 고개를 처박으며 목숨만 살려달라고 애원하기 시작했다.

"진 위사, 기녀 연화를 구하고 연화의 입을 통해 이자의 행방을 가르쳐 준 이들이 혹 누구인지 아는가?"

"저도 그것이 궁금합니다."

북경 외곽에 숨어 있던 연화를 죽이기 위해 상우량이 칼을 뽑아들 때였다. 그때, 정체불명의 무사들이 나타나 연화를 구하고, 상우량을 제압했다고 한다.

신비한 여인의 도움으로 연화를 지금 이 자리까지 데리고 나올 수 있었고, 신비한 여인은 연화의 입을 통해 상우량이란 자를 어디에 붙잡아놓았는지까지 전해왔다.

　"큰 실수를 할 뻔했군. 내 직접 청설위국 국주를 찾아가 사과를 하는 것은 물론, 남궁위국주 남궁수란 아이를 본 가로 압송해 가법에 따라 엄히 처리할 것일세. 청설위국 장 국주가 원한다면 남궁수를 그쪽에 넘길 의사도 있어. 문제는 이번 일의 주모자인 모용천산이란 간악한 녀석인데……."

　남궁유수가 정파의 최고 어른 중 하나라고는 하나, 모용세가주의 아들이자 모용위국의 소국주인 모용천산을 임의로 끌고 와 처벌할 수는 없는 노릇이었다.

　더구나 공모를 했다고는 하나 남궁연을 죽인 것은 남궁수였고, 모용천산이 죽인 것은 모용세가 사람이었다. 모용천산을 처벌해야 한다면 모용세가에서 할 일이지 남궁세가 사람인 남궁유수가 이래라 저래라 할 성질의 일은 아닌 것이다.

　"세가 내부의 문제를 관부에 넘길 수도 없는 노릇이고 참으로 난감하구먼."

　강호인들, 특히 제법 세를 자랑하는 문파나 세가들은 자신들의 일에 관부가 관여하는 것을 극도로 꺼려했다. 관부 또한 불가피한 일이 아니면 강호인들의 문제에 간섭하는 것을 피했고.

"자네들에게 혹 좋은 생각 있는가?"

남궁유수의 물음에 세인은 역시나 난감한 표정을 지었으나, 반대로 당막천은 자신있는 표정이었다.

젊은 시절부터 남궁유수와는 안면도 있었고, 이제는 서로 나이도 많이 먹은 터라 편히 말하기로 한 당막천이 남궁유수에게 말했다.

"그것은 걱정 말게. 모용천산이란 아이, 모용세가로 도망가 얼마든지 숨어 있으라고 하게."

모용천산은 연화를 죽이러 보낸 상우량이 돌연 실종되자 일이 무언가 크게 잘못된 것을 깨닫고 하북성 승덕의 모용세가 본가로 도주한 지 오래였다.

"당 형답지 않게 그게 무슨 말인가? 죄를 지었으면 마땅히 벌을 받아야지."

"남궁 늙은이, 모용천산을 보호한 모용세가는 곧 크게 곤경에 처할 걸세. 그 문제는 나를 믿고 그만 매듭을 짓게. 자비가 필요한 시점이야."

"자비?"

남궁유수는 물론 세인까지도 의외라는 표정을 지었다.

다른 사람도 아니고 살왕 당막천에게는 가장 어울리지 않는 단어를 하나 고르라면 그건 자비란 단어였다. 그런 당막천의 입에서 자비란 단어가 나오다니.

'형님께 무슨 일이 있나?

그런데 자비 운운하며 이만 일을 끝내자 한 당막천에게는
나름의 꿍꿍이가 있었다.

'흐흐흐! 왕팔이와 미랑이, 소운이 지금 무영대를 모으러
떠났으니 녀석들이 다시 이곳에 돌아오면 모용세가는 크게
경을 치게 될 거야.'

그 다음날 남궁유수는 청설위국을 방문해 이번 일과 관련
해 국주 장원교에게 크게 사과했다.

남궁수는 크게 벌을 받을 것이며, 앞으로 다시는 이런 일이
없을 것이라는 약조를 몇 번에 걸쳐 했다.

"헐헐헐! 세상사 살다 보면 이런 오해, 저런 오해 다 받고
살아가게 마련이지요. 저희는 이미 기억에서 지운 지 오래이
니 너무 신경 쓰지 마십시오."

세상 달관한 듯한 표정으로 연방 껄껄 웃어대는 장원교에
게 남궁유수가 다시 한 번 사과하더니 일을 좋게 마무리 지었
다.

남궁유수는 장원교와의 만남을 끝내고 나와 조용히 세인
을 찾았다.

"자네가 무슨 이유로 이곳에서 위사 일을 하고 있는지는
모르겠네. 굳이 밝히고 싶지 않은 것 같으니 나 역시 더 이상
은 묻지 않으이. 하나, 시간 나면 꼭 한 번 남궁세가를 들러주
게. 몇 날 며칠이고 자네와 무학에 대해 논하고, 검도 섞어가

며 검에 흠뻑 취하고 싶다네. 이 늙은이의 청을 부디 거절치
말아주게나."

"저 역시 꼭 한번 찾아뵙고 가르침을 청하겠습니다."

"고맙네. 그럼 다시 만날 날을 내 기대하겠네."

남궁유수가 정겹게 세인의 손을 잡았다.

"흠흠, 남들이 보면 사내 두 사람이 진하게 정이라도 통하
는 줄 착각하겠네."

"이제는 못하는 소리가 없구만."

"그나저나 인이와 함께 나도 남궁세가를 찾아가면 거하게
대접받을 수 있는 것인가?"

"당 형이 좋아하는 술은 원 없이 마시게 해주겠네. 그러니
말로만 그러지 말고 당 형도 꼭 한 번 들러주게나."

안면은 있다지만 친분이라 할 것은 없는 남궁유수와 당막
천이었다. 사실 정파인인 남궁유수와 사파 중에서도 가장
기피되는 살수인 살왕과 친분이 있는 것도 이상한 일이었
다.

하나 당막천은 예전에도 사람을 가려 죽이는 것으로 유명
했다. 그의 손에 죽은 자들 중에 죄없는 이는 단 한 사람도 없
었다.

'살수이기는 하나 단순히 돈만 탐했던 인물은 아니었지.
나름의 방법으로 정의를 실현하고, 협행을 했던 것이 당 형
야.'

또한, 당막천이 하룻밤 새에 십만마교 고수 일백을 때려죽인 일을 두고 정파에서는 크나큰 쾌거라고 칭찬했던 적이 있었다. 그때 가장 크게 칭찬했던 것이 바로 남궁유수였고, 당막천에게 약간의 호감까지 표했던 적도 있었다.

'나 또한 십만마교와 한 하늘을 이고는 살 수 없는 몸. 당형이 진정으로 살수 일에서 손을 씻었다면 우리는 좋은 지기가 될 수도 있을 거요.'

게다가 당막천이 남궁세가에 힘을 보태준다면 남궁세가는 천군만마를 얻은 것이나 마찬가지였다.

'허허! 여전히 이런 속된 생각이나 품고 있다니. 나는 아직 멀었구나.'

"그렇다면야 조만간 한번 찾아가 남궁세가의 술독이란 술독은 모조리 비워주도록 하지. 그나저나 남궁가에 참한 여아들이 있는가?"

"그건 왜 묻는 것인가?"

"나야 첫사랑에 실패해 이날 이때까지 홀로 살고 있지만, 인이는 이미 나이가 꽉 찼는데 좋은 처자 만나서 성혼을 시켜야 할 것이 아닌가? 그것이 형 된 도리라고 생각하는데 말이야."

"헐헐헐! 당 형에게 그런 마음씀씀이도 있었소? 일단 오기나 하시게. 세가 기둥뿌리가 흔들리는 한이 있더라도 당 형이 대접 못 받았다는 소리는 하지 못하게 해줄 것이니."

"그럼 내 기대하겠네."

　남궁유수는 몇 마디 말을 더 나눈 후에 청설위국을 떠나 남궁세가가 있는 안휘성 합비로 향했다.

第三章
연가경

무영무쌍

청설위국.

"기녀 연화를 찾아내 소국주와 철웅이의 누명을 벗겨준 자
네 공이 적지 않다 판단돼 자네를 새로 조장에 임명하라는 국
주님의 명일세."

대위사 조자한이 세인을 조장으로 임명한다는 말과 함께
축하의 말을 건넸다.

"하하하! 축하해, 세인. 너를 처음 봤을 때부터 우리는 궁
합이 잘 맞을 줄 알고 있었지. 위국 내 최연소 조장들인 우리
둘이 앞으로 위국을 잘 이끌어가 보자고."

천상루에서 누명을 쓰고 남궁위국과 모용위국 위사들에게

끌려 나오며 모진 구타를 당했던 철웅이었다. 그래서 한동안 자리보전을 해야 했지만, 워낙 체력이 좋아 금세 자리를 털고 일어나 다시 위사 일을 시작한 터였다.

"흠흠, 수석인 나와 차석인 세인이가 조장이 됐으니 이제 다음 차례는 당 노인일 것인데. 당 노인이 조장이 되면 위국 최고령 조장이 되는 것인가?"

당막천이 발끈했다.

"이놈아, 무슨 소리냐! 내 나이 이제 마흔하나다, 마흔하나!"

"당 노인, 믿을 소리를 하시오. 혹 위국 내에 당 노인 나이를 두고 내기가 걸린 것은 아시오?"

"그건 또 무슨 소리냐?"

"어디 보자, 지금까지 돈을 건 사람 중에 칠 할이 일흔 안팎에 걸었소. 예순다섯 이쪽저쪽이라는데 이 할, 나머지는 제멋대로 걸긴 했는데 다 예순 이상에 걸었소. 어라, 세 명은 여든이 넘었다는 쪽에도 걸었네? 당 노인이 늙긴 했지만 설마 여든이 넘었을라고."

철웅이 믿기지 않는다는 표정을 짓고 있을 때, 왠지 불안한 상상이 떠오른 당막천이 금동과 목개, 그리고 세인을 바라봤다.

"혹시 말이다……."

당막천이 노려보자 찔리는 구석이 있었던 금동과 목개가

바로 바닥에 무릎을 꿇으며 용서를 빌었다.

"그게 말입니다, 진 형님이 형님께서는 여든이 넘은 것이 틀림없다며 그쪽에 은자를 걸기에… 형님 따라 강남 간다는 심정으로 저희들이 그만……."

"이, 이놈들! 네놈들이 그러고도 내 동생들이라 할 수 있느냐?"

"죽여주십시오, 형님!"

"그저 재미로 한 것을 가지고 왜 그리 화를 내십니까? 이만 화 푸시지요."

자신을 만류하는 세인을 보며 당막천이 입에서 불을 토했다.

'이크! 형님이 크게 화가 난 모양이구나.'

"흠흠, 저는 오늘 바쁜 일이 있어서 이만 나가보겠습니다."

세인은 그러더니 순식간에 위국을 빠져나갔다. 결국 남은 것은 불쌍한 금동과 목개였다.

"너희 둘, 저쪽으로 따라와!"

"혀, 형님……."

금동과 목개는 남들 눈에 잘 보이지 않는 으슥한 곳으로 끌려갔다. 그리고 혹 누가 오지 않나 망을 보게 된 위사 보조 요립이 '구타의 추억'을 생생하게 되새기게 만들 정도로 둘은 흠씬 두들겨 맞았다.

세인이 향한 곳은 왕부정대가에 있는 연청학의 집이었다.

"오 집사님, 연 소저께서는 아직입니까?"

"잠시만 기다리시게. 곧 나온다 하셨으니."

세인이 집사 오방과 잠시 기다리고 있자 곧 언제나 꼿꼿한 자세를 잃지 않는 연청학이 그의 딸 연가경과 함께 정원으로 나왔다.

연청학이 세인을 알아보더니 크게 반가워했다.

"청설위국에 일이 있었다는 얘기는 내 들었네. 잘 해결이 되었는가?"

"염려해 주신 덕분에 잘 해결이 됐습니다."

"잘됐군그래. 내 딸아이 가경이는 저번에 한 번 본 적이 있지?"

"물론입니다."

그러며 세인이 연가경을 바라봤다.

곱게 틀어 올린 머리는 은화잠으로 마무리했고, 수수한 화장이었으나 그것만으로도 얼굴에서 광채가 나는 것만 같았다. 눈부신 백색 비단을 주재료로 만든 월화군(月華裙)과 하피가 바람에 출렁거릴 때마다 마치 속세에 선녀가 있다면 이런 모습이 아닐까 하는 착각마저 불러일으켰다.

'오늘 하루 연 소저가 가는 곳마다 난리가 나겠군.'

터무니없는 아름다움을 뽐내는 연가경을 보며 세인은 가볍게 걱정까지 해야 할 지경이었다.

"가경아, 정식으로 인사 나누거라. 내가 진정으로 아끼는 진세인 위사다. 아니지, 최근에 정오품 금의위 검서관 자리를 제수받았으니 진 검서관이라 불러야 옳겠구나."

연가경이 세인을 향해 가볍게 허리를 숙이며 인사를 했다.

"연가경이라 합니다."

연가경은 평범하게 인사를 한 것뿐이었다. 하지만 마치 달콤하게 속삭이는 것 같은 느낌을 줄 정도로 목소리 또한 극히 아름다웠다.

"오늘 하루 소저를 모시게 될 진세인입니다."

두 사람이 서로 인사를 나누자 그 광경을 흐뭇하게 바라보던 연청학이 입을 열었다.

"진 검서관, 내 딸 가경이를 잘 부탁하네."

"최선을 다하겠습니다."

연가경이 곧 연청학에게 다시 한 번 다소곳이 인사를 한 후, 세인의 인도에 따라 저택을 나서기 시작했다.

연방 미소를 지으며 그 뒷모습을 바라보고 있던 연청학에게 집사 오방이 말했다.

"대감마님, 그리도 보기 좋으십니까?"

"그리 보이는가?"

"예전에 한 번, 첫째 아가씨가 한왕 전하와 함께 나들이 갈 때 대감마님의 그런 표정을 본 적이 있습지요."

"허, 내가 그랬었나?"

"소인이 판단할 일은 아니오나 대감마님께서는 진 위사를 마음에 두고 있는 듯 보입니다."

이십 년 이상 연청학의 집에서 집사로 일해온 오방이기에 모시는 상전인 연청학에게도 그런 얘기를 스스럼없이 할 수 있었다.

"틀리지 않게 보았네. 나는 가경이의 짝으로 진 검서관 이상 가는 청년을 찾을 수가 없다고 보니."

"하나 진 위사는 근본을 알 수 없는 떠돌이 위사가 아닙니까? 그에 반해 둘째 아가씨는……."

"그리 볼 수도 있겠지. 하나, 진 검서관은 군문에 들면 대명 제일의 명장이 될 것이고, 문관이 되면 천하제일의 학사가 될 것이야. 그런 인재를 발견했는데 어찌 소소한 집안 내력 따위나 따지겠는가? 부디 가경이가 진 검서관의 마음에 들어 둘이 맺어지기만을 바랄 뿐이지."

"사내라면 어찌 둘째 아가씨를 마다할 수 있겠습니까? 왕소군이나 조비연이 다시 살아 돌아온다 해도 아가씨와 비교하면 적잖이 손색이 있을 것인데요."

"오 집사 말솜씨가 제법이구나. 어찌 그리 듣기 좋은 말만 골라하는가?"

"사실을 말했을 뿐입니다요, 대감마님. 게다가 아가씨의 총명함은 황상께서도 인정하셨던 바가 아닙니까요?"

"그래, 그랬던 적이 있었지. 하나 아비 된 입장에서는 가경이가 왠지 진 검서관에 비해 부족하다는 느낌이 자꾸 드니 이를 어쩌겠는가?"

"후아~!"
연청학의 저택을 나오자마자 연가경을 발견한 사람들이 연방 감탄사를 터뜨렸다.
"에휴~!"
지나가던 여인들은 연가경의 미모를 부러워하며 땅이 꺼져라 한숨을 푹푹 쉬어댔다.
특히, 사내들은 연가경과 나란히 걷고 있는 세인을 향해서는 질투 어린 시선을 던졌다. 그것이 지나쳐 왠지 살기로까지 느껴질 정도였다.
'이거, 이거. 내가 마치 악당이라도 된 느낌인걸.'
"최근에 소주에 간 언니에게 편지를 한 통 받았어요. 소주 생활이 낯설어 힘들긴 하지만 진 검서관님께서 소개해 주신 사람들 덕분에 잘 지낸다 하더군요. 검서관님 고향이 소주인가 봐요?"
"소주에서 살긴 했지만 고향은 이곳 북경입니다. 하지만 너무 어릴 때 떠나와서 북경에 대한 기억은 거의 없지요."
"하늘에는 천당이 있고, 땅에는 소주와 항주가 있다 할 정도로 소주는 정말 아름다운 땅이라더군요. 소주가 그리 아름다운 곳인가요?"

"쪽빛 물과 아름다운 정원이 인상적인 곳이죠. 도시 전체에 연결된 수로 위에 배 한 척 띄우고 느긋하게 풍경 구경하다 보면 시간 가는 줄 모르죠."

"언니도 편지에서 그러더군요. 소주는 물의 도시이자, 북경에서도 보기 힘든 아름다운 정원이 즐비한 지상의 천당이라고 말이에요."

"하지만 그 이면을 들여다보면 그곳만큼 비정한 곳도 없지요."

세인은 무척이나 씁쓸한 어조로 말하고 있었다.

"용부를 말하는 건가요?"

가경의 그 물음에 세인이 조금은 놀란 표정을 지었다.

"연 소저는 용부를 잘 알고 있나 보군요?"

"언니의 편지를 통해 들었어요. 소주에는 강호인들이 모여 결성한 용부란 단체가 있는데, 강남에서는 그 위세가 황상을 능가하는 면이 있다 하더군요. 소주의 관리들도 감히 용부 앞에서는 큰 소리를 내지 못한다고 하면서."

가경은 용부에 대해 대단한 관심을 가지고 있는 듯 보였다.

"얼마다 대단한 곳이기에 소주를 봉지로 받은 친왕의 왕비인 언니조차 그리 말할까요?"

세인은 용부에 대해 조금 더 설명을 해줄까 하다가 마음을 바꿔 화제를 돌렸다.

"천하에는 소주뿐만 아니라 아름다운 곳이 참으로 많지

요. 제가 가본 곳 중 인상적이었던 곳들만 꼽아도 절강의 안탕산과 보타산, 항주 서호, 광서 계림의 산수(山水), 안휘의 황산과 구화산, 강서의 여산, 운남의 석림(石林), 호남 악양의 동정호와 악양루 등등, 수도 없이 많답니다. 저도 꽤 많은 절경들을 봐온 편이지만 그래도 아직 못 본 것들이 허다하지요. 제 꿈은 천하의 유명한 절경들은 모두 보고 죽는 것이랍니다."

가경이 시무룩한 표정을 지었다.

"정말 부럽네요. 저는 이제껏 쭉 북경에 살아왔지만 북경의 볼거리들도 제대로 보지 못했답니다."

"연 대인을 모시고 천하 유람을 떠나기로 약조를 했답니다. 그때, 기회를 봐 연 소저도 동행할 수 있도록 제가 청을 한번 넣어보도록 하지요."

"정말이죠? 약조하신 거예요?"

"연 소저가 한 가지 질문에 대답을 해준다면 약조를 해드리지요."

"질문요? 무엇이든 물어보세요."

세인이 미소를 지었다.

"누가 연 소저에게 무공을 가르쳐 준 겁니까?"

"무, 무공이라니요? 제가 어찌 무공을 알겠어요?"

"남첨부에서 칠화초에 대해 말했던 서생이 연 소저 아니었습니까?"

"무슨 얘기를 하는 것인지 잘 모르겠는데요."

"그렇게 부인하시니……."

그 순간이었다.

가경은 자신의 미간을 향해 거대한 검이 날아오는 것을 느꼈다. 깜짝 놀란 그녀는 자신도 모르게 황급히 신법을 펼쳤다.

그녀가 허공에서 멋들어지게 공중제비를 돌고, 연이어 다리를 가위처럼 교차시키며 비스듬하게 몸을 회전시켰다. 신법만이었지만 그녀의 무공이 범상치 않아 보였다.

그녀가 자신을 향해 계속해서 날아오던 검을 피해 또다시 신법을 펼치려 할 때였다. 당장에라도 자신을 베어버릴 것 같던 검이 순간 증발하듯 사라지고 마는 것이 아닌가?

"이, 이게……."

그녀가 어리둥절한 표정으로 주위를 두리번거릴 때 세인이 미소를 지었다.

"무공을 모르신다 하지 않았습니까?"

"그것이……."

세인이 말했다.

"연 소저는 알수록 신비하군요. 대갓집 규수가 개방의 방도일 리도 없는데 개방의 장로 이상만이 익힐 수 있다는 취팔선보를 익히고 있으니 말입니다."

가경이 깜짝 놀랐다.

"사부님이 말하길 어지간한 사람은 절대 알아보지 못할 거라 하던데 어찌 안 거죠?"

"사부님요? 개방 장로들이 대개 괴팍하긴 하지만 예부상서 댁 따님과 사제의 연을 맺을 정도로 대담하기까지 한 사람은 딱 한 분이지요. 취걸개 방주와는 어떻게 만나게 된 겁니까?"

"……."

세인이 정확히 짚어내자 순간 가경은 아무 말도 할 수 없었다.

'부정해 봐야 소용없겠어…….'

가경은 곧 자신의 사부인 취걸개를 만난 과정부터 그와 인연을 맺어 무공 몇 가지를 전수받은 얘기와 자신이 종종 남장을 하고 밖을 돌아다녔던 것까지 숨김없이 털어놓았다.

"이렇게 된 거랍니다."

가경은 자신의 작은 비밀들에 대해 털어놓자 왠지 후련한 표정이었다. 그런 가경의 표정 또한 전에는 대갓집 규수다운 얌전하고 새침떼기 같은 표정에서 한결 밝아져 있었다.

"제가 제 비밀들을 털어놓았으니 세인 오라버니께서도 말해보시죠."

개방 방주 취걸개에게 무공을 배웠다더니, 넉살좋은 그의 성품까지 전수받았는지 가경의 태도에서 이제는 대갓집 규수 특유의 가식이 완전히 사라졌다.

"세인 오라버니요?"

"진 검서관님보다는 그렇게 부르는 것이 보다 친근감있게 느껴지지 않나요? 물론 싫다면 할 수 없겠지만요."

가경처럼 대단한 미녀가 그리 불러준다는데 세상 천지에 싫다할 사내가 어디 있겠는가?

"강호의 관례대로라면 제가 사문을 밝혔으니 세인 오라버니 역시 마땅히 사문을 밝혀주서야지요."

가경이 강호의 관례 운운하자 세인은 그것이 우습기만 했다. 취걸개에게 무공 몇 수를 배웠다 해서 가경이 강호인이 될 수는 없었다.

'바깥출입도 힘들고, 집 안에만 갇혀 살다 보니 책이나 얘기를 통해 보고 들었던 자유로운 강호의 삶을 동경해 왔나 보군. 하나, 연 소저 생각처럼 강호가 그렇게 낭만적인 곳만은 아니랍니다.'

그러나 가경의 그런 환상을 굳이 깨뜨릴 이유도 없었다. 그녀에게 장단을 맞춰주는 셈치고 세인이 포권을 하며 사과를 했다.

"이 사람이 잠시 무례를 범했소이다. 하나, 이 사람에게는 사문이라 할 곳이 없습니다."

"그건 이상한 걸요? 보통 강호의 고수가 되려면 명문의 좋은 스승 밑에서 다년간 고련을 해도 될까 말까 하다 들었는데."

"그럼 소생은 강호의 고수가 아닌가 보지요. 강호의 고수라면 어찌 위국의 위사 일을 하고 있겠습니까?"

"그건 그렇기도 하지만……."

가경은 잠시 고민하더니 다시 입을 열었다.

"그럼, 형부에게 가르쳐 줬다는 공자검 또한 절세의 절기는 아니겠군요."

"절세의 절기란 것이 따로 있는 것이 아닙니다. 십만마교 교주 구양창천이 펼치면 흔하디흔한 육합권도 절세의 신공으로 변하고, 소림의 성승께서 나한권을 구사하면 그것은 그 어떤 칠십이종절예보다 강력한 광세절학이 되니까요."

"무공이 중한 것이 아니라 그것을 펼치는 사람이 더 중하다는 얘기인가요?"

"그렇지요. 예전에 공공문이란 신비문파가 있었습니다. 이 공공문이란 곳은 일인전승의 신비지문이었는데, 어느 날 자신을 공공문주라 밝힌 한 사내가 강호에 출도를 했지요."

"그래서요?"

강호의 얘기를 듣는 것에 무척이나 즐거운지 가경은 금세 세인을 재촉하기 시작했다.

"그 사내는 일 년 정도 강호를 떠돌며 비무를 가졌는데 일천 번의 비무에서 단 한 번도 패하지 않았답니다. 일 년 동안 일천 번을 싸웠다 하면 하루에 거의 세 번 가까이 싸운 셈인데 단 한 번의 패배도 없었다는 것은 놀라운 일이지요. 그러

나 그 상대들 또한 놀랍기 그지없었습니다. 그 당시 강호의
고수란 고수는 총망라돼 있었고, 심지어는 십만마교의 교주
와 용부의 부주까지 격파했을 정도였답니다."

세인이 초롱초롱하게 눈망울을 반짝이고 있는 가경을 보
며 말을 이었다.

"절세의 절기 중의 절기인 천마검법을 익힌 당대의 십만마
교 교주를 격파한 공공문주의 검법은 그런데 놀랍게도 무당
의 삼재검이었지요."

"어찌 평범하기 이를 데 없는 삼재검으로 천마검법을 격파
할 수가 있는 거지요?"

"그것은……."

세인은 그 이치에 대해 이해할 수 있는 정도 수준에 있었
다. 그러나 가경에게 그와 관련한 복잡한 무리(武理)를 설명
하고, 이해시키는 것은 무리다 싶었다.

"강호의 고수도 아닌 소생이 어찌 알겠습니까?"

"그런가요? 다음에 사부님 오시면 물어봐야겠네요."

세인이 빙그레 웃었다.

'취걸개 방주가 고수이기는 하나 그 정도의 심오한 무리를
설명하기에는 부족함이 있을 겁니다.'

세인은 가경이 강호 이야기에 대단히 흥미를 느끼는 것 같
자 그것을 시작으로 이런저런 강호 이야기를 들려주었다. 세
인이 말솜씨가 빼어난 것도 아니었지만 듣는 가경이 워낙 그

쪽에 호기심이 많아 얘기는 참으로 화기애애하게 진행됐다.

"그럼, 당대의 천하제일고수는 십만마교 구양창천 교주인가요?"

"강호의 명숙들은 보통 그렇게들 인정을 하지요."

"그런데 취걸개 사부님께 얼핏 들으니 용부에 정말 대단한 절대고수가 한 사람이 있다 하던데요? 무영무쌍이라고 했던가……."

가경의 입에서 자신의 별호가 나오자 세인은 묘한 감흥을 느꼈다.

"용부에 무영무쌍이란 고수가 있다는 얘기는 저도 들었지만 그의 얼굴도, 신분 내력도 밝혀진 바가 전혀 없지요. 어쩌면 애당초 그런 고수가 존재하지 않을지도 모르지요."

"그런가요? 그런데 세인 오라버니는 강호의 일반적인 분류상 어느 정도에 속하는 무사인가요?"

보통 강호인들은 삼류부터 시작해 이류, 일류, 절정, 초절정, 화경 등으로 무인들을 구분해 말하기를 좋아한다. 그렇다 하더라도 당사자 면전에서 어느 정도 수준이냐고 묻는 것은 무례한 것이었다. 그러나 가경이 강호인도 아니고, 강호의 예법에도 무지하니 세인은 크게 신경 쓰지 않았다.

"무림맹 무사 같으면 낙양에 있는 영웅탑(英雄塔)에서 평가를 받으면 간단하겠지만, 소생은 소생이 어느 정도라고 딱히 말을 할 수가 없겠습니다."

"영웅탑이요?"

"오백 년 전, 기관지학의 대가인 천기자가 낙양에 지은 탑이라고 하지요. 무인이 자신의 강함을 입증하려면 보통은 비무를 통하거나 상대를 쓰러뜨리는 것 외에는 방법이 없습니다. 하나, 비무라 해도 여러 가지 불상사가 생길 수밖에 없었고, 의도하지 않게 사람들이 죽어나가곤 하지요."

"그렇다 들었어요."

"그것을 보다 못한 천기자가 낙양에 큰 탑을 지었습니다. 자신의 무공 성취도가 어느 정도나 되는지 시험하고 싶은 영웅호걸들은 이 탑에 들어보라고 강호에 선언했죠. 그런데 진검 비무에 익숙했던 강호인들은 그에 큰 관심을 보이진 않았죠. 그래서 한동안 한산하기 그지없던 영웅탑이 본격적으로 활성화된 건 원나라 때였지요."

"원나라 때는 강호인들을 극히 탄압하던 시기로 알고 있는데요."

"맞는 얘기입니다. 그런데 탄압한다 하여 강호가 사라지겠습니까? 물론 조정의 눈치가 보여 예전보다는 확실히 비무가 줄어들었지요. 비무가 제한되니 스스로를 평가해 보고 싶은 욕망을 가진 강호인들은 대신 영웅탑으로 몰려들기 시작했죠. 그 현상을 목격한 강호의 명숙들은 반원 운동을 위해서라도 강호인들에게 영웅탑에 들기를 적극 권했지요. 영웅탑에서 자신의 부족함을 느끼고 더욱 무공에 정진해 영토를 되찾는데 힘을 보태라는 의도에서요."

"그래서 어찌 됐나요?"

"그때는 정사 구분없이 모두가 영웅탑에 들었던 시기였습니다. 그런데 이 영웅탑이란 곳이 대단히 까다로운 곳이어서 당시의 절대고수들조차 오층 이상을 오르지 못했다 합니다. 하지만 까다롭고 어렵다 하여 강호인들이 포기할 리 없지요. 영웅탑을 정복하기 위해 무수한 영웅호걸들이 불철주야 피땀을 흘렸고, 그러다 보니 자연스럽게 강호는 유래없는 전성기를 누렸지요. 바로 그 전성기의 강호인들이 분연히 깃발을 들고일어나 세계 제국을 이뤘던 원을 장성 밖으로 몰아내는 쾌거를 이루었지요."

"아, 그렇군요."

"대명을 건국한 태조께서도 영웅탑의 가치를 모르지 않았습니다. 태조께서도 젊은 시절에는 영웅탑 정복을 꿈꾸며 강호의 삶을 살았던 강호인이었으니까요. 태조께서는 영웅탑 앞에 '호국(護國)'이란 두 글자를 친히 써서 만세토록 천하를 지키는 호국의 탑으로 남기를 기원했다 하지요."

"영웅탑이 있는 낙양은 정파 무림맹의 총단이 있는 곳이잖아요? 들기로는 무림맹이 십만마교는 물론이고 용부와도 사이가 좋지 않다 들었는데 그 두 곳의 무사들도 영웅탑에 들 수 있나요?"

"영웅탑은 정파의 것이 아닌 강호 전체의 것이며, 호국이란 이름이 붙은 만큼 천하 모두의 것이지요. 제아무리 서로가 으르렁거린다 하여 십만마교와 용부의 무사들이 영웅탑에 드는 것을 무림맹으로서도 막을 수는 없지요. 하나 두 곳에 속한 무사들 입장에서는 무림맹 총단이 있는 낙양까지 가 영웅탑에 드는 것을 크게 불편하게 여길 수밖에 없지요. 그래서 요즘에는 무림맹 무사들만이 대개 영웅탑에 들곤 한답니다."

"그럼, 현재의 고수들 중에 가장 높은 층까지 오른 고수는 누구인가요?"

"한참 전의 일이지만 환우십삼성 중 한 분이자 소림의 고승이기도 한 성승 대사께서 오층까지 올랐다 합니다. 제가 알기로는 그게 최고 기록이지요."

"그럼, 영웅탑을 정복한 이는 있었나요?"

"영웅탑은 오백 년 동안 그 누구에게도 정복을 허용치 않았다 하더군요. 원을 몰아냈을 정도였던 전성기의 강호를 살았던 고수들조차 육 층까지가 한계였다고 하니까요."

"누군가 영웅탑을 정복하게 되면 그야말로 고금제일인이라 할 수 있겠네요?"

"흠… 그리 틀린 말은 아니겠군요."

세인과 가경이 강호에 대한 여러 얘기를 나누며 북경 대로를 걷고 있었다. 그런데 두 사람이 걸으면 걸을수록 주변에는 정말 많은 사람들이 몰려들어 쑥덕거리기 시작했다.

"저기 가는 저 소저가 예부상서 연 대인 댁 둘째 아가씨가 맞지?"

"그럴 걸세. 대연, 소연 하며 사람들이 입에 침이 마를 정도로 칭찬하기에 얼마나 대단한지 궁금했었는데 들리는 소문은 반의반도 저 미모를 표현하지 못했었군그래."

"허! 죽기 전에 저리 대단한 미녀를 또 볼 수 있을까? 아무래도 힘들 듯싶구나."

사람들의 감탄과 칭찬이 이어지는 가운데 사람들의 곱지 않은 시선이 세인에게로 쏠리고 있었다.

그것을 느낀 세인이 속으로 쓴웃음을 지었다.

'연 소저 곁에서 같이 걷는 것만으로도 내가 북경 전체의 공적이 된 것 같은 느낌이야.'

그는 속으로 고개를 절레절레 혼들며 곧 천상루로 향했다.

"진 위사님, 이 시간에 어쩐 일로… 허거덩!"

야간조 조장인 세인이 낮 시간에 남첨부를 찾자 의아하게 생각하던 아평이었다. 그러나 그는 그 연유를 채 묻기도 전에 뒤로 자빠질 뻔했다.

'뭐, 뭐야? 내가 지금 선녀라도 보고 있는 거야?'

아평은 가경을 발견하자마자 크게 놀라며 벌린 입을 다물지 못하고 있었다.

"남들이 보면 귀신이라도 본 줄 알겠구나. 그렇게 서 있지만 말고 곽 대인을 좀 모셔올 수 있겠느냐?"

"아, 물론입지요. 진 조장님 오셨다 하면 주방의 주도를 든 채로도 뛰어나올 분인데요. 자, 잠시만 기다려 주십시오."

그 뒤로도 가경의 얼굴을 몇 번이나 훔쳐 본 아평이 주방에서 한참 재료를 다듬고 있던 곽부양에게 향했다.

"지, 지배인님, 큰일 났습니다!"

"큰일? 밖에 무슨 일이라도 있는 것이냐?"

남첨부 음식 맛이 대단하다는 소문이 북경 바닥에 파다하게 퍼졌다. 그 후 이곳저곳 힘 좀 쓴다는 곳에서 자리 예약을 해달라거나 특별 요리 주문 청탁을 해오고 있었다.

그런데 조정의 대관들이 한둘이 아니다. 북경의 부자들도 이루 헤아릴 수 없이 많다. 그들 전부가 남첨부 요리 맛에 길들여져 매일같이 이런저런 청을 넣어오니 그것을 해결하는 것이 요새 유일한 근심거리였다.

주방 일손에는 엄연히 한계가 있다. 그러니 어떤 대인의 청은 들어주고, 다른 대인의 청은 거절할 수가 없어 정말 특별한 경우가 아니고서는 특별 요리 주문은 거의 거절하고 있는 형편이었다.

그 외에는 모든 것이 너무나 잘 돌아가 곽부양은 근자에 이리 행복한 때가 없을 지경이었다.

그래서 아평이 큰일이 벌어졌다 하니 대단한 고관이 요리 주문을 넣으며 강짜를 부리는 것은 아닌가 하는 생각부터 들었다.

"어떤 분이 소동을 벌이고 있기라고 한 것이냐?"

"그, 그게 아니고, 하, 하늘에서 선녀가 내려왔습니다요."

"선녀? 이 녀석이 실성을 했나, 그게 대체 무슨 소리냐?"

"진 조장님이 선녀와 함께 우리 남첨부를 찾아왔습니다."

"진 조장이 선녀와 함께 와? 아! 연 대인 댁 둘째 아가씨와 함께 온 모양이구나."

세인에게서 이미 온다는 얘기를 들었던 곽부양이 깨끗한 물에 손을 씻고 주방 밖으로 나와 세인이 있는 곳으로 향했다.

"곽 대인, 제가 무리한 부탁을 한 것은 아닌지 모르겠습니다."

"하하하! 그게 무슨 소리인가? 진 조장이 아니었다면 지금의 남첨부는 존재하지도 않았을 것인데. 내 죽는 날까지 진 조장의 은혜는 잊지 않을 것이네."

"별말씀을요."

곽부양은 곧 세인 곁에 서 있는 가경을 바라봤다. 살아온 날이 적지 않고, 천상루 숙수라는 직업 특성상 북경제일미녀들을 수시로 봐왔던 그였다. 그런데 그런 그가 보기에도 이렇듯 대단한 미녀는 본 적이 없을 지경이었다.

'과연, 과연! 아평 녀석이 호들갑을 떨 법도 하구나.'

"내 직접 어제부터 특별히 요리 하나를 만들고 있네. 이제 거의 다 끝났으니 잠시만 기다리시게."

남첨부가 북경제일로 떠오르면서 남첨부 수석 숙수를 겸하고 있는 곽부양의 명성 또한 하늘 높은 줄 모르고 치솟고 있었다. 혹자는 북경제일숙수 내지는 천하제일숙수가 바로 곽부양일지도 모른다고 과장을 하기도 할 정도였다.

그런 곽부양이었기에 그의 요리를 한 번 맛보기 위해 거금을 마다하지 않고 주겠다는 부자들이 줄을 서고 있었다. 그러나 그의 몸은 하나, 손도 두 개뿐이었다.

남첨부에 밀려드는 손님들에게 요리를 대접하는 데도 버거울 지경인데 그런 별도의 주문까지 받을 여력은 없었다.

곽부양이 그렇게 계속 거절을 하자 애가 탄 부자들이 더욱 거금을 제시하게 됐고, 최근에는 곽부양을 하루 쓰려면 은자 천 냥은 족히 준비해야 할지 모른다는 풍문이 나돌 지경이었다.

"이분이 '일일천은(一日千銀)' 곽부양 숙수님인가 보군요."

가경의 말에 곽부양이 멋쩍은 표정을 지었다.

"내 어찌 하루를 일하고 은자 천 냥을 받을 자격이 있겠습니까? 그것은 다 뜬소문이랍니다."

"호호호! 일전에 아버님께서 퇴청하신 후 크게 심사가 불편했던 날이 있었지요. 조정에서 무슨 큰일이 있나 걱정이 돼 저희 집 집사에게 물었더니 아버님께서 남첨부 곽 숙수에게 간곡히 청을 하나 넣었는데 숙수께서 들어주지 않아서 그렇다더군요. 후일 아버님께 물으니 곽 숙수가 대단히 특별한 한 가지 요리의 명인이란 얘기를 듣고 그 요리를 청했는데 거절 당했다 하더군요."

그 얘기에 곽부양이 대단히 송구하다는 표정을 지으며 말했다.

"기억이 납니다. 연 대인이 제게 청했던 것은 식보약의 일종이었지요."

곽부양의 설명에 따르면 해삼, 송이, 오골계, 전복, 은행, 상어 지느러미, 구기자, 대추, 동충하초 등 십여 가지가 넘는 재료들을 푹 고아 만드는 요리였다.

"이 사람이 복건 지방에 갔을 때 한 명인에게 사사한 요리랍니다. 그분께서도 요리 고서에 적힌 비법에 따라 간신히 재현한 요리라 들었습니다. 이것을 요리할 때면 그 향이 너무나 깊고도 풍부해 근처에 있던 절에서 수행 중이던 스님들마저 참지 못하고 담을 넘을 지경이었다 하지요."

"얼마나 향이 대단하면 수양 깊은 스님들마저 그리될까요? 참으로 대단한 요리인가 보군요."

세인이 감탄했다는 투로 말했다.

"하하하! 진 조장이 직접 맛보고 어떤지 한번 평가해 주게나."

"그게 무슨 말씀이신지 모르겠군요."

"진 조장이 특별히 부탁하기에 내 사흘 전부터 그 요리를 준비해 왔다네. 재료의 배합과 조리 방법에 따라 수십, 수백 가지가 존재하는 요리로 이는 어지간한 보약보다 훨씬 몸에 좋을 것일세."

곽부양이 며칠 전부터 오늘 한번 기대해 보라고 세인에게 몇 번이나 말했었다. 하지만 세인은 오늘 그가 준비한 것이 그리 대단한 것인지는 미처 알지 못했다.

"곽 대인이 남첨부 손님맞이에도 벅차하는 것을 제가 누구보다도 잘 알고 있는데……."

굳이 보지 않아도 알 수 있었다. 곽부양은 아마 지금도 턱없이 부족한 수면 시간을 줄여가며 저 요리를 만들었을 것이다. 확실히 곽부양은 피로에 전 얼굴이었다.

"그런 표정 짓지 말게나. 자네가 부탁하면 나나 주방 숙수 모두 내 일처럼 나서기로 작정했으니."

"이렇게 마음 써주시니 어찌 보답해야 할지 모르겠습니다."

"정 보답하고 싶으면 아직 이 요리에는 이름이 없으니 대신 이름이나 붙여주게나. 난 그것이면 족하네."

"이름이라……."

세인이 고민하기 시작했다.

"곽 대인, 이 요리를 할 때면 스님[佛]들이 담을 넘었다[跳牆] 하셨지요?"

가경의 물음에 곽부양이 답했다.

"그렇소만……."

"그럼, 그 일화를 인용해 이 요리를 '불도장(佛跳牆)'이라 부르면 어떨까요?"

"불도장이라……."

곽부양이 잠시 고민하더니 흔쾌히 말했다.

"스님마저 참지 못할 정도로 대단한 향을 가진 요리라면 사람들은 대체 어떤 요리가 얼마나 대단하기에 그러한지 참으로 궁금해하겠지요? 정말 좋은 이름입니다. 앞으로 이 요리는 불도장이라 부르겠습니다."

재료의 배합과 조리 방식에 따라 어떤 경우에는 영약보다도 더한 도움을 주는 식보약의 이름이 불도장—실제의 불도장은 청나라 시대 처음 나온 요리—으로 결정됐다.

"곽 대인, 한 가지 부탁을 드려도 되겠습니까?"

"진 조장, 무엇이든 말해보게. 내 들어줄 수 있는 것이라면 무엇이든 들어줄 것이니."

"일전에 연 대인께서 이 불도장을 간절히 청했다 들었습니다. 사흘 동안 온갖 정성을 들여 만드는 요리라 하니 쉽사리 만들 수 없는 요리 같습니다."

"그건 그렇네. 조리법도 복잡한데다 정말 손이 많이 가는 요리라네."

"그렇다면 다음에 언제 또 불도장을 만들 수 있을지 기약하기 힘든 것 같습니다. 그래서 말인데 혹 양이 넉넉하다면 연 대인과 한 대인 댁에도 조금 보내주시는 것이 어떨지요. 재료값이 많이 들었다면 제가 주머니를 털어서라도 보태겠습니다."

곽부양이 크게 웃었다.

"하하하! 역시 진 조장일세. 그런 다정한 마음씀씀이 때문에 나나 우리 식구들이 자네를 그리 좋아하는가 보이. 내 어찌 진 조장에게 재료값을 받겠는가? 그리고 두 분께 드릴 정도 양은 충분하니 내 따로 챙겨서 두 대인 댁에 보내 드리겠네. 나 역시 두 대인께 큰 은혜를 입고 갚을 방도가 없나 고민하던 차였는데 이렇게 작게나마 보답을 할 수 있게 됐으니 기쁘네그려."

그런 곽부양과 세인을 번갈아 바라보며 가경이 속으로 생각했다.

'참으로 보기 좋은 광경이야. 그리고 나조차 미처 신경 쓰지 못했던 아버님을 세인 오라버니가 먼저 챙길 줄이야. 다른 것은 모르겠으나 세인 오라버니가 정말 가슴이 따뜻한 사람이란 것만은 알겠어.'

가경이 세인을 정겨운 눈망울로 바라보기 시작했다.

*　　　*　　　*

"대감마님, 남첨부에서 사람을 보내왔습니다."

집사 오방이 저택 안 정자에서 시집을 읽고 있던 연청학에게 고했다.

"진 위사의 청으로 남첨부에서 불도장이란 요리를 보내왔습니다. 지금 올려도 되겠습니까?"

"남첨부에서? 그리고 진 검서관이 보냈단 말이지? 당장 들이거라."

오방이 곧 작은 죽통 하나를 연청학에게 올렸다.

"요리라 하던데 왜 그릇에 담아오지 않고 이리 가져왔는가?"

"남첨부 심부름꾼이 말하길, 이 요리는 향이 무척 중요한데 한 번 밀봉한 상태에서 이리저리 그릇을 옮기지 않고 바로 드셔야 최고의 맛과 향을 느낄 수 있다 해서 이리 올렸습니다."

"그런 이유가 있었구나. 참으로 기대되는구나."

연청학은 크게 기대하는 마음을 품고 집사 오방이 올린 죽통을 개봉했다.

그 순간 그는 자신이 순간 무릉도원에 있는 것만 같은 착각에 빠져들었다. 열자마자 정자 전체에 퍼지는 그 향기가 자신의 오감을 완전히 마비시켰다. 자신의 몸이 공중에 붕 떠 있는 것 같은 느낌이었다.

그는 자신도 모르게 한 숟가락씩 떠서 불도장을 입에 넣었다. 자신은 얼마 먹지도 않았다 생각했는데 불도장을 담고 있는 죽통이 순식간에 바닥을 드러내고 말았다.

더 이상 불도장 국물이 남아 있지 않음을 깨닫는 순간 그는 요리의 무릉도원에서 빠져 나올 수 있었다.

"허! 내가 나이가 들더니 식탐이 늘어서 그런 것인가, 아니면 이 평생 욕심없이 살아온 나 같은 학자마저 탐욕덩어리로 만들 정도로 음식이 대단한 것인가."

그는 불도장의 향긋한 여운 속에서 여전히 헤어 나오지 못하며 조금만 더 먹고 싶다는 강렬한 욕망에 시달려야 했다.

"오 집사, 남첨부에서 보내온 것이 이것이 전부인가?"

"그, 그렇습니다."

집사 오방 역시 죽통의 뚜껑을 여는 순간 천지를 진동시켰던 향에 정신을 제대로 못 차리고 있었다.

"이런, 이런. 진 검서관, 이런 고약한 위인 같으니. 차라리 이런 맛이 세상에 존재함을 모르게 했으면 더 나았을 것을……."

연청학은 세인을 고약하다 말하고 있었으나 그의 입가에는 더할 나위 없이 흡족한 미소가 떠오르고 있었다.

'내가 사람은 제대로 보았구나. 다정다감하기가 이를 데 없어. 뒷방 늙은이에 불과한 나에게도 이리 꼼꼼하게 마음을 써주는데, 제 안사람에게는 얼마나 지극정성을 다하겠는가?'

불도장의 향기와 세인의 향기에 흠뻑 취한 연청학이었다.

그는 직전까지만 해도 딸 가경이까지 출가를 시키고 이 넓은 집에서 홀로 쓸쓸히 보낼 생각에 울적했었다.

그런데 이 불도장을 먹고 나니 그런 쓸쓸함은 씻은 듯이 사라지고 전신에 활력이 넘쳤다.

"이것은 음식이 아니라 바로 보약인가 보구나."

＊　　　＊　　　＊

남첨부에서 불도장을 먹고 나온 두 사람은 불도장의 향과 맛에 아직도 조금은 멍한 기분이었다.

세인이 그런 기분을 털어내고 흥을 돋우기 위해 가경에게 말했다.

"연 소저, 이 사람의 검무를 한번 보시겠습니까?"

가경도 일전에 들은 적이 있었다. 황태자 앞에서도 펼친 바 있는 세인 오라버니의 검무가 그리 아름다울 수 없다고 말이다.

"하나 이곳은 사람들이 지나다니는 길인데요."

"마음이 시키는데 이곳이 어딘들 무슨 상관이겠습니까?"

천하제일의 요리를 먹고, 지금 눈앞에는 천하제일의 미녀가 있으니 평소에는 진중한 세인 또한 흥취가 올랐는지 바로 검을 뽑았다.

말로는 검무라 했으나 그것은 바로 공자검이었다. 한왕마저도 세상에서 가장 아름다운 검법이 아닌가 칭찬했을 정도로 화려한 검법이었다.

하나, 초식이 아닌 검의로만 이뤄진 공자검은 그 검을 펼치는 이의 마음과 감각에 따라 자유자재로 변화한다.

세인의 코와 혀는 천하제일의 맛과 향을 느꼈고, 세인의 눈은 천하제일의 아름다움을 보고 있었다. 그의 귀로는 저 멀리서 들려오는 천상루 악공들의 우아한 선율을 듣고 있고, 이곳은 북경에서 가장 아름다운 장원인 천상루였다.

최고의 아름다움에 둘러싸인 세인의 마음이 공자검에도 그대로 반영됐다. 한왕에게 가르쳐 줬던 공자검이 천하의 무공 중 아름다운 초식만을 인위적으로 가려 뽑은 것이었다면, 지금의 공자검은 세인의 마음에서 우러나오는 진정한 공자검이었다.

그의 검이 한 번 흔들릴 때마다 무성한 원림으로 둘러싸인 나무들이 따라 흔들렸고, 그의 검이 유려한 곡선을 그릴 때마다 천상루 안 호수의 쪽빛 물결들이 부드럽게 출렁거렸다.

천하의 모든 아름다움을 마음 가득히 품고 있는 그의 검이 한 번 움직일 때마다 그것을 보는 모든 이들의 마음을 송두리째 빼앗아왔다.

무아지경에 빠져 공자검을 펼치고 있는 세인은 미처 인식하지 못하고 있었으나 그가 이제껏 수백, 수천 번 이상 펼쳤던 공자검 중 이 공자검이 가장 아름다운 것이었다. 아니, 어쩌면 무공이란 것이 생긴 이래 가장 아름답고 화려한 검법이 펼쳐지고 있는 것인지도 몰랐다.

검의로만 이뤄졌기에 단 한 초식으로 이뤄질 수도 있고, 무한히 계속되는 무한의 검초로 이뤄질 수도 있는 공자검이 끝이 난 시간은 반 시진이나 지난 후였다.

무아지경에서 빠져나온 세인의 눈에 수백이 넘는 사람들이 보였다. 그들은 다들 채 입을 다물지 못하고 세인을 바라보고 있었다.

그들 중 누군가가 박수를 치자, 주변에 모여 있던 모든 사람들이 우레와 같은 박수 소리를 그의 검무에 화답했다.

"최고였소!"

누군가가 크게 소리쳤다.

"다시 한 번만 더 보여주시오!"

구경꾼들 중 사내들은 세인에게 강력히 청했다. 반면, 천상루를 찾았던 여인들과 천상루 기녀들은 무언가에라도 홀린 듯 여전히 정신을 차리지 못했다. 이미 그녀들의 마음은 송두리째 세인에게 빼앗겨 버린 후였다.

멀리서 그 광경을 목격한 여인 하나가 크게 감탄사를 내뱉었다.

"태어나서 저리 아름다운 광경은 처음 보겠구나."

곁에서 따르던 점소이 하나가 막 정신을 차리며 말했다.

"진 위사님은 정말 대단한 분이셨구나."

그 소리에 여인이 물었다.

"아상, 네가 저분을 아니?"

"물론이지요. 이래저래 연이 깊답니다."

아상은 곧 세인에 대해 자신이 아는 모든 것을 설명했다. 그 얘기를 다 듣고 난 여인이 아상에게 말했다.

"아상, 내가 저분을 정중히 청한다고 전해줄 수 있겠니?"

"그것은 어렵지 않지만… 알겠습니다."

아상은 점소이 특유의 걸음으로 세인에게 달려갔다. 그는 사람들 틈을 미꾸라지처럼 빠져나가 세인에게 다가갔다.

"진 조장님! 진 조장님!"

사람들 사이에 둘러싸여 있던 세인이 그 목소리를 듣고 고개를 돌렸다.

"아, 아상이로구나."

남첨부 점소이 아평을 통해 아상에 대해 알고 있었고, 결정적으로 기녀 연화가 있는 장소가 적힌 쪽지를 아상이 전해줘 잘 알고 있었다.

아상이 혹 신비 여인과 관련이 있는 것은 아닌가 조사를 해보기도 했으나 아상은 그저 철전 몇 개를 받고 심부름을 한 것에 불과하다는 결론을 내렸었다.

"진 조장님, 천상루 제일기녀이신 비연 누님께서 한번 뵙기를 청하십니다."

기녀 비연에 대한 얘기는 세인도 들어 잘 알고 있었다. 북경제일의 예기인 그녀의 미모는 물론이고, 시와 서예, 그림, 비파 등에도 조예가 깊다 들었다.

실제로 그녀의 다재다능함은 이루 말할 수가 없었다. 특히, 시를 짓는 것에 있어서는 어지간한 학자들도 꼬리를 내릴 정도라 해서 소문이 자자했다.

그리고 그녀를 더욱 유명하게 만들었던 것은 손님이 마음에 들지 않으면 천만금을 준다 해도 얼굴 한번 내비치지 않는 도도함이었다.

그런 그녀가 먼저 만나기를 청했다 하니 주변에서 그 얘기를 듣던 사람들이 크게 웅성거리기 시작했다.

"진왕 전하가 목숨까지 위협해도 끝끝내 고집을 꺾지 않았던 빙화(氷花) 비연이 먼저 청하다니……."

그러나 세인의 검무를 지켜본 그들은 그것을 전혀 이상하게 생각하지 않았다. 특히, 여인들은 그 심정을 충분히 이해하고도 남았다.

"아상, 지금 나는 동행이 있어 상황이 여의치 않으니 다음에 찾아뵙겠다고 전하거라."

"예?"

아상은 깜짝 놀랐다. 비연 누님의 청을 거절할 사내가 있으리라고는 꿈에서조차 상상해 본 적이 없었기 때문이었다.

그래도 간신히 그 놀람을 진정시키고 아상은 비연에게 그 사실을 알렸다.

"다시 한 번 정중히 청해보거라. 이 비연이 술 한잔 올리고 싶다 간곡히 청하더라고."

"알겠습니다."

아상은 다시 달려가 그것을 전했다.

"이렇게 난감할 때가. 다음 기회에 이 무례에 대한 벌주까지 마실 터이니 오늘은 불가하다고 전해라."

아상이 그리 전하자 이번에는 비연이 대단히 분한 듯 입술까지 깨물려 말했다.

"이 비연의 마음을 허락도 없이 훔쳐 간 것은 공자님이니, 부디 왕림하셔서 훔쳐 간 마음을 돌려달라고 전하거라."

아상이 그렇게 전하자 세인도 세인이지만, 사람들이 더욱 놀랐다. 그 어떤 유혹에도 흔들리지 않았던 빙화 비연이 마음을 빼앗겼다며 애걸복걸하듯 매달리자 놀랄 수밖에 없던 것이다.

그 얘기를 듣고 있던 가경이 몸을 돌려 비연이 떨어져 있던 곳을 바라봤다.

'저 여인의 심정도 이해는 가. 세상의 어떤 여인이 있어 저 검무에 마음을 빼앗기지 않을 수 있을까.'

그것은 가경 자신도 예외가 아님을 그녀 스스로 너무나 잘 알고 있었다.

"아상, 비연 소저께 전하거라. 나는 정말 중요한 분을 모시고 있는 중이라 설사 황상께서 부르신다 해도 갈 수가 없는

몸이라고. 그리고 본의 아니게 폐를 끼쳤다면 정말 송구하다
고도 전하고."

답을 들은 아상이 뛰어가자 그 얘기를 들었던 가경이 생각
했다.

'정말 중요한 사람을 모시고 있으니 황상이 불러도 가지
못한다라… 그게 나인가…….'

그런 생각이 들자 가경은 자신도 모르게 가슴이 두근거리
는 것을 느꼈다.

'이 느낌, 이게 뭐지…….'

그사이 세인은 비연을 향해 가볍게 고개를 숙이더니 곧 가
경을 데리고 사람들 사이를 빠져나갔다.

그런데 그때부터 가경은 얼굴이 화끈거려 세인의 얼굴을
똑바로 바라볼 수조차 없었다.

*   *   *

"하하하! 장 소국주, 진즉에 한 번 찾아와 인사를 했어야 하
는데 너무 늦게 찾아온 것 같네그려."

병석에서 일어난 청설위국 소국주 장우서는 이전에는 멀
리서 얼굴 한번 보기 힘들었던 거물을 마주하고 있었다.

"무림맹의 북경지부장이신 팽연우 대협께서 이리 친히 왕
림을 해주시니 가문의 영광입니다."

"가문의 영광이라니, 장 소국주가 내 얼굴에 금칠을 하는
군그래."

'별 볼일 없는 자야. 그저 국주의 아들이라는 이유로 위국
운영에 참여하고 있을 뿐, 참으로 보잘것없는 자다.'

얼마 얘기를 나누지 않았음에도 팽연우는 장우서란 인간
을 꿰뚫어 보고 있었다.

"자네같이 빼어난 인재를 직접 대하고 보니 내가 다 기분
이 좋아지는구만."

"과찬이십니다, 팽 대협."

'당연히 과찬이지. 모용천산은 잔머리라도 잘 돌아갔었지.
듣자 하니 너는 할 줄 아는 것이라고는 미친놈처럼 은자나 써
대고, 계집질하는 것뿐이라면서?'

그러나 속으로 어찌 생각하든 팽연우는 노련한 인물, 자신
의 속마음을 들킬 정도로 어수룩하지 않았다.

"원래는 자네 부친이신 장원교 국주를 찾아뵙고 논의하려
했으나 위국 운영은 자네에게 일임했다며 자네와 상의하라
하더군."

팽연우가 보기에 이런 모자란 아들에게 위국을 맡긴 장원
교의 생각이 무엇인지 통 알 수가 없었다. 하나 어쨌든 장우
서가 위국 운영을 맡고 있다니 그에게 말을 건넬 수밖에 없었
다.

'속내를 알 수 없다는 장원교보다는 애송이 장우서를 상대

하는 편이 훨씬 낫겠지.'

"그렇습니다. 이제부터 위국 운영은 제가 하게 됐습니다."

"하하하! 그런가?"

팽연우는 그리 말하더니 본론을 꺼냈다.

"내가 오늘 이렇게 찾아온 이유는 다름이 아니라 한 가지 제안을 하기 위함이네."

"제안이라 하시면……."

"내가 팽가 출신인 것도 자네도 잘 알 걸세. 우리 하북팽가가 이번에 새로이 표국업에 진출하게 됐네."

북경은 황도, 북경으로 들어오는 물건도 많지만 북경에서 나가는 물건도 무척 많았다. 그래서 북경에는 수십 개 이상의 표국이 난립하고 있는 상황이었다.

"우리 팽가가 야심차게 표국 하나를 세우려고 하는데 문제가 하나 있지."

"무슨 문제입니까? 이 장우서가 최선을 다해 돕겠습니다."

"하하하! 말만으로도 든든하네. 그리 말해주니 내가 말 꺼내기가 좀 더 쉬워지겠군그래."

"말씀만 하십시오."

"우리 팽가가 워낙에 벌려놓은 사업이 많아 요즘에는 사람이 다 딸릴 지경이네. 더욱이 이번에 표국까지 새로 시작하려니 사람 부족이 심각한 상태야. 그래도 천하의 하북팽가가 아니겠는가? 어찌어찌 필요한 인원은 대충 맞춰놓았지."

"하긴 천하의 팽가에 불가능한 일이 무엇이겠습니까?"

"그리 말해주니 고맙기는 하네만 세상일이란 것이 어디 마음먹은 대로만 돌아가던가? 우리 팽가라 할지라도 간혹 도움이 필요한 경우가 있어. 그래서 내가 제안하려는 것은 서로에게 도움이 필요한 경우가 있으면 팽가와 청설위국이 전력을 다해 돕자는 것이네."

그 말을 하면서는 팽연우가 극히 조심을 했다.

규모나 역사, 명성을 따져도 청설위국은 하북팽가에 비할 바가 못 됐다. 그러니 이 제안이 자칫 청설위국으로 하여금 팽가의 그늘로 들어와 종속관계를 형성하자는 소리로 들릴 수도 있었다.

"그 말은 곧 하북팽가가 저희 청설위국의 뒷배를 보아주시겠다는 말입니까?"

팽연우가 서둘러 손사래를 쳤다.

"뒷배라니, 우리 팽가와 청설위국이 동등한 위치에서 협력관계를 갖자는 얘기일세. 일종의 형제결의를 하자는 의미야."

"아닙니다. 어찌 저희 청설위국이 하북팽가와 동등한 위치에 설 수 있겠습니까? 하북팽가가 저희 뒷배만 보아준다 해도 저희는 크게 감읍할 일인 것을요."

장우서의 말에 팽연우가 속으로 고개를 가로저었다.

'위장이나 속임수인가? 황태자의 비밀 감찰기관이라는 얘기도 나돌고, 내 눈으로 직접 확인한 바에 따르면 청설위국의 힘도 대단했어. 어쩌면 장우서 이자 역시 속에 대단한 꿍꿍이를 감추고 겉으로는 멍청이 행세를 하고 있을 수도 있다. 방심해서는 안 되겠다.'

장우서는 생각했다.

'이거 웬 횡재인가! 하북팽가가 뒤만 봐준다면 북경 땅에서 무서울 것이 대체 무엇이란 말인가? 우리 청설위국의 앞날은 탄탄대로다.'

아둔한 장우서라 해도 자신이 몸담고 있는 청설위국의 진정한 실력 정도는 잘 파악하고 있었다. 북경제일도 장철웅 정도를 제외하고는 위사들 전부가 보잘것없는 수준이었다.

일전에 자신이 병석에 누워 있을 때, 청설위국이 남궁위국과 모용위국을 격파했다고는 하는데 당최 믿을 수가 없었다.

소문에 청설위국에 또 다른 비밀 위사들이 있다고도 하는데 국주인 자신의 아비조차 모르는 비밀 위사들이 어찌 존재할 수 있겠는가?

또, 황태자의 비밀 감찰기관이라는 소문에 여러 관리들이 인사를 왔지만 아비인 국주도 그렇고, 왜 밖에서 그리 말하는지 통 이해할 수가 없었다.

그러나 밖에서 청설위국에 비밀 위사들이 있고, 위국을 황태자의 비밀 감찰기관이라 믿어주는데 굳이 부인할 이유도 없었다.

그저 긍정도 부정도 하지 않고 조용히 입 다물고 있다가, 그 약빨이 다할 때까지 돈이나 긁어모으면 그만이라고 생각했다.

　'우리 청설위국은 겉만 번지르르하지 속은 보잘것없어. 하나 하북팽가가 뒷배를 보아준다면 우리 위국의 부실한 속을 보충할 수 있을 거야. 잘하면 진짜로 북경에서 손꼽히는 위국으로 도약할 수도 있다. 이건 대단한 기회다!'

　장우서가 마른침을 꿀꺽 삼키며 말했다.

　"팽 대협, 부디 저희 청설위국을 잘 이끌어주십시오."

　"아, 알겠네."

　청설위국 소국주 장우서가 지나치게 저자세로 나오자 오히려 팽연우가 당황했다. 게다가 그것이 팽연우의 의심을 더욱 부채질했다.

　'분명 무언가가 있어. 그것이 확실해질 때까지는 청설위국과 절대 갈등을 일으켜서는 안 된다. 본 가에도 알리고, 북경위국에도 조심, 또 조심하라 당부해야겠다.'

*　　　*　　　*

　팽달은 하북팽가 자손이다. 그는 북경위국의 대위사로 천상루의 도박장 경비를 담당하는 총책임자였다.

　팽가 입장에서는 팽달에게 외직인 북경위국에 머물지 말

고 몇 번이나 본 가로 들어오라는 명을 내렸다. 그러나 그는 그 명까지 어겨가면서 꿋꿋하게 북경위국 대위사 일을 하고 있었다.

이유는 단 한 가지였다.

그는 북경에 오자마자 빙화 비연의 소문을 들었고, 그녀를 보자마자 한눈에 반했다. 그 역시 북경의 수많은 사내들처럼 온갖 선물과 연서 등으로 애정 공세를 펼쳤으나 비연은 그의 마음을 단호하게 거절했다.

그런데 자신에게는 그렇게 차갑게 굴던 그녀가 벌건 대낮에 미친년처럼 칼춤이나 추어대는 기생오라비 같은 작자에게 마음을 빼앗겼단다.

"이 기생오라비 자식, 면상에 칼집을 내 천하의 추남으로 만들어주마. 그 면상으로도 그런 짓거리를 할 수 있는지 내 반드시 두고 보겠다."

그는 거의 이성을 잃은 채 큼지막한 도를 챙겨서 비연을 홀린 간악한 색마를 잡으러 나갔다.

"이거 말려야 되는 거 아니야? 상대가 청설위국의 조장이라는데 말이야."

북경위국 위사가 걱정스러운 투로 말했다.

"우리가 말린다고 대위사님이 어디 들을 사람이냐? 일단 어찌하나 따라가 보기나 하자고."

다른 위사들도 급히 칼을 챙겨 팽달의 뒤를 따랐다.

혈곡의 일급살수 우상표는 망설이고 있었다.

자신의 상관인 혈곡 하북지부장 허광의 명을 받고 근 열흘째 청설위국 주위를 맴돌며 기회를 보고 있었다.

이번 청부 대상은 청설위국의 위사라는 금동과 목개, 당 노인, 그리고 진세인이었다.

처음부터 영 마음에 걸렸다.

이유없이 서로 건들지 않는다는 일종의 묵계가 지켜지는 것이 살수와 위사 관계인데 위사를 죽이라는 것부터 그랬다. 게다가 살수 업계 내에는 대가리를 씹어 먹는 식인마들이 산다는 소문이 파다하게 퍼진 청설위국의 위사들이었다.

그리고 최근에 청설위국이 남궁위국과 모용위국을 격파하면서 그 힘을 과시했고, 더구나 청설위국은 황태자의 비밀 사조직이라고도 했다.

'이거 잘못 건드리면 크게 고생을 할 텐데…….'

그렇게 판단하고 지부장 허광에게 이번 청부는 얻는 것보다 잃은 것이 더 많을 거라며 살행 포기를 요청했었다. 그러나 선수금으로 대체 얼마를 받았는지 허광은 살행을 포기하는 대가로 위약금을 지불하고 나면 하북 지부에는 기왓장 하나 남지 않는다며 죽든 살든 살행을 계속하라고 명했다.

'하북 지부가 망하면 나 역시 실업자가 된다. 애들 학당 보내고, 남들 다 하는 과외도 시켜야 한다. 게다가 큰 녀석을 북쪽 아라사로 어학연수 보내려면 지금보다 더 벌어도 시원찮은 판이야. 게다가 요즘 옆집 젊은 놈 바라보는 마누라 눈빛도 심상치 않은 판인데……'

생활고에 찌든 중년 살수 우상표가 마침내 결심했다. 그가 자신과 함께 온 이급살수 넷에게 눈짓을 보냈다.

'실행한다!'

지금이 기회였다. 진세인이란 젊은 놈은 위국에 없고, 당노인이란 실성한 노인네가 금동과 목개 두 놈을 반 죽을 정도로 두들겨 패놓고는 어딘가로 떠난 상태였다.

지켜본 내내 어딘가 나사라도 하나 풀린 듯 정신 줄을 놓고 있는 위사 보조 요립이란 놈이 있기는 했으나 바닥에 쓰러져 신음하고 있는 두 놈을 해치우기에 이보다 더 좋은 기회는 없었다.

우상표가 금동과 목개를 향해 돌진해 하늘에서부터 크게 칼을 휘둘렀다. 그와 동시에 혈곡 이급살수 넷 역시 칼을 빼들고 돌진했다.

그런데 그때부터 우상표는 전혀 기억을 할 수가 없었다. 자신도 모르게 빌고 또 빌었다. 자신에게는 병든 노모가 있고, 부양해야 할 자식이 일곱이나 되며, 내일모레 시집 갈 여동생이 있다며 사정사정했다.

"이 씨발 새끼야! 가족 있는 새끼가 살수짓 해서 먹고살면 안 되지."

당막천에게 얼마나 두들겨 맞았는지 눈도 제대로 못 뜨고 있는 금동이 잔뜩 독기가 올라 몽둥이질을 하고 있었다.

옆에서는 역시나 잔뜩 두들겨 맞아 원래 얼굴조차 알아보기 힘든 목개가 콧김을 씩씩거리며 혈곡 살수들을 개 패듯이 패고 있었다.

"니들 오늘 잘 걸렸어. 그렇지 않아도 누구 하나 신나게 팰 놈 없나 찾고 있던 차였다."

금동과 목개가 혈곡 살수 다섯을 두들겨 패며 소리쳤다.

"니들은 위아래도 없냐? 선후배도 없어? 아무리 그쪽 세계가 요즘 개판으로 돌아간다지만 니들이 감히 우리를 노려?"

정신 못 차릴 정도로 두들겨 맞고 있던 우상표가 생각했다.

'이 인간들 혹 살수 짓 청산하고, 위사 일 하는 놈들 아니야?'

생각은 했지만 감히 그것을 물을 수는 없었다.

"그리고 고작 그 정도 실력으로 우릴 노려? 이 새끼들아, 열흘 전부터 니들이 우리 뒤 밟고 있었던 거 다 알고 있었어. 언제 튀어나오나 했다. 이 삼류 새끼들아!"

그뒤로도 한참을 더 두들겨 팬 두 사람은 우상표에게 물었다.

"니들 어디 소속이야?"

요립이 그러했듯 금동과 목개의 무식한 구타에 버틸 수 있는 자는 거의 없었다. 우상표 역시 자신이 알고 있는 사실을 모조리 토설했다.

"혈곡 하북 지부……."

다른 이급살수들과는 달리 마지막까지 의식을 잃지 않고 있던 우상표 역시 그 말을 끝으로 혼절하고 말았다.

"혈곡 하북 지부? 거기 허광 새끼가 지부장이지?"

"그렇습니다, 형님."

"허광, 이 새끼가 미쳤나? 우리 한참 날릴 때는 우리가 남긴 부스러기나 주워 먹던 등신 새끼가 감히."

"그 새끼들 진짜 실성이라도 한 거 아닙니까? 동종업계의 상도의란 것이 있지, 동업자에게 살수를 보내요?"

피치 못할 사정으로 잠시 위사 일을 하고는 있지만 언젠가는 그 세계로 돌아갈 생각이었다. 그러니 자신들은 영원한 살수였고, 동종업계 종사자인 자신들에게 살수를 보낸 혈곡을 결코 용서할 수 없었다.

"허광, 그 새끼가 우리 얼굴 알던가?"

"우리야 워낙 얼굴 팔고 다니는 거 싫어했으니 아마 모르긴 할 겁니다."

"모르는 거, 무식한 거도 죄다. 목개야, 우리 애들 소집해라!"

"형님, 혈곡하고 전쟁입니까?"

"그 새끼가 먼저 우리 건드렸잖아. 막주님이나 진 형님 모르게 금방 다녀오면 된다."

"알겠습니다. 애들 연장 챙겨서 집합하라고 뻐꾸기 날리겠습니다."

*　　　*　　　*

금동과 목개가 한참 불타오르고 있는 사이, 그에 못지않게 북경위국 대위사 팽달도 질투심에 불타오르고 있었다.

세인과 가경이 한참 호숫가를 거닐고 있던 광경을 멀리서 지켜보던 팽달이 이글거리는 눈을 하고 세인 앞에 나타났다.

"네가 그 색마 새끼냐?"

원래 성정이 급하기도 했으나 비연의 얘기를 듣고 완전히 눈이 뒤집힌 터라 팽달은 다짜고짜 그렇게 윽박질렀다.

"니가 내 여자 건드렸냐?"

그 소리에 가경이 눈살을 찌푸렸고, 세인은 어이없다는 표정을 지었다.

"당최 무슨 소리를 하는 건지 이해를 못하겠소."

"그 교활한 혀로 이제껏 얼마나 많은 여인들을 농락했던 것이냐?"

세인이 성인군자도 아니고 자신을 색마로 매도하는 팽달에게 화가 나기 시작했다.

"말이 너무 심하오. 보아하니 북경위국 분 같은데 괜한 문제 일으키기 싫으니 이만 돌아가 주시오."

"그동안 네가 신세 망친 불쌍한 여인들을 대신해 내 오늘 너를 응징하겠다!"

세인은 화가 나기도 했으나 말에 두서도 없고 눈동자도 뒤집힌 것으로 보아 실성한 자 같기도 했다. 아니, 실성한 자가 아니라면 저런 터무니없는 소리를 지껄일 리 만무했다.

"연 소저, 아무래도 정상이 아닌 사람 같소. 무시하고 뱃놀이나 즐기도록 하지요."

세인이 팽달을 무시하고 천상루 안의 커다란 호수를 오가는 배에 막 올라타려 할 때였다.

"이야야야앗!"

팽달이 괴성을 지르며 팽가를 상징하는 큰 칼을 세인을 향해 휘둘렀다.

세인이 팽달을 실성한 자 취급하더라도 팽달의 칼은 진짜였고, 그 칼에 맞으면 세인 아니라 그 누구라 해도 죽는다.

두서없이 휘두르고 있는 팽달의 칼을 가볍게 피한 세인이 손끝을 미세하게 구부려 일 장을 날렸다. 그 일 장에 맞은 팽달이 허공에 피를 뿌리며 호수에 풍덩 빠지고 말았다.

"으아아아아!"

금세 괴성을 지르며 호수에서 빠져나온 팽달은 완전히 정신이 나갔다. 제대로 실성한 그의 눈에는 연가경이 비연으로 보이기 시작했다.

"저 사람 정상이 아닌 것 같아요."

가경은 섬뜩함을 느끼며 팽달을 가리켰다.

'비연, 널 절대 다른 사내에게 보내지 않겠다. 함께하지 못한다면 우리 같이 죽도록 하자! 사랑한다, 비연!'

팽달은 이제 연가경을 완전히 비연으로 착각하고 있었다. 그리고 그는 이번에는 그녀를 향해 칼을 휘둘렀다.

칼의 방향이 바뀐 것을 세인은 정확히 감지하고 있었다. 실성을 한 자란 이유로 세인은 손속에 사정을 두었으나, 가경을 향해 칼을 휘두르는 이번에는 전혀 그런 배려가 없었다.

가경을 노리고 들어오던 팽달은 허점투성이였다. 수많은 허점 중 가슴을 향해 세인이 일 장을 발출했다.

"윽!"

팽달은 짧은 비명과 함께 실 끊어진 연처럼 저 멀리로 튕겨나갔다. 바닥에 처박힌 그는 잠시 몸을 바르르 떨더니 그대로 정신을 잃고 말았다.

그 광경을 근처에서 지켜보던 북경위국 위사들이 서둘러 달려가 팽달의 상태를 살폈다.

단순히 혼절했을 뿐 생명에는 지장이 없음을 확인한 위사 하나가 세인과 가경에게 다가와 말했다.

"저희 대위사님이 원래 저런 분이 아닌데, 큰 무례를 범했습니다. 부디 너그러운 마음으로 용서해 주십시오."

위사가 진실로 사과했기에 세인은 물론이고 가경 또한 그 사과를 받아주었다.

"내가 심하게 손을 쓴 것은 아닌지 모르겠소. 어서 의원에게 보이는 편이 좋을 듯싶소."

"그래야 할 것 같습니다. 그럼, 저희는 이만 물러가도록 하겠습니다."

북경위국 위사들이 물러가자 가경이 약간 놀란 가슴을 진정시키며 말했다.

"저 사람은 왜 그랬을까요?"

"저라고 알겠습니까? 저자가 소저에게 칼을 겨눴다 하나 정신이 온전치 못한 자에게는 죄를 묻는 것이 무의미한 법이니 부디 좋게 생각해 주십시오."

"저도 같은 생각이에요."

예전에 칠화초 중독을 단박에 알아봤을 정도로 의술에도 조예가 깊은 가경이었으니 실성한 자의 상태에 대해 비교적 소상히 알고 있는 편이었다. 그랬기에 그녀는 더 이상은 이 작은 소동에 대해 따지고 싶지 않았다.

"연 소저, 그럼 뱃놀이를 즐겨보시겠습니까?"

세인이 먼저 배에 올라 가경이 배에 오르기 편하도록 그녀에게 손을 뻗었다. 가경은 잠시 주저하더니 곧 세인의 손을 잡았다.

아비를 제외하고는 처음으로 잡아본 사내의 손이 이리도

부드럽고 따스할지는 몰랐다고 생각하며 가경이 배에 올랐
다.

　세인은 노를 저었고, 가경은 그런 그를 한없이 부드러운 눈
길로 바라봤다.

第四章
우문현답

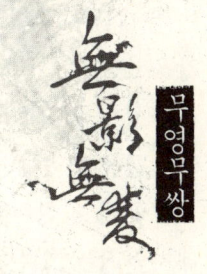

무영무쌍

청설위국.

"형님, 정말 멋집니다! 최고입니다! 끝내줍니다!"

금동과 목개가 연방 박수를 쳐대며 호들갑을 떨고 있었다. 그들 앞에는 금의위를 상징하는 검붉은 비단옷을 입고 있는 당막천이 서 있었다.

"흠흠, 너희들 보기에도 그러하냐?"

당막천은 흐뭇한 표정을 짓고 있었다. 그도 그럴 것이 평생 소원이었던 금의위 관복을 마침내 입었기 때문이다.

한청서가 당막천에게 내린 관직은 별정직인 정오품 금의위 감찰어사였다. 정식 관제에 따르면 금의위 천호에 해당하는 품계였으나 필요에 따라 금의위 도독이 둘 수도 있고 두지 않을 수도 있는 그런 자리였다.

한청서가 직접 느꼈던 것도 그렇고, 세인의 추천도 그렇고 당막천을 처음에는 금의위 무술교관으로 초빙하려 했었다.

그런데 청설위국과 관련돼 생긴 헛소문을 이용하려는 황태자의 뜻을 읽은 한청서는 곧 마음을 바꿔 당막천에게 감찰어사의 직위를 내리기로 결정한 것이다.

감찰어사는 말 그대로 금의위 내부의 감찰을 맡는 자리였고, 필요하다면 조정의 다른 관리나 동창까지도 감시할 수 있는 막강하다면 막강한 자리였다.

"형님, 그러면 형님께서는 이제 위사 일 그만두고 앞으로는 금의위로 등청하게 되는 것입니까?"

금동의 물음에 당막천이 답했다.

"그렇지는 않다. 한 대인이 이르길 감찰어사는 신분을 위장해야 하기에 밖에 내보일 또 다른 신분이 필요하다 하더구나. 이미 청설위국 위사 일을 하고 있으니 마침 잘됐다 말하더라."

"아하! 그럼, 형님이 바로 그 탐관오리들을 조지는 저승사자가 되는 것이군요."

"하하하! 듣고 보니 그러하구나."

이래도 방긋, 저래도 방긋 하던 당막천이 곁에 서 있던 세인에게 말했다.

"인아, 한 보름쯤 휴가를 다녀와야 하겠다."

"어디 다녀오실 데라도 있습니까?"

"내 고향에 좀 다녀와야 하겠다. 네가 조장이니 알아서 좀 처리해 줬으면 한다."

세인은 평생소원을 이룬 당막천에 금의환향해 자랑을 하고 싶은 것임을 알아챘다.

'이럴 때 보면 형님도 참 어린아이 같다니까.'

"조자한 대위사가 말하길, 저번에 기녀 연화를 찾아낸 공도 있고 하니 휴가가 필요하면 언제든 말하라 하였습니다. 게다가 이제 천상루 요리부 일도 다른 조가 맡게 되었다 하니 크게 무리는 없을 것 같습니다."

모용위국과 더불어 남궁위국 위사들 태반이 한동안 움직이지 못할 정도로 크게 다쳤다. 위사들 대부분이 움직일 수가 없으니 남궁위국은 그동안 맡고 있던 일을 계속할 수 없는 것은 당연했다.

그래서 기존에 남궁위국이 담당하고 있던 일들을 북경위국과 여러 위국들이 나눠 갖게 되었는데, 천상루에서는 요리부와 더불어 기루 부문 일도 청설위국에 맡아달라 청을 해왔다.

청설위국은 그 청을 받아들여 위사들을 재배치하고 있었다. 그러며 저번 싸움에서 끝까지 위국을 지켰던 이들에게는 나름의 포상과 함께 휴가를 주고 있었다. 물론 그때 별의별 핑계를 대고 나타나지 않았던 위사들이 휴가를 받은 위사들을 대신하게 만들었고.

위국을 배신했다고도 말할 수 있는 그 괘씸한 소행을 생각하면 그들 모두를 잘라 버려야 했지만, 새로 위사를 뽑기 전에는 인원이 많이 부족했기에 일단은 그들을 그대로 두고 있었다.

"알겠습니다. 제가 조자한 대위사에게 알리겠습니다."

세인이 흔쾌히 답하자 그동안 눈치만 살살 보고 있던 금동과 목개가 말했다.

"형님, 저희도 한 나흘만 휴가를……."

"두 사람은 왜?"

"저희도 잠시 다녀올 때가 좀 있어서……."

갑자기 휴가를 청하는 두 사람을 보며 세인은 의아한 표정을 지었으나 공을 세운 위사들에 대한 휴가는 막청송 대위사와 조자한 대위사가 보장한 것이니 크게 문제될 것은 없었다.

"알았다. 내 조 대위사에게 너희들 얘기도 보고하지."

"감사합니다, 형님."

그렇게 당막천이 고향으로 떠나고, 금동과 목개가 위사 보조 요립까지 데리고 한꺼번에 자리를 비웠다.

"이왕 그렇게 된 김에 진 위사도 휴가를 쓰는 게 어때?"

세 사람의 휴가를 승낙한 조자한은 그렇게 말했다.

세인이 새로 조장이 된 것도 얼마 되지 않았고, 위국 전체로도 아직 위사 충원이 되지 않아 그들이 조원의 전부였던 세인의 조였다. 세인은 지금 당장 할 일이 없기는 했다.

"그럼, 저도 금 위사와 목 위사가 돌아올 때까지 휴가를 쓰겠습니다."

"알겠네. 그럼, 푹 쉬고 돌아오게. 지금 위국에서 하북성 밖에까지 위사 모집 공고를 냈으니 얼마 후에는 신입 위사들이 대규모로 충원될 걸세. 휴가 다녀오면 이전보다 한층 더 바빠질 테니 각오하고."

위국 식구가 된 지는 그리 오래되지 않았으나 조자한은 세인이 참으로 맘에 들었다. 제법 무공도 갖춘데다 사람이 성실하고, 무엇보다도 저번의 경우를 보아 알 수 있듯 위국에 대한 충성심도 갖추고 있었다. 그러니 싫어하려야 싫어할 수가 없었다.

'이대로 한 몇 년 지나면 위국의 기둥이 될 수 있는 청년이지.'

휴가를 얻은 세인은 딱히 할 것도, 갈 곳도 없었다. 북경이 고향이라지만 딱히 연고도 없었다. 그래서 결국 그가 찾아간 곳은 금의위였다.

금의위(錦衣衛).

천하를 다스리는 황제는 중, 좌, 우, 전, 후의 오군도독부(五軍都督府)가 관할하는 정규군 외에 따로 친위군을 거느리고 있었다. 그중 하나가 바로 금의위였다.

금의위는 황제의 거동시 의장(儀仗), 궁정 수호, 수도 안팎
순찰, 죄인 체포와 신문 등을 담당했다. 그리고 따로 조옥(詔
獄)을 두어 형부(刑部)의 법률 절차를 밟지 않고도 죄인을 투
옥할 수 있는 무소불위의 권력기관이었다.

금의위는 정일품 무관인 대도독(大都督)을 수장으로 정삼
품 무관인 남북 진무사(鎭撫司)가 대도독을 보좌했다.

하늘을 나는 새도 떨어뜨린다는 권부 중의 권부가 바로 이
곳 금의위였다. 금의위 백호만 되도 북경에서는 크게 무서운
것이 없었고, 지방에 내려가면 품계로는 한참 위인 지방관들
의 목줄을 쥐고 흔들 수 있을 정도였다.

그런 금의위였으니 정문 경비를 서고 있는 제기조차 오만
하기 짝이 없었다. 워낙 많은 권력이 주어져 있었고, 계속 그
래 왔으니 금의위 수장이 누가 되든 단기간에 그런 구습을 타
파하기에는 무리가 있었다.

"어디 위사 나부랭이가 감히 말도 없이 금의위에 출입하려
드는 것이냐?"

세인이 청설위국의 위사 복장을 하고 있었기에 금의위 제
기는 그를 보잘것없는 위사로 파악하고 소리친 것이다.

"나는 진세인이라는 사람으로, 금의위 서고와 무고를 한번
둘러보러 왔소만."

"서고와 무고? 네가 지금 제정신이냐? 그곳은 도독 대인이

나 진무사 대인들이나 들어갈 수 있는 곳이다. 특별한 용무가 없는 이상에는 황족들도 출입할 수 없는 곳을 일개 위사 따위가 들어가겠다는 것이냐?'

금의위 서고는 일반적인 서고가 아니었다. 그곳에는 수많은 책들도 보관돼 있었지만, 그 한쪽에는 기밀보관실이라 해서 황족부터 시작해 대관들의 인적 사항과 그들에 대한 여러 감찰기록들, 지방관들의 치적과 공과 등이 기록된 문서부터 시작해 금의위가 수집한 천하의 여러 비밀스런 기록들이 전부 보관돼 있었다. 심지어는 천하사패로 불리는 강호의 거대 세력들에 대한 내사 기록도 모두 이곳에 있었다.

또 금의위 무고 또한 대단한 곳이었다. 이야기꾼들은 흔히 말하는 황궁무고란 곳이 있다. 그러나 자금성 내에는 실제로 그러한 곳이 없다. 대신 정파와 마도, 새외를 통틀어 황실이 수집한 모든 무공 비급들과 무예서들이 금의위 무고에 보관돼 있었다.

황궁무고에 가장 근접한 곳이 있다면 바로 금의위 무고였다.

소림의 장경각에 엄청난 무서들이 쌓여 있는 것으로 유명했지만, 대체 어떤 무서들이 보관돼 있는지 무고 관리자조차 다 알 수 없을 지경이라는 금의위 무고에 비하면 조족지혈이었다.

그리고 무고 한쪽에는 황실이 소유한 여러 신병이기들과

기문병기들이 보관돼 있는 창고가 있었다. 강호에서 의문스럽게 사라진 후, 완전히 소실된 것이 아니라면 그 신병이기들 중 상당수는 바로 이곳에 보관돼 있다고 보는 것이 옳았다.

그렇듯 엄청난 곳이니 경비 또한 대단했고, 도독의 허락을 받지 않고서는 금의위 천호들조차 함부로 출입할 수가 없는 곳이었다.

그런 곳을 일개 위사가 들어가겠다고 하니 제기는 기가 막힌 것이었다.

만일 그가 세인이 입고 있는 위사 옷이 청설위국의 위사 옷임을 알았다면 상황은 조금 달라졌을 것이다. 진짜든 가짜든 청설위국이란 곳은 요새 황태자의 비밀 사조직이란 소문이 돌고 있으니 금의위 제기라 해도 함부로 대하지 못했으니.

그러나 불행히도 그는 위국의 위사 옷까지 알아볼 정도로 견문이 넓지 못했다.

"네놈이 미친 것이 아니라면 썩 꺼지거라."

제기는 한마디만 더하면 곧 바로 창을 움직여 세인의 몸을 꿰뚫어 버릴 것 같은 험악한 기세를 풍기며 그를 노려봤다.

세인은 인상을 찡그리며 품에서 이전에 한청서에게서 받았던 금패를 꺼냈다.

"이거면 안에 들어갈 수 있겠소?"

여전히 오만한 얼굴을 하고 있는 제기가 위사 놈이 과연 무엇을 내미나 싶어 바라봤다. 제기는 깜짝 놀랐다.

"처, 천호님이셨습니까?"

"아마 그럴 거요."

번쩍이는 금패를 본 제기가 오만한 태도를 거두고 즉각 군례를 취했다.

"추우웅~!"

그런 제기를 보며 세인이 미소를 지었다.

"이제 들어가도 되겠나?"

"무, 물론입니다."

그 제기는 서둘러 길을 비켰다. 그리고 그와 함께 근무를 서고 있던 다른 제기들과 그의 상관으로 보이는 갑주 차림의 백호 역시 세인을 향해 군례를 했다.

세인이 처음 자신을 막아섰던 제기에게 물었다.

"앞으로 종종 보게 될 것 같은데 다음에도 이런 일이 생기면 곤란하지 않겠소? 내 이름은 이미 밝혔는데 아직 그대 이름은 듣지 못한 것 같소만."

그 말에 제기의 얼굴이 사색으로 변했다.

"제기 고, 고문량이라고 합니다."

"고문량 제기라… 내 기억해 두겠소."

그러고는 세인이 금의위 정문을 통과했다.

세인이 그렇게 사라지자 고문량은 순간에 다리에 힘이 빠져 손으로 벽을 짚어 간신히 몸을 지탱했다.

'저 인간에게 찍혔다. 분명 가까운 시일 내에 남쪽 끝 해남

도 지부쯤으로 좌천당해 다시는 돌아오지 못할 거야. 완전히 망했다.'

금의위들은 평소 자기들끼리 모이면 '해남도 지부, 해남도 지부' 하며 실수를 하면 해남도 지부로 좌천된다는 농을 하곤 했었다. 이 얘기는 제기들뿐만 아니라 상급 무관들에게도 널리 퍼져 있었고, 심지어는 도독인 한청서까지도 듣고 피식 웃었다는 일화가 있을 정도였다.

백호도 아닌 천호에게 미친놈 운운했으니 좋게 넘어가는 못할 터였다. 그리고 그 천호는 뒤끝이 있는 인간인지, 자신의 이름까지 기억하고 가지 않았는가?

그는 크게 울상을 지을 수밖에 없었다.

고문량이 어찌 생각하든지 세인은 직전의 일을 크게 신경 쓰지 않았다. 이름을 물어본 것도 그저 앞으로 종종 볼 사이이니 통성명이나 하자는 의미였을 뿐이다.

"아, 금의위 무고가 어디 있는지를 묻지 않았구나."

넓디넓은 금의위 안에서 무고 건물을 찾는 것은 상당히 힘든 일이었다. 무작정 찾아가기보다는 이곳 지리를 아는 이에게 물어서 찾아가는 것이 백배는 현명했다.

세인은 가던 길을 멈추고 다시 돌아와 어찌 됐든 안면을 익히고 통성명까지 한 제기 고문량에게 물었다.

"고 제기……."

그 소리에 그때까지도 크게 좌절하고 있던 고문량이 바로 반응했다.

"예엣?"

그는 바로 세인에게 빌기 시작했다.

"천호 나리, 소인이 미처 알아 뵙지 못하고 죽을죄를 지었습니다. 한 번만, 딱 이번 한 번만 용서해 주십시오. 소인은 해남도 지부로 가기 싫사옵니다."

'해남도 지부? 대체 무슨 소리를 하는 것인지······.'

해남도 지부의 의미를 알 리 없는 세인이었다. 그리고 그에 대해 알고 싶은 생각도 별로 없었다.

"고 제기가 해남도 지부로 가든 말든 내 상관할 바는 아니나, 나는 무고가 정확히 어디 있는지를 알고 싶소. 고 제기는 무고가 어디 있는지 알고 있소?"

'자신이 상관할 바 아니라니, 이미 나를 해남도 지부로 날리기로 작정했나 보구나. 이를 어쩐다.'

안절부절하지 못하는 고문량이었으나 그래도 실수를 만회해야겠다는 생각에 세인에게 무고까지 가는 길을 소상히 가르쳐 주었다.

고문량이 워낙 친절하게 몇 번씩이나 가르쳐 주었기에 가는 길이 머릿속에 한 폭의 그림처럼 쫙 펼쳐질 정도였다.

"고맙소. 그리고 고 제기, 해남도 지부로 가기 싫은 듯하나 어찌 됐든 자신이 배치된 곳에서 성심을 다하면 좋은 날도 오지 않겠소? 해남도 지부에 가더라도 부디 힘내시오."

처음에는 상당히 불쾌하기도 했으나 누구나 실수는 하는 법이다. 다시 대면해 말을 섞다 보니 이 고문량이란 제기가 그리 나쁜 사람은 아니라는 느낌이 들었다. 그래서 힘내라는 소리까지 해주었는데, 그 얘기를 듣자마자 고 제기는 크게 풀이 죽은 얼굴이었다.

"그리 결정하셨다면 소인은 따르는 수밖에 없겠지요."

고개까지 푹 숙이는 고문량을 보며 세인은 영문을 알 수 없어 의아한 표정을 지었으나 남의 개인사까지 들쑤시고 다닐 생각은 없었다.

"고 제기, 그럼 다음에 또 봅시다."

그렇게 금의위 정문을 떠난 세인은 한참을 걸었다.

고문량이 워낙 상세히 가르쳐 주었기에 전혀 헤매지 않고 금세 무고 근처에 위치해 있다는 연무장 근처에 이르렀다.

연무장에서는 수십이 넘는 금의위 무관을 웃통을 벗어 젖히고 열심히 무공을 수련하고 있었다. 땀을 뻘뻘 흘려가며 무공을 수련하는 금의위 무관들의 모습은 참으로 인상적이었다.

"잠시 구경이나 하고 갈까?"

세인은 근처에 서서 금의위 무관들의 수련 모습을 바라봤다. 투박하나 힘이 넘치고, 세련되지 못했으나 간결한 동작들이 주를 이루고 있었다. 또, 일체의 허례허식을 배제하고 상대를 최단 시간 내에 제압할 수 있는 실전적인 초식들이 대다수였다.

"흠, 외양에 치중하는 경향이 강한 구파일방의 무공들과는
확실히 다르군."

한청서에게 들어 황궁 무공과 군부의 무예들이 구파일방
이 바친 무공에서 비롯된 것임을 잘 알고 있었다. 그러니 자
연스레 구파일방의 무공과 비교가 될 수밖에 없었다.

"구파일방의 여러 무공에서 그 장점만 뽑아냈다 하나, 아
직 완성됐다 할 만한 수준은 아니야. 이것저것 잡다하게 섞여
만 있을 뿐, 아직 진정으로 융화되질 못했어. 강호의 고수들
을 만나면 전혀 승산이 없을 거야. 게다가 금의위 무관들의
수준도 그리 높지를 않고……."

세인이 나름대로 황궁 무공과 금의위 무관들의 수준을 평
하고 있을 때였다. 그런데 세인은 곧 자신의 등 뒤에서 대단
한 살기가 뿜어져 나오는 것을 느끼고 고개를 돌렸다.

그곳에는 단단한 체구에 다부진 인상을 한 이십대 후반의
사내가 서 있었다. 자신이 굳이 무관이라고 밝히지 않아도 사
람들이 쉽사리 군부에 몸담고 있으리라 추측할 수 있을 법한
특유의 분위기를 뿜어내는 사내였다.

"고작 위사 따위에게 그런 낮은 평가를 들을 우리 금의위
가 아니다!"

그는 다짜고짜 그렇게 소리치더니 세인 앞에 목검 한 자루
를 던졌다.

"연무장으로 와라. 내 너에게 진정한 금의위의 실력이 어떤 것인지를 똑똑히 보여주겠다!"

그러더니 그가 먼저 연무장 쪽으로 향했다.

세인은 난감함을 느꼈다. 그럴 의도는 전혀 없었으나, 어찌됐든 상대가 있는 자리에서 금의위의 무공과 실력을 폄하해 버린 것이 된 셈이었다.

'제아무리 경천동지할 실력을 가지고 있다 한들 그리 하는 것은 예가 아니다. 정중히 사과를 하고 잘 마무리 지어야겠어.'

세인이 그렇게 마음먹었을 때였다.

"너 뭐 하고 있는 거냐? 우리 실력이 어쩌고저쩌고 나불거릴 때는 언제고 벌써 자신이 없어진 것이냐?"

연무장에서 들려온 목소리였다. 연무장에서 수련하고 있던 모든 금의위들이 자신을 주목하고 있었다.

다시 목소리가 들려왔다.

"당장 검을 들고 이리로 와라!"

그들의 목소리와 시선에서 세인은 대단한 악의를 느낄 수 있었다. 적대감과 비웃음이 반씩 섞인 듯한 느낌이었다.

"어찌 됐든 이 사람이 실수를 했소. 너그러운 마음으로 용서해 주시기 바라오."

세인이 포권을 하며 그리 말했다.

"실수? 잔말 말고 이리 와서 네 실력이나 한번 보여봐라."

"꼴에 위사람시고 강호 물 좀 먹었다 이거냐? 그래서 황궁 무공 알기를 우습게 아나 본데, 오늘 한번 우리가 제대로 본때를 보여주마."

금의위의 권세는 대단했으나 강호인들은 그들의 실력을 그리 높이 평가하지 않았다. 일부 강호인들은 심지어 황궁 무공을 구파일방의 무공을 모아 만든 짜깁기 무공이라거나 기형적인 무공이라고 크게 폄하하고 있었다.

그에 황궁 무공을 익히고 있는 금의위나 관부의 고수들은 강호인들에게 은근히 열등감마저 느끼고 있을 지경이었다.

'저런 반응은 너무 심하구나.'

반말에 고압적인 말투, 그리고 정중히 사과를 했음에도 연방 비아냥거리는 저 모습까지.

부처님 가운데 토막도 아닌 이상에는 화가 나지 않을 수 없었다. 바닥에 떨어져 있던 목검을 들었다. 그러나 곧 마음을 바꿨다.

'아니다. 이건 아니야. 별일도 아닌 것 가지고 괜히 이럴 것 없어.'

세인이 들었던 목검을 다시 바닥에 내려놓았다. 그러고는 재차 사과를 했다.

"어찌 받아들이든 실언을 한 점, 사과드리오. 그럼, 소생은 이만 가보겠소."

세인이 가까스로 평정심을 회복하고 등을 돌려 원래 가던 길을 가려 했다.

"겁먹고 허겁지겁 도망치는 꼴 좀 보게."

"상대할 가치도 없는 겁쟁이였네그려."

"실력도 없으면서 입만 살아서 나불대는 꼴이라니."

등 뒤에서 크게 비웃는 소리가 들려왔다.

세인이 가던 길을 멈췄다.

"휴우! 내 수양은 아직 멀었나 보구나."

한숨처럼 그 말을 내뱉더니 다시 등을 돌려 바닥에 내려놓
았던 목검을 집어 들었다. 그러고는 곧장 연무장으로 향했다.

세인과 세인의 말을 듣고 처음으로 분개했던 금의위 무관
이 서로 목검을 들고 마주섰다.

'이왕 이렇게 된 것 그대들의 무공에 얼마나 부족함이 많
은지 확실히 가르쳐 주겠다.'

세인이 그리 다짐하며 호흡을 가다듬었다.

금의위 무관들에게 화도 났고, 그래서 이들에게 크게 한번
가르침도 내릴 작정이었다.

'부족함을 지적하는 말을 들으면 그것을 성장의 자양분으
로 삼아야 마땅할 것이다. 하나 그렇지 못하고 계속 그런 말
들을 비꼬아 여긴다면 앞으로도 그대들에게 발전은 없을 것
이다.'

그런 세인을 보며 마주서 있는 금의위 무관은 생각했다.

'자세가 안정되고 바르다. 게다가 서 있는 자세에서 빈틈을 찾기 힘들어. 그런 얘기를 지껄일 정도의 실력은 갖추고 있었나 보지? 그러나 나 제갈소린에게는 어림없다!'

제갈세가 출신으로 어린 나이에 곧장 금의위에 투신, 현재는 금의위 무공교두를 맡고 있는 제갈소린이었다. 본디 그의 출신 가문인 제갈세가는 무공보다는 두뇌로 더 유명한 곳이었다.

또한, 천하 상계를 좌지우지할 정도로 이재에 밝아 무공보다는 황금의 힘으로 강호오대세가 중 한곳에 들었다 할 정도였다.

그러나 제갈세가는 곧 무력의 한계를 실감하고는 부족한 무력을 보충하기 위해 갖은 노력을 기울였다.

그 해결책으로 나온 것이 단기적으로는 외부에서 고수를 초빙해 오고, 장기적으로는 황금의 힘으로 무공 비급을 확보하는 방법이었다.

그 노력의 결과 현재는 '제갈십류'라 불리는 열 가지 무공을 만들어냈으나, 전통의 무가인 하북팽가나 남궁세가는 그것을 별 볼일 없다 여겼다.

"여러 무공이 잡다하게 뒤섞여 정순하지 못하다. 일견 강하게 보일지는 몰라도 진정한 무공을 만나면 금세 그 한계를 드러내고 만다."

세인의 그런 평가는 구파일방의 무공에 뿌리를 두고 만들어진 황궁 무공이 받는 평가와도 정확히 일치했다.

제갈세가 출신으로 평소 가전무공이 그리 폄하되는 것에 분개하던 차였다. 그러다 세인이 별생각없이 황궁 무공을 그리 평한 것을 듣게 되자 크게 발끈할 수밖에 없었다.

'제대로 알지도 못하는 것들이 그리 말한다. 내 반드시 그런 생각이 틀렸음을 천하에 입증하겠다!'

제갈소린은 지금 자신 앞에 서 있는 세인의 모습에서 제갈세가와 황궁 무공을 폄하하며 비웃던 다른 세가와 구파일방 무인들의 얼굴을 보고 있는지도 몰랐다.

'죽이지는 않으마. 하나, 경솔하게 입을 놀린 것을 두고두고 후회하도록 크게 혼쭐을 내주겠다.'

"우리 무공이 별거 없다 했으니 제대로 된 무공이 뭔지 한 번 보여주시지."

제갈소린이 빈정거리는 말투로 말했다.

"부족한 무공을 익힌 그대를 상대로 먼저 움직이고 싶은 생각은 없소. 부족함을 채우고 싶으면 그대가 먼저 움직이시오."

"하하하!"

제갈소린이 어이없다는 듯 크게 웃음을 터뜨렸다. 보아하니 위사 같은데, 위사 일이나 하고 있는 자가 자신이 마치 강호의 절대고수라도 되는 양 말하고 있었다.

"흐흐흐! 그럼, 강호의 대종사께 금의위의 보잘것없는 무관 나부랭이가 선공을 취하겠소이다."

그 비아냥거리는 소리에 곁에서 지켜보던 금의위 무관들이 일제히 폭소를 터뜨렸다.

"하하하! 이런 어쩌나? 강호의 대종사께서 친히 왕림을 하셨는데 우리 대접이 영 부실해서."

"교두님, 저희가 제대로 대접해 드리지 못했으니 교두님께서 화끈하게 대접을 해주시지요."

그때, 제갈소린은 무려 삼백 초 이후까지 쓸 초식들을 모조리 마음속에 그려놓고 있었다.

제갈세가 사람들의 두뇌 하나만은 모두 다 인정하는 바였다. 제갈소린 역시 그런 제갈세가 출신으로 대단히 뛰어난 머리를 가진 사내였다. 삼백 초 아니라 어떤 때는 천 초 이후에 쓸 초식까지도 정확히 그려놓은 적도 있었다.

그렇다고 그 초식들 중 중복되는 것은 하나도 없었다. 황금의 힘으로 모은 무공 비급들이 세가 내에 차고 넘쳤다. 게다가 금의위에서 수많은 황궁 무공까지 익힌 터이니 쓸 수 있는 초식은 거의 무한하다 할 수 있었다.

그는 어쩌면 천하에서 가장 많은 초식을 알고 있는 사람 중 하나일지도 몰랐다.

제갈소린이 목검을 움켜쥐었다. 목검을 허공에 한번 가볍게 휘두르고는 소리쳤다.

"후회는 말아라!"

그가 땅을 박찼다. 땅을 박차는 그의 몸은 가벼웠고, 탄력
이 넘쳤다.

생고무 같은 탄력 한 가지만으로도 세인은 상대가 얼마나
고련에 고련을 거듭했는지 파악할 수 있었다. 저런 탄력은 보
통의 노력으로는 절대 불가능한 것이었으니.

자신을 향해 휘둘러오는 제갈소린의 탄력 넘치는 공격을
세인이 바람처럼 가볍게 피했다. 첫 공격이 실패했으나 제갈
소린은 이미 마음에 그려놓고 있던 대로 재차 공격해 들어갔
다.

그렇게 한 일백여 초를 공격했다. 그러나 제갈소린은 상대
를 쓰러뜨리기는커녕 이제껏 검조차 한 번 맞부딪치지 못했
다.

'왜?'

단순히 상대의 보법과 신법이 뛰어나다는 것으로 이해하
기에는 이상한 점이 많았다.

'혹 상대가 내 초식과 검로를 미리 꿰뚫고, 내 검이 절대 미
칠 수 없는 곳으로 먼저 움직이고 있는 것은 아닐까?'

통찰력이 없는 자였다면 결코 상상할 수 없는 생각이었다.
혹 몰라 원래 펼치려던 초식 대신 오십 수 뒤에 준비했던 초
식을 앞으로 당겨서 구사했다. 거기에 약간의 변식마저 가미
해 상대에게 검을 날렸다.

그러자 자신의 생각이 옳았다는 것을 증명이라도 하듯 처

음으로 상대와 검을 맞부딪칠 수 있었다.

탁!

그런데 둔탁한 소리가 한 번 들리더니 제갈소린이 순간 균형을 잃고 몇 걸음이나 뒤로 밀려나고 말았다.

"……."

간신히 넘어지는 것만은 모면한 제갈소린이 고개를 갸우뚱했다. 상대는 묘한 미소를 지으며 자신을 바라보고 있었다.

'알 수 없는 일이다…….'

어떻게 된 상황인지 전혀 이해할 수 없는 제갈소린이었다. 그러나 조금 열세를 보였다고 포기할 그가 아니었다.

제갈소린이 다시 한 번 몸을 날렸다. 이번에도 정석대로 이어질 초식 대신 다른 초식을 선택했고, 변식 또한 최대로 가미했다.

그런데 직전에는 검이라도 맞댈 수 있었는데, 이번에는 헛되이 허공만 가르고 말았다.

한 번, 두 번, 세 번…….

순식간에 일백여 초가 지났다. 그러나 아무리 초식 순서에 변화를 주어도 상대와 검조차 맞댈 수 없었다.

그런 상황이 계속되자 제갈소린의 마음속에서 불안감이 커지기 시작했다. 실전 경험이 많지는 않지만 상대와 검조차 맞부딪치지 못하고 수백 초의 공격이 무위에 그친 적은 한 번도 없었다.

검이 상대의 옷깃도 스치지 못하는 것은 둘째 치고라도 상대는 검조차 부딪치는 것을 허락하지 않고 있었다. 상대의 검을 막는 것보다 애당초 상대의 검과 맞부딪치지 않도록 하는 것이 수십 배는 더 어렵다.

'설마 상상을 초월하는 고수?'

상대는 공격 한 번 하지 않았는데 제갈소린은 상대가 쳐놓은 그물이 점점 자신을 강하게 옥죄어오는 것 같은 압박을 받았다.

제갈소린이 놀란 얼굴로 세인을 바라보자 세인이 한마디를 툭 던졌다.

"벌써 포기한 건가? 보기보다 끈기가 없군."

우드득! 우드득!

제갈소린이 이를 악물었다. 살갗이 찢어지도록 강하게 목검을 움켜쥐었다. 그러고는 다시 땅을 박찼다.

그런 그의 눈에 처음으로 상대의 검이 움직이는 것이 보였다. 너무나 느리고, 너무나 나약한 움직임이었다.

'저 정도 빠르기와 위력이라면……'

어느 정도는 자신감을 회복해 강하게 상대를 찔러 들어갔다.

픽!

한없이 느릿하게 느껴졌던 검이 순간 시야에서 사라지더니 자신의 복부를 가볍게 두들기는 것이 아닌가?

"윽!"

한없이 나약해 보였던 상대의 공격이 자신의 폐부를 찌르고, 뼈까지 시리게 만들 정도로 커다란 충격을 주었다.

"방심했나 보군."

세인은 그리 말했다.

그러나 제갈소린은 방심하지 않았다. 아니, 방심할 수가 없었다. 온몸의 솜털 하나까지도 곤두세우고 상대에게 집중하고 있는데 무슨 방심이란 말인가?

'이자, 나를 비웃고 있다.'

오기가 생겼다.

제갈소린이 가전 무공인 제갈십류의 초식들을 총동원해 광풍처럼 거세게 몰아붙이기 시작했다.

초련식(初鍊式), 연탄식(連彈式), 범음식(梵音式), 비파식(琵琶式), 견타식(肩打式), 주발식(肘發式), 나조식(拏爪式), 타퇴식(打腿式), 슬나식(膝拏式), 강격식(强擊式), 비산식(飛散式), 창공식(蒼空式) 등 제갈십류의 초식들이 장마철 폭우처럼 끝없이 쏟아졌다.

빠른데다 강력하기까지 한 공격들이었으나, 정작 상대를 맞추지 못한다면 아무 소용이 없었다. 만 가지 초식이 무력했고, 그 어떤 변식도 일절 통하지 않았다.

'확실해. 상대는 내 모든 초식들을 사전에 읽고 있다. 그런데 그게 가능한 일인가?'

제아무리 대단한 내력을 지니고 있어도 수백 초 이상이 지난 이 시점에서는 지칠 수밖에 없었다. 그가 잠시 숨을 고르려 할 때였다.

"그럼, 이제 내 차례인가?"

휙!

그 말과 동시에 느릿한 세인의 검이 제갈소린의 옆구리를 향해 다가왔다. 제갈소린은 화들짝 놀라 검을 들어 상대의 검을 막으려 했다.

'막을 수 있다……'

상대의 검은 똑똑히 보였고, 상대의 검이 들어오는 결에 따라 자신의 검을 휘둘렀다.

그런데 순간 상대의 검이 사라져 버렸다.

"헉!"

그에 크게 놀랐을 때였다.

자신의 검은 옆구리에서 한 자 정도 떨어져 있었고, 투명한 검이라도 되는 양 자신의 검을 그대로 투과하듯 지나쳐 버린 상대의 검은 자신의 옆구리 한 치 앞에서 정확히 멈춰 있었다.

"허점이 너무나 많아서 대체 어디부터 공격해야 할지를 모르겠구나."

그것이 허언이나 오만이 아님을 세인은 곧 바로 증명했다.

제갈소린의 목검을 투과하듯 지나친 세인의 검이 목 바로 앞에서, 어깨 쇄골 바로 위에서 정확히 멈췄다. 늑골을 찌르려던 세인의 검끝은 아슬아슬하게 제갈소린의 피부 위에서 방향을 바꿨다.

온몸의 급소를 노리고 들어온 수십 차례의 공격을 세인은 모조리 성공시켰고, 제갈소린은 결코 그것을 막을 수가 없었다.

'느린 것이 아니야. 너무나 빨라서 내 눈으로 보았던, 내 손으로 막으려 했던 검은 이미 그 자리를 지나쳐 버린 잔상이었던 거야!'

제갈소린이 상대의 느릿한 검의 실체를 간신히 파악했을 때였다.

세인의 검이 수평으로 찔러 들어오더니 정확히 제갈소린의 미간 사이에서 멈춰 섰다.

팔을 쭉 뻗은 상태로 상대의 미간을 겨누고 있는 세인은 움직이지 않았고, 검을 든 팔을 축 늘어뜨리고 있던 제갈소린은 석고상처럼 딱딱하게 굳어 움직일 수가 없었다.

탁!

제갈소린이 들고 있던 검을 바닥에 떨어뜨렸다. 그리고 그는 허탈한 표정으로 고개를 푹 숙였다.

"졌다."

그가 패배를 인정하자 세인이 그의 미간을 겨누고 있던 검을 회수했다.

쿵!

제갈소린이 서 있던 상태 그대로 바닥에 무릎을 꿇었다. 심하게 충격을 받은 상태인 제갈소린이 물었다.

"당신은 누구요?"

"나는 청설위국의 위사요."

제갈소린은 그 말을 거짓으로 여겼다. 어찌 일개 위사 따위가 이런 엄청난 무공을 갖고 있단 말인가?

수백 초의 공격을 퍼부었음에도 검을 마주친 것조차 딱 한 번에 불과했다. 상대의 옷깃 한 번 스치기는커녕 상대의 검조차 제대로 볼 수가 없었다.

이 실력이라면 최소한 한 성의 패주로 군림할 정도의 고수였다. 아니, 강호의 절대자들이라는 환우십삼성 중 하나라고 해도 충분히 믿을 법했다.

"이름을 가르쳐 주시오. 후일 당신을 다시 찾아가 제대로 가르침을 받고 싶소."

세인이 짤막하게 답했다.

"진세인이오."

"진세인……."

제갈소린은 그 이름을 폐부 깊숙한 곳에 새겨놓았다. 그리고 절대 그 이름을 잊지 않을 것이라 다짐에 다짐을 했다.

"초식을 많이 아는 것도 크게 나쁘지는 않소. 하나 그 초식을 구사해 종국에는 무엇을 이루고자 하는지를 곰곰이 생각해 보시오. 초식의 목적은 결국 상대를 제압하는 것이오. 상대를 제압하는 데는 찌르고, 베는 두 가지 동작이면 족하오."

찌르고, 베는 동작 두 가지면 족하다라…….

"내 보기에 너무나 많은 초식을 알고 있는 것이 오히려 그대의 발목을 잡고 있는 것 같소. 그대가 초식의 주인이 돼야지, 초식이 그대의 주인이 되게 해서는 안 될 것이오. 명심하시오, 제대로 찌르고 벨 수만 있다면 그것이 바로 고금제일의 신공일 것이니."

제갈소린이 물었다.

"제대로 찌르고 베려면 어찌해야 하오?"

세인이 미소를 지었다.

"제대로 찌르고 벨 때까지 검을 휘둘러야 하겠지요."

우문(愚問)에 우답(愚答)처럼 들렸다.

"나 역시 하루도 쉬지 않고 수천, 수만 번 검을 휘둘러 왔소. 그러나 그 제대로 찌르고 벤다는 의미를 이해할 수가 없소."

"비급에 적힌 대로, 스승이 가르쳐 주는 대로 검을 휘두르는 것은 누구나 다 하오. 검 한 번을 휘두를 때도 스스로 의문을 품어보시오. 이 초식은 어떤 상황에서, 언제, 왜, 어떻게 처음 만들어졌을까를 말이오. 그것들을 떠올리며 무수히 검을 휘두르다 보면 어느 순간 세상에 오직 그대만이 찌를 수 있고, 벨 수 있는 검이 나올 것이오."

그러며 한마디를 덧붙였다.

"…버리면 크게 얻을 것이오."

그 말을 끝으로 세인은 들고 있던 목검을 바닥에 버렸다.

"말이 길어졌소."

그러더니 주변에서 놀란 얼굴로 결과를 지켜본 금의위 무관들에게 포권을 했다.

"소생이 실언을 한 것, 다시 한 번 사과드리오."

세인은 그렇게 '우문(愚問)'에 '현답(賢畓)'을 남기고 원래 가려던 길을 향해 떠났다.

"어느 순간 나만이 찌를 수 있고, 나만이 벨 수 있는 나만의 검이 나온다 했던가……."

제갈소린은 세인이 남겼던 말을 몇 번이고 곱씹었다. 아직 그 말을 이해할 수는 없었다. 그러나 어느 순간 벽에 가로막혀 정체됐던 자신의 검이 가진 문제를 해결할 수 있는 실마리가 될 수 있다는 느낌을 받았다.

"'버리면 크게 얻는다' 했던가? 이제부터는 내가 지금 알고 있는 초식들을 버리기 위해 검을 휘둘러야겠구나."

자신이 이제껏 알고 있던 모든 것이 산산이 부서지는 느낌이었다. 하지만 수만 가지 것을 잃고 나면 두 가지를 얻을 것이었다.

"제대로 찌르고, 벨 수 있는 두 자루 검을 얻을 것이다!"

제갈소린은 크게 깨닫고 웃었다.

"하하하하하하!"

그는 곧 바로 바닥에서 일어나 그가 떨어뜨렸던 목검을 집어 들었다.

"이얍!"

전에 없이 커다란 기합과 함께 그는 다시금 목검을 휘두르기 시작했다.

이제부터는 초식을 잊기 위해 검을 휘두를 것이었다.

"그래, 그래야지. 제갈 교두, 그대의 재능이 작지 않음은 내 진즉에 알아보았지. 그대가 잠시 흔들렸던 것은 앞으로 나아가기 위해 잠시 숨을 골랐기 때문이라네."

황태자를 배알하고 다시 금의위 집무실로 돌아오다 우연히 세인과 제갈소린의 대결을 보게 된 한청서가 크게 흐뭇한 표정을 지었다.

한청서는 단 한 번의 대결로 크게 달라진 제갈소린을 계속해서 지켜봤다.

"이야압!"

연무장에 있는 휘하 무관들이 눈치 채지 못하도록 멀리 떨어져 있던 그에게까지 똑똑히 들릴 정도로 제갈소린의 기합은 매우 우렁찼다. 우렁찬 기합 소리와 함께 휘둘러진 검에는 전에 없이 강력함이 느껴지고 있었다.

검을 몇 번 휘두르지 않았음에도 제갈소린의 이마에는 어느새 땀이 송골송골 맺혀 있었다.

"어설피 휘두르면 수천 번을 휘두른다 해도 땀 한 방울 나지 않지. 하나, 한 번이라도 제대로 휘두르려면 저처럼 엄청난 심력이 소모되게 마련이야."

이미 그 단계를 넘어선 한청서는 알고 있었다. 제갈소린 교두는 이제부터 당분간 죽을 듯이 힘들 것이다. 탈진해 수없이 쓰러질 것이고, 너무나 힘들어 밤에 잠도 제대로 이루지 못할 것이다.

그러나 그 고통을 끝까지 견뎌내면 그는 진정한 검객이 될 것이다.

곧 제갈소린의 연무 광경을 뒤로하고 한청서는 조용히 자신의 집무실로 향했다.

'좋구나……'

아끼는 수하의 성장에 그는 뿌듯함을 느꼈다. 수하가 기특하기도 하고, 그 수하에 대한 기대감에 가슴이 다 부풀어 오를 정도였다.

"나는 참으로 복 받은 사내로구나."

슬하에 자식이 없는 그는 수하들을 자식처럼 생각했다. 자식이 저리 성장하고, 더 성장하기 위해 노력하는데 기쁘지 않을 리 없었다.

그는 실없는 사람처럼 연방 웃음을 터뜨렸다.

第五章
진 사부

무영무쌍

금의위 무고에 들어선 세인은 무고의 방대함에 놀랄 수밖에 없었다. 거대한 전각 안에는 빽빽하게 서가가 들어서 있었고, 그 서가들에는 가히 수만 권의 책들이 빈틈없이 꽂혀 있었다.

세인에게 출입이 허가된 무고는 크게 세 부분으로 이뤄져 있었다. 무고의 책들 중 가장 많은 것은 병서들이었고, 그 다음이 잡서로 분류된 책들, 마지막으로 무예서로 분류된 무공 비급들이었다.

서고 특유의 텁텁한 책 냄새를 맡으며 세인은 가장 먼저 병서들이 꽂혀 있는 서가 쪽으로 향했다.

"무경칠서(武經七書)로군."

기본적인 일곱 가지 병법서를 뜻하는 무경칠서는 무과를 치르기 위해서는 기본적으로 익혀야 하는 것들이었다.

제나라 손무가 쓴 '손자(孫子)'와 전국시대 오기가 저술한 '오자(吳子)', 제나라 사마양저의 '사마법(司馬法)'이 각 한 권, 주나라 울요의 '울요자(尉繚子)'가 다섯 권, 당나라 이정이 쓴 '이위공문대(李衛公問對)'가 세 권, 주나라 여망과 한나라 황석공이 각각 저술한 '육도(六韜)'와 '삼략(三略)'이 여섯 권과 세 권, 해서 총 스무 권이었다.

사십 권의 무경총요(武經總要), 각 열두 권의 칠서강의(七書講義)와 칠서직해(七書直解), 열네 권에 달하는 무경개종(武經開宗) 등등 무경칠서의 참고서라 할 수 있는 책들은 스무 권인 무경칠서의 수십, 수백 배 분량이었다.

그것은 무경칠서 이외의 병서들 역시 마찬가지였다.

즉, 병서의 수가 많기도 했지만 그 병서의 해설서가 그 수십, 수백 배에 달하니 당연히 무고 안에 보관된 책들 중 병서의 수가 가장 많을 수밖에 없었다.

그다음 잡편으로 분류된 곳은 말 그대로 자금성 서고에 보관된 수만 권의 대전(大典)과 유학의 경서, 시집, 역사서 등을 제외한 책들이 총망라돼 있었다.

최초의 의학서인 황제내경(黃帝內徑)부터 당대의 어의가 저술한 최근의 의서까지 포함된 의술서들은 기본이었다. 천하의 독과 그 해독법에 대해 기록하고 있는 책들, 황제와 황족들을 위한 건강도인법, 신선술이 포함된 단약 제조술에 관한 책은 물론이고 황제의 성 생활을 위한 갖가지 방중술과 해괴한 채음보양술을 삽화와 더불어 저술한 책들도 있었다.

"훗!"

우연히 발견한 그 삽화를 보더니 세인이 실소를 터뜨렸다.

또 황실에서 쓸 수 있는 금속과 도기, 면포 등의 제조법에 관한 책만도 수백 권이었고, 진법과 기관지학을 다루고 있는 책들도 상당수 있었다. 축성술과 여러 건축술이 담긴 토목술(土木術) 관련 책, 명마 구분법과 마술(馬術)에 대한 책, 온갖 산해진미의 요리법 등까지 자금성 서고에 들어갈 만한 정서(正書)를 제외한 천하의 책들은 잡편에 모두 모여 있었다.

단, 조정에서 따로 관청을 두어 엄히 통제하고 있는 천문과 지리, 풍수 등에 대한 것은 이곳에 없었다.

"엄청나군."

의원이나 대장장이나 목수, 화원 악공처럼 한 분야에 전문가라 할 수 있는 이들이라면 이곳에 들어오고 싶어 안달이 날 만한 지식의 보고였다.

"여기서부터 무공 비급들을 모아놓은 서가가 나오나 보군."

그때부터, 세인은 조금 더 홍미로운 눈길로 서가를 바라봤다.

가장 먼저 나온 것은 천하무공출소림의 영광을 차지하고 있는 소림 무공의 비급들이었다.

"어찌 이런 것을 다 모았을까?"

소림 무공의 근본이 되는 달마역근세수경부터 소림칠십이종절에 전부를 기록한 비급들이 서가에 꽂혀 있었다. 소림이 자신들의 기둥뿌리까지 뽑아 전부 황실에 바쳤을 리 없었다.

"아마도 여러 경로로 이 비급들을 수집했겠지. 때로는 온당치 못한 방법도 썼을 것이고……."

그런데 소림 무공이 아무리 방대하다 해도 소림과 관련된 비급들이 이렇게 많을 수는 없었다. 그래서 자세히 살펴보니 '나한권총요', '나한권주해', '나한권해설', '나한권강의' 등등 비슷한 내용을 담고 있는 무공서들이 엄청나게 많았다.

그중에는 고수들이 심혈을 기울여 쓴 해설서가 있는가 하면, '고금무적나한권'처럼 종이 낭비다 싶은 허황된 책들도 섞여 있었다.

소림에 이어 무당과 화산 등 구파일방의 비급들이 총망라 돼 있었고, 유구한 전통을 가지고 있는 명문 세가들의 무공이 적힌 비급들도 상당수 보관돼 있었다.

정파로 분류되는 문파의 비급들 외에도 십만마교의 마공이나 여러 사파들의 사공들 역시 꽤 많은 분량을 차지하고 있었다.

물론 정사지간의 문파나 이름조차 생소한 문파들의 비급

들도 있었고, 그중에는 무공서라 할 수도 없을 정도로 부실하거나 황당한 책들도 다수 섞여 있었다.

이곳에 있는 책들의 수를 대략 육만 권 정도로 잡고, 그 책을 하루에 한 권씩 본다 해도 거의 이백 년 가까이 걸릴 정도로 어마어마한 양이었다.

"난감하군. 강호인이라면 꿈속에서도 탐할 절세의 비급이 있는가 하면 철전 수십 개면 구할 수 있는 잡서들이 이렇게 온통 뒤섞여 있으니."

세인이 이곳에 온 것은 한청서에게 일전에 승낙한 대로 무예서 편찬에 참고할 만한 책이 있나 찾아보기 위함이었다.

그런데 이곳에 대충 어떠한 책들이 있는지 다 확인하지도 못했는데 하루가 그냥 지나가 버린 것이었다.

"참고할 비급이 너무 많은 것이 오히려 문제라니. 배부른 투정인가?"

책들의 바다에 빠져 있는 자신을 발견하고는 미소를 지었다.

세인은 출입이 허락된 한정된 시간 안에 일단 이곳에 어떤 책들이 있는지부터 확인하기 위해 분주히 움직이기 시작했다.

다음날.

금의위 무공교두 제갈소린을 필두로 일백이 넘는 금의위

무관들이 무복을 입은 상태로 금의위 연무장에 집결해 있었다.

"앞으로 스승처럼 모시겠습니다! 부디 저희에게 가르침을 주십시오!"

그들은 일제히 포권을 하며 금의위 무고로 향하던 세인에게 고개를 숙였다.

"이게 무슨……."

예상치 못한 상황에 세인이 조금은 당황했다.

"알아 뵙지 못하고 어제는 무례를 범했습니다. 다 저희들이 부족해 그러한 것이니 용서해 주십시오!"

그들은 무관들답게 우렁찬 목소리로 세인에게 용서를 구했다. 자존심 강하기로 유명한 금의위 무관들이 이리 나올 때는 무언가 크게 느낀 바가 있어 그러할 것이었다.

"여러분, 소생은 여러분을 가르치거나 할 정도의 인물이 아닙니다. 무슨 이유로 그러는지는 모르겠으나 그 청을 거두어주십시오."

세인이 그렇게 말하고 서둘러 무고로 향하려 했다. 그런 세인을 붙잡은 것은 어제부터 입가에 미소가 떠나지 금의위 도독 한청서였다.

"진 검서관, 과공은 비례라 했네. 겸손한 것도 좋으나 너무 자신을 낮추는 것도 그리 보기 좋은 모습은 아니야."

"한 대인께 인사드립니다."

"어제 무고에 들었다는 얘기와 함께 내 수하들이 자네에게 큰 잘못을 저질렀다는 사실을 들었네. 저들이 젊은 혈기에 실수를 한 것이니 자네가 이해해 주게."

"그 일은 신경 쓰지 않습니다만……."

"그럼, 무엇이 문제인가? 제갈 교두가 어제 큰 가르침을 받았다는 얘기를 듣고 우리 무관들 또한 자네에게 가르침을 받고자 하네."

"진 사부님, 가르침을 청합니다!"

금의위 무관들이 세인을 사부라 칭하며 간곡하게 부탁했다.

"나 역시 자네에게 부탁하네. 나라를 지키는 금의위 무관들이 보다 강해진다는 것은 곧 나라가 튼튼해지는 것을 의미하기도 하네. 그러니 거절치 말고 승낙해 주게나."

"하나……."

세인은 잠시 망설였으나 한청서도 그렇고, 금의위 무관들이 몇 차례나 간곡히 청하니 도저히 그 청을 뿌리칠 수가 없었다.

"이렇게들 청하시니 어쩔 도리가 없군요."

"하하하! 고맙네, 고마워."

한청서가 크게 감사하더니 뒤로 물러섰다.

"이미 무공의 기초가 잡히고 어느 정도는 성취를 이루고 있을 여러분입니다. 일단 여러분이 어떤 수준까지 도달했는지 알고 싶습니다."

그 말을 이해한 제갈소린이 무관들에게 소리쳤다.

"그럼, 지금부터 천자수호검을 시작한다!"

구파 일방의 무공을 뿌리로 탄생한 황궁 무공의 가장 대표적인 것이 바로 일전에 한청서도 선보인 바 있는 천자수호검이었다.

각각의 병기에 나름의 장점이 있을 것이나, 군문에 든 병사들이나 하급 무관들은 역시나 배우기 쉽고 위력도 있는 도법을 선호하게 마련이다.

그러나 천자수호검의 기본이 되는 구파일방의 무공은 권장술과 검법이 주류를 이뤘다. 그중에서도 유달리 뛰어난 검법들이 많아 천자수호검 역시 검법이 큰 비중을 차지하고 있었다.

"발검!"

백여 자루의 검이 일사불란하게 하늘로 뽑혔다. 어제와 오늘 한청서와 제갈소린에게 무슨 소리를 들었는지 무관들 전부 진지하기 그지없었다.

"천자수호검 기본세 제일식 수호천세!"

제갈소린의 박력있는 구령에 따라 하늘로 뽑힌 검들이 일제히 검광을 흩뿌리며 허공을 갈랐다.

"제이식 천하출세!"

쿵!

무관들이 동시에 연무장 청석 바닥에 발을 굴렀다. 그 소리와 함께 웅장한 기세를 자랑하는 수호천자검의 제이식이 펼쳐졌다.

그들이 그렇게 일제히 검을 움직이자 마치 하나의 검산(劍山)이 위아래로 크게 출렁거리고 있는 것 같았다.

"제삼식 황룡출해!"

제삼식 황룡출해를 펼치기 위해 일백의 무관들이 일제히 땅을 박차고 오르자 그 또한 장관이었다.

'수호천자검의 기본은 역시나 소림의 달마삼검이군.'

무관들이 무공교두 제갈소린의 구령에 따라 총 서른여섯 가지로 이뤄진 천자수호검 기본세를 시행했다.

"후우!"

세인의 가르침에 따라 크게 깨달은 바가 있는 제갈소린은 천자수호검 기본세를 다 끝내자 거친 숨을 몰아쉬었다. 저리 힘들어하는 것은 한 번 검을 휘두를 때마다 엄청나게 심력을 소모하는 탓이리라.

또한, 기본세를 끝낸 금의위 무관들 역시 적지 않게 힘을 소모했는지 연방 숨을 골랐다.

그들이 내뿜는 열기로 인해 연무장은 어느새 후끈 달아오르고 있었다.

그런데 그 와중에 유일하게 차가움을 유지하고 있는 한 사람이 있었다. 그는 바로 세인이었다. 미간을 가볍게 찌푸리고 있는 것이 무언가 만족스럽지 못하다는 표정이었다.

세인이 검가(劍架:검을 꽂아두는 거치대)에 따로 준비돼 있는 검 한 자루를 손에 들더니 검을 뽑았다.

"천자수호검 기본세 제일식 수호천세!"

세인이 그리 외치더니 직전에 본 그 초식을 따라했다. 그런데 무관들이 펼쳤던 수호천세와는 확실히 달랐다.

"기본 중의 기본인 수호천세가 저렇게 위력적이었나?"

"그러게 말이야."

무관들의 쑥덕거림을 들은 제갈소린이 엄히 명했다.

"잡담은 금하도록 해라."

"알겠습니다!"

"천자수호검 기본세 제이식 천하출세!"

세인이 무관들과 동일하게 초식의 이름을 힘껏 외치더니 제이식 천하출세를 펼쳤다.

"헛!"

그 순간 무관들은 자신도 모르게 그런 소리를 내뱉었다. 대단히 짜릿짜릿한 기운, 무언가 강렬함이 느껴지는 그런 기운이 자신들의 피부를 찔러왔기 때문이었다.

'확실히 우리가 펼친 천자수호검과는 다를 뿐 아니라 몇 배는 더 위력적이다.'

"천자수호검 기본세 제삼식 황룡출해!"

세인이 제삼식을 펼치자 몇몇 기초가 약한 무관들은 순간 크게 놀라 뒤로 엉덩방아를 찧었다. 허물을 탈피해 막 하늘로 승천하려는 황룡의 강렬한 기운이 밀려와 도저히 견딜 수가 없었기 때문이다.

천자수호검 기본세는 천자수호검 상의 다른 실전검법들을 익히기 위한 기본적인 검법이었다. 소림으로 말하면 나한권이요, 무당으로 치면 삼재검 같은 것이었다.

그런데 무관들은 기본세를 펼치는 세인을 보며 벌어진 입을 다물 줄을 몰랐다.

'기본세가 이토록 엄청난 위력을 발휘하다니. 펼치는 사람이 달라지면 검법의 위력마저 달라지기라도 하는 것인가…….'

그들은 넋을 잃고 세인이 펼치는 기본세를 바라봤다.

어느덧 시범을 마친 세인이 그때까지도 정신을 차리지 못하고 있던 무관들을 향해 말했다.

"한 가지 당부하고 싶은 말이 있습니다."

그 말에 다시 정신을 차린 무관들이 크게 소리쳤다.

"무엇이든 말씀만 하십시오!"

여기 모인 무관들 중 일부는 한청서와 제갈소린의 칭찬과 설명에도 불구하고 처음에는 위국 위사에 불과한 세인을 경시하는 마음을 가졌던 것도 사실이었다.

그러나 동일한 검법으로 자신들과는 천양지차의 위력을 발휘하는 세인의 실력을 직접 목격한 후로는 그를 대하는 자세가 완전히 달라져 있었다.

"무공을 익힘에 있어 박대정심할 수 있다면 그보다 좋은 일은 없겠지요. 그런데 '박대(薄大)'와 '정심(精深)' 중 하나를 선택하라 한다면 저는 정심한 쪽을 택할 것입니다. 소림칠십이종 절예를 모두 안다 해도 정심하지 못하다면 나한권 하나에 매진해 그 극의를 깨달은 이만 못할 것이기 때문입니다."

그 말에 몇몇은 고개를 갸웃거리기도 했다. 나한권을 대성한다 하여 칠십이종절예 중 하나인 백보신권이나 아라한신권을 조금이라도 배운 이를 능가할 수 있다고 믿지 않기 때문이었다.

"제가 아는 분 중에 숙수 한 분이 계십니다. 그분 말에 따르면 적당한 쌀을 아는데 삼 년, 밥을 고슬고슬하게 짓는데 삼 년, 적당한 불의 세기를 찾는데 오 년, 최적의 간을 보기 위해 십 년을 노력해 왔다 합니다. 그런데도 여전히 배울 것이 많고, 자신은 아직도 멀었다고 하더군요."

"그 숙수가 유달리 재주가 떨어지는 이는 아닌가요?"

"숙수도 아닌 제가 그분의 재능을 두고 이렇다 저렇다 평할 수는 없겠지요. 하나, 그렇게 말한 숙수의 이름은 곽부양이라 합니다."

그 소리에 무관들이 조금 놀라는 표정이었다.

"그를 부르려면 하루에 은자 일천 냥은 가져야 한다는 일

일천은 곽 숙수 말인가?"

"북경제일의 숙수?"

"일일천은이라면 요리에 있어서는 극에 달한 인물일 텐데, 그가 그런 말을 했다니 잘 믿기지가 않는군."

웅성거리는 무관들을 보며 세인이 말했다.

"무공 또한 요리와 같습니다. 기본에 충실하고, 한 우물을 파면 누구든 대성할 수 있습니다. 선천적인 재능보다는 후천적인 끈기와 인내만이 무공의 끝에 조금은 가까워질 수 있도록 도와줍니다."

그는 무관들을 둘러보더니 무학 사부로서 명을 내렸다.

"다시 한 번 천자수호검 기본세를 펼치도록 하겠습니다."

그의 명에 따라 무관들이 다시 기본세를 펼쳤다. 세인은 기본세를 펼치는 그들의 동작 하나하나에 온 신경을 집중했다. 그러며 그들이 잘못 펼치고 있는 자세들을 자세히 기억했다.

무관들이 시연을 끝내자 세인이 말했다.

"다시 한 번 해보십시오."

그러자 무관들은 고개를 갸웃거리면서 세 번째로 기본세를 펼쳤다.

"한 번 더!"

세인이 네 번째로 기본세를 시키자 어디선가 조그맣게 불만의 목소리가 터져 나왔다.

"신묘한 초식이나 몇 개 가르쳐 줄 것이지……."

작게 말했다 하나 그 불평을 못 들었을 리 없는 세인이었으나 깨끗이 무시하고 기본세를 명했다.

무관들은 마지못해 다시 한 번 기본세를 펼쳤으나, 확실히 네 번째로 기본세를 펼치는 무관들에게게서는 별 달리 성의가 느껴지지 않았다.

세인이 묘한 미소를 지으며 또다시 기본세를 펼칠 것을 요구했다.

그렇게 열 번 연속으로 죽어라 기본세만 시키자 무관들의 인내력도 한계에 달했다.

무관 중 백호 하나가 대놓고 불평을 터뜨렸다.

"금의위 무관이 되기 전에도 기초가 튼튼했던 우리들입니다. 그런 우리들이 금의위에 들어와서도 수백, 수천 번 반복했던 것이 바로 이 기본세입니다. 눈 감고도 자유자재로 펼칠 수 있는 것이 바로 이 기본세란 말입니다."

"아, 그래요? 그럼 눈 감고 한번 펼쳐 보이시겠습니까?"

"눈 감고 제대로 펼쳐 보이면 기본세 수련은 중지하시겠습니까?"

"물론입니다. 단, 제대로 펼칠 때 말이지요."

"좋습니다."

그 백호가 눈가리개로 눈을 가린 후 곧 기본세를 펼치기 시작했다.

그런데 그의 호언장담과는 달리 눈을 가리게 되자 위력이 현저히 떨어진 것은 물론이고 수백, 수천 번 펼쳤다 했던 천자수호검의 초식마저도 미세하게 틀리는 것이 아닌가?

그러나 그 백호는 기본세를 다 펼치고 눈가리개를 풀더니 당당하게 말했다.

"어떻습니까? 이제 기본세 수련은 중지해도 좋겠지요?"

세인은 그에 답하는 대신 다른 무관들의 얼굴을 가리켰다. 얼굴이 딱딱하게 굳어 있었다.

"이 친구들아, 왜 그런 표정 짓고 있어? 한번 말해보게. 내기본세는 정확했지?"

"……."

무관들의 꿀 먹은 벙어리마냥 아무 말도 하지 못했다.

그런 반응에 그 백호가 이상함을 느낄 때 세인이 말했다.

"이번에는 제가 눈을 가리고 기본세를 펼쳐 보이지요."

곧 세인이 눈을 가리고 기본세를 펼쳤는데 초식의 정확함은 말할 것도 없고 그 위력 역시 눈을 가리지 않았을 때와 전혀 다를 바가 없었다.

눈가리개를 푼 세인이 그 백호에게 말했다.

"제가 이 위치에 검을 놓고 움직이지 않겠습니다. 이 상태로 제 검은 움직이지 않을 테니, 한번 수호천세를 펼쳐 보겠습니까? 단, 수호천세여야만 합니다."

세인이 그 백호에게 말하자 백호는 말없이 검을 들고 수호천세를 펼쳤다.

그런데 정말 신기한 것이 분명 같은 초식을 같은 방향으로 펼쳤음에도 움직이지 않고 있는 세인의 검과 부딪칠 수가 없었다. 장님이 아닌 이상에야 고정돼 있는 물체를 맞추지 못하는 것은 말이 되질 않았다.

　"그럼, 백호께서 저와 똑같은 방향, 똑같은 위치에 검을 들고 있겠습니까?"

　얼굴이 허옇게 질린 백호가 말없이 따라하자 세인이 곧장 수호천세를 펼쳤다.

　팅!

　맑은 금속성이 울려 퍼졌다.

　수십 번을 휘둘러도 헛되이 허공만 갈랐던 백호와는 달리 세인은 단번에 검을 맞출 수 있었다.

　"아까 그 위치는 수호천세 초식에 있어서는 사각(死角)이라 할 수 있는 위치지요. 바꿔 말하면 허점이라고도 할 수 있는 곳입니다. 물론, 수호천세 대신 황룡출해 초식을 구사하면 아무렇게나 휘둘러도 무조건 맞출 수 있는 곳입니다만."

　"그 위치가 사각이기에 제가 맞추지 못한 것은 이해하겠는데 진 사부께서는 어찌 단박에 맞출 수 있었던 것입니까?"

　"간단합니다. 백호의 수호천세는 불완전했지만, 제 수호천세는 완전했기 때문입니다."

　대부분은 그 말을 이해하지 못했지만 뒤에서 조용히 듣고 있던 한청서는 이미 그 차이를 알고 있었다. 또한, 이제 막 진정한 무공에 눈을 뜨고 있는 제갈소린도 어렴풋이 짐작할 수 있었다.

"예전에 공공문이라는 신비문파가 강호에 존재했습니다. 그 문파의 무공이란 것은 삼재검처럼 흔한 것이 고작이었습니다. 하나 공공문의 제자가 펼치는 삼재검의 선인지로 초식은 십만마교의 천마검법마저 패퇴시킬 정도였습니다. 이유는 한 가지입니다. 완전한 선인지로에는 사각도, 허점도 존재하지 않았고, 대성하지 못한 천마검법에는 여러 허점이 있었기 때문입니다."

"그런 논리라면 천마검법을 완전하게 익히는 것이 더 위력적인 것 아닙니까?"

"그렇다면야 물론 좋겠지요. 하지만 천마검법 같은 상승 무공은 불세출의 천재가 아닌 이상에는 대성하기가 어렵지요. 여러분이 모두 공전절후의 천재라면 저도 소림의 달마삼검 같은 것을 권했을 것입니다."

세인이 말을 이었다.

"내 무공의 사각과 허점을 없애면 자연스레 상대의 사각과 허점이 보이게 됩니다. 상대의 허점을 알기만 하면 상대를 제압하는데 태산을 무너뜨릴 정도의 거력은 필요치 않지요. 깃털 하나를 들 수 있는 힘이면 충분합니다. 이는 부드러움으로써 강함을 제압한다는 이유제강의 이치와 통하는 것이지요. 또, 상대의 허점을 이용할 수 있다면 상대의 힘으로 도리어

상대를 제압하는 이화접목, 사량발천근의 상승 무리도 깨칠
수 있게 됩니다."

그러자 어느 정도는 무학에 대한 기본적인 이해를 갖고 있
던 무관들이 서서히 고개를 끄덕이기 시작했다.

"그럼, 다시 기본세를 시작해 볼까요?"

인재라면 인재라 할 수 있는 금의위 무관들이었다. 그들은
나름대로 세인의 의도를 이해하고 이번에는 성심을 다해 기
본세를 펼쳤다.

그런데 그때부터 세인이 호랑이보다 무서운 무학 스승으
로 돌변했다.

"백호님, 백호님은 검 잡는 법부터 틀렸습니다. 그리 검을
잡아서는 무인이라 할 수도 없습니다."

세인은 한 백호를 무섭게 꾸짖으며 검 잡는 법을 교정해 주
었다. 그 지적에 백호는 얼굴이 벌겋게 달아오르며 수치심을
느끼는 듯했다.

그러나 곧 교정해 준 대로 검을 잡게 되자 그 한 가지만으
로도 초식의 위력 자체가 달라지자 백호는 놀라운 눈으로 세
인을 바라보기 시작했다.

'이 사람은 진짜 대단하다!'

일단 연무장에 무복을 입고 들어선 이상 세인은 지위 고하
를 가리지 않았다.

"천호님, 검을 들지 않은 손이라 해서 중하지 않은 것이 아

닙니다. 무공이란 결국 육체를 다루는 일이며 몸 전체로 힘을 내는 것입니다. 검을 든 팔의 힘만을 이용하는 게 위력적일까요, 아니면 몸 전체의 힘을 이용하는 것이 위력적이겠습니까?"

"다, 당연히 몸 전체를 이용하는 것이겠지요."

"그걸 아시는 분이 같은 초식을 펼치는데 어떤 때는 손이 하늘을 향했다, 어떤 때는 땅을 향하며, 중구난방입니까? 몸 전체를 이용해 최고의 힘을 낼 수 있는 자세는 딱 하나입니다. 이렇게 해보십시오."

기본세 상의 초식 중 하나인 청룡파산 초식을 펼칠 때 검을 들지 않은 다른 손을 비스듬하게 하늘을 향해 교정해 주었다.

"다시 청룡파산을 펼쳐 보십시오."

"아, 알았습니다."

휘익!

놀라운 일이 벌어졌다.

분명 똑같은 청룡파산 초식임에도 천호가 펼친 청룡파산에는 일전에 세인이 보여줬던 것처럼 어마어마한 위력이 담겨져 있는 것이 아닌가?

그것을 펼친 천호 역시 믿기지 않는다는 표정으로 자신의 손을 바라봤다.

'진 사부가 무슨 술법이라도 부리고 있는 것인가?'

그때 벌써 세인은 다른 무관에게 다가가 연방 호통을 치고 있었다.

"눈은 대체 어디를 보고 있는 것입니까?"

"예……."

지적당한 한 무관이 어쩔 줄을 몰라 했다.

"이 초식이 전에 펼쳤던 그 초식과 같은 초식입니까?"

"분명히 같은……."

"직접 보십시오. 이것이 바로 순수추주입니다."

세인은 직접 시범을 보이고 일대일 지도를 하더니 곧 다른 무관에게로 갔다.

"틀렸습니다, 틀렸어요."

세인이 백여 명에 달하는 무관들에게 연방 그 소리를 해댔다.

처음에는 세인이 대단하면 얼마나 대단하냐는 식으로 얕보던 무관들이 세인의 지적 하나에 검의 위력이 엄청나게 달라지는 것을 직접 느끼기 시작했다.

'진 사부에게 가르침을 받는 것은 엄청난 행운이다.'

'어찌 이리 대단한 분이 위사 노릇을 하고 있을까?'

'일생일대의 기회다. 내 반드시 이 기회를 잡아 크게 발전하리라!'

몇몇 무관은 엉뚱하게도 상관 중의 상관인 한청서에게 불만을 토로했다.

'도독 대인께서는 진즉부터 진 사부를 알고 계셨던 듯 보

이는데 진즉에 우리 스승으로 모시지 않고 왜 그리 꾸물거리셨단 말인가!'

'도독 대인께서는 무얼 하고 계시단 말인가? 이렇게 대단한 스승을 우리 금의위로 모셔야 할 텐데 말이야. 자칫 이분을 영악하기 그지없는 동창 놈들에게 빼앗기기라도 한다면…….'

그러나 그들 모두 진정으로 세인에게 감탄하며 속으로 다짐했다.

'내 당분간 술도 끊고 무공에 매진해 보련다. 천상루 춘화야, 외상값 밀려서 안 가는 거 아니니 서운타 마라.'

'부인, 미안하오. 당분간은 집에 못 들어갈 것 같소. 아이는 다음 기회에 가집시다…….'

'이 아비가 얼마간은 아비 노릇을 제대로 못하겠구나.'

아침나절에 시작한 수련이 해가 진 이후까지도 계속됐다.

무관들은 마치 '검' 이라는 이름의 절세미녀와 첫사랑에 빠진 청년처럼 물불을 가리지 못하고 죽어라 검을 휘둘렀다.

'바른 자세로, 옳은 초식을, 성심을 다해 펼치면 갈수록 지치는 것이 아니라 오히려 사지백해에서 절로 힘이 숫구치고, 정신이 맑아지지. 무공 수련이 힘들고 괴로운 것은 그것을 익히는데 여러 잘못된 점이 있었기 때문이지, 무공 자체가 괴로운 것은 절대 아니야. 게다가 한 번 무공과 사랑에 빠지면 주변의 아무것도 보이지 않게 되게 마련이고…….'

이제는 별말하지 않아도 알아서 검을 휘두르는 무관들을 보며 세인은 그리 생각했다.

"허허! 저러다 몸들 상하는 것 아닌가 모르겠네. 쉬엄쉬엄 들 하지."

평소 같으면 휘하 무관들이 무공 수련에 게으름을 피운다고 크게 역정을 내던 한청서였다. 그런 그가 열의에 넘치는 무관들을 보며 연방 흐뭇한 미소를 지었다.

그 다음날.

세인은 눈을 크게 뜰 수밖에 없었다. 결코 작은 크기가 아닌 금의위 연무장에 무관들이 바글바글 모여 있었다.

"진 사부님, 오늘도 많은 가르침 부탁드리겠습니다."

족히 수백은 되는 무관들이 일제히 허리를 숙였다. 그중에는 일전에 남첨부에서 요립에게 불의의 일격을 당해 한동안 병가를 내야 했던 진무사 사마운도 포함돼 있었다.

그는 아직 다 완치되지도 않은 몸을 이끌고 연무장에 나온 것이다. 그가 내심 경쟁자로 여기고 있던 제갈소린이 세인의 지도를 받고는 무공 수위가 이틀 만에 몇 단계는 뛰어올랐다는 소리를 듣고는 계속 누워 있을 수가 없었기 때문이다.

"사마 진무사께서는 좀 더 쉬어야 한다 들었는데……."

세인이 걱정스러운 표정으로 말하자 사마운이 손사래를 쳤다.

"아니오. 내 혀를 깨무는 한이 있더라도 폐는 끼치지 않을 것이니 걱정 마시오."

"그러시다면……."

세인이 어제보다 몇 배는 불어난 무관들을 다시 한 번 바라봤다.

'세상 사람들은 금의위들이 권세나 부리고, 뇌물 받는 일에나 몰두한다고 여길지 모르나 실상은 전혀 그렇지 않구나. 관부에 투신했으나 이들의 무에 대한 열정만은 명문 대파의 제자들 못지않아.'

배우고자 하는 사람들이 이리 열의와 정성을 보여주는데 가르치는 자신도 질 수 없다 생각했다.

"그럼, 시작하겠습니다!"

사흘째 되는 날.

금의위 연무장에는 임무를 맡은 이들을 빼고는 모든 금의위들이 집결해 있었다. 금의위 도독이 총 집합령을 내린 것을 방불케 할 정도였다.

"진 사부님, 오셨습니까!"

수천이 일제히 소리를 지르자 금의위가 자리한 자금성 인근이 쩌렁쩌렁하게 울릴 정도였다.

금의위가 그렇게 대규모로 집결해 우렁찬 함성을 지르자 일부 탐관오리들은 자신들을 잡으러 오는 것으로 착각하고 공포에 떨었다.

일부 관리들은 황태자가 금의위를 동원해 대규모 숙청을 시작하는 것은 아닌가 하며 크게 걱정했다.

근처에서 들려오는 그 거대한 함성을 황태자가 듣지 못했을 리 없다.

"이 공공, 들리는 방향을 보니 금의위 쪽인 거 같은데 무슨 일이 있느냐?"

"별일은 아니옵고, 금의위 무관들이 모여 무공 수련을 하며 나오는 함성 소리라 하옵니다."

"그래? 항상 하는 것이 무공 수련일진대 오늘따라 이리 함성 소리가 큰 것은 유별나구나."

"소신도 궁금하와 연유를 알아봤더니 금의위에서 대단한 무학 스승을 초빙해서 그런 것이라 하옵니다."

"대단한 무학 스승? 소림의 성승이나 무당의 검선, 남궁세가의 검성이라도 모셔왔다는 것이냐? 한 도독이 의외로 발이 넓군그래. 내가 불러도 오지 않던 그들 중 한 사람을 불러 무공 지도까지 받게 하다니 말이야."

"그들 중 하나가 아니오라……."

"아니면?"

"그게 잘 믿기지가 않는 얘기온데, 그 무학 스승이 어떤 위국의 위사라 하옵니다."

황태자가 고개를 갸웃거렸다.

"자존심 강한 금의위가 일개 위사에게 무공을 배우면서 저리 커다란 함성을 내지른다? 거참 이상하군그래."

황태자는 보던 정무를 중단하고 자리에서 일어섰다.

"이 공공, 금의위로 길을 잡아라."

"금의위로 납시려 하시옵니까?"

"듣고 보니 궁금함이 밀려오는구나."

"알겠사옵니다."

"잠시 다녀올 것이니 행렬은 단출하게 꾸미도록 하고."

곧 황태자는 태감 몇과 호위들 소수만 데리고 금의위로 향했다. 어차피 자금성 근처인데다 가는 곳이 대명 제일의 무사들로 득시글한 금의위인데 번거롭게 여럿 데리고 갈 것 없다 여겼다.

황태자의 어가가 들어오자 그것을 발견한 한청서가 재빨리 그를 영접하러 나왔다.

"전하, 사전에 기별도 없이 어찌 이곳까지 왕림하셨습니까?"

"저 함성이 궁금해서 한번 들러봤어. 대단한 무학 스승을 초빙해 왔다고?"

한청서가 옅은 미소를 얼굴에 띠며 답했다.

"일전에 소신이 아뢰었던 진세인 위사가 그 무학 스승입니다."

"금의위 검서관 자리를 주기는 했으나 정식 금의위도 아닌데 무관들이 크게 따르는 분위기로군그래."

"진 검서관이 대단함을 무관들 스스로가 인정하니 그런 것 같습니다."

"자존심 강한 금의위 무관들이 인정할 정도라⋯⋯."

황태자가 이제는 연무장을 넘어 통행로에까지 들어차 있는 무관들을 바라봤다. 그들이 내뿜는 열기는 그야말로 활화산 같았다.

'기이한 현상이로고. 나로서는 이해가 잘 되지 않는군.'

황태자는 그리 생각하며 한청서에게 말했다.

"내 잠시 지켜보고 가겠다."

"편한 자리를 준비하겠습니다."

한청서가 자신을 수행하는 백호와 제기들에게 일러 급히 자리를 마련하라 명했다.

황태자는 곧 금의위들의 무공 수련 광경을 지켜보기 시작했다. 황실에서 태어났음에도 유별나게 무공에도 조예가 깊은 그였다. 그가 직접 배우고 있는 것은 아니었으나 지금 금의위들에게 무공을 가르치고 있는 저 진세인이라는 무학 사부가 얼마나 대단한 것인지를 서서히 깨닫기 시작했다.

'얼마간 더 지켜보고 완벽하게 검증한 후에 곁으로 데려오려 했더니 그 시간을 조금은 앞당겨야겠군. 저런 고수가 내 곁을 지켜준다면 장성 밖으로 친정을 떠나도 전혀 두려울 것이 없겠어.'

처음 봤을 때도 무언가 있다 싶었는데, 이제 이렇게 다시 보게 되니 저 위사가 엄청난 고수라는 것을 깨닫게 되었다. 그러자 더할 나위 없이 저자를 갖고 싶은 욕망이 들끓기 시작했다.

*　　　*　　　*

같은 시각, 북경과 천진이 맞닿은 지역에 위치한 마을에서는 작은 소란이 벌어지고 있었다.

"이런 미친 새끼들! 여기가 감히 어디라고!"

혈곡 하북 지부장 허광은 놀람 반, 분노 반이 뒤섞여 고래고래 소리쳤다.

어디서 나타났는지 모를 정체불명의 괴한들이 평범한 미곡상으로 위장하고 있는 혈곡 하북 지부를 습격한 것이었다.

허광은 곧 연장을 제대로 챙겨 난입한 괴한들을 발견할 수 있었다.

"여기가 어딘 줄 알고 연장질이냐! 너희들 전부 돼지고 싶어?"

괴한 중 인상 참으로 더럽게 생긴 녀석이 소리쳤다.

"어디긴 어디야, 천하제이살수 단체인 혈곡의 하북 지부지."

"그 사실을 알고도 네놈들이 감히 여기서 연장질을 하고 있는 것이냐?"

"퉤! 이 새끼야, 혈곡 따위가 뭐 그리 대단하다고, 말끝마다 혈곡, 혈곡 그러는 거냐?"

그 사내가 자신이 데려온 이들을 돌아보며 물었다.

"너희들 중에 혈곡 무서워하는 놈 있냐?"

"혈곡요? 혈곡이 대체 뭐랍니까? 동네 개새끼 이름이랍니까? 들어본 적이 있어야 무서워하든 말든 할 거 아니겠습니까."

"내 말이 바로 그거다."

인상 더러운 사내와 괴한들이 장단까지 맞춰가며 혈곡을 비웃고 있을 때였다. 혈곡 하북 지부장 허광 뒤편에 서 있던 사내가 조용히 걸어나오더니 물었다.

"예전에 우리 혈곡을 천하제이살수 단체라고 칭하던 자들이 있었지. 너희들은 분명 살막과 관련이 있겠구나."

"어랍쇼, 저 자식 저거 눈치 하나는 엄청 빠르네. 그래, 바로 우리가 영원한 살수계의 지존이신 살왕 당막천 어른을 따르는 살막의 살수들이다. 그러는 네놈은 뭐라고 불러야 하냐?"

"나는 혈곡의 순찰당주 마성곡이다."

"순찰당주? 요즘 살수업계는 순찰당주까지 두고 저렇게 조직적으로 영업하나?"

당최 이해를 못하겠다는 표정으로 고개를 갸웃거리는 사

내는 바로 금동이었다.

"그나저나 허광 이 새끼, 너 오늘부로 살수업계에서 은퇴시켜 주마!"

"아니, 저 미친 새끼가!"

허광이 발끈해 대들었으나 이미 하북 지부가 박살이 난 마당이고 더 이상 저들과 싸울 수하들도 남아 있지 않았다.

순찰당주 마성곡이 나섰다.

"너희들이 원하는 게 돈이냐?"

"돈? 퉤! 우리가 무슨 녹림의 도적새끼들인 줄 아느냐?"

"그럼, 이렇게 우리를 치는 이유가 뭐냐? 혹 살막이 부활……."

마성곡은 생각이 거기까지 미치자 크게 긴장했다.

'살왕 당막천이 곧 살막이다. 살막이 다시 부활한다면 설마 살왕이 돌아왔다는?'

"하하하! 부활이지, 부활이야! 우리 살막이 이렇게 돌아왔는데 네놈들이 감히 우리를 건드려?"

"거, 건드리다니, 그게 대체 무슨 소리냐?"

마성곡은 허광을 노려봤다.

공명심 강한 허광이 혈곡 총단에는 보고도 올리지 않고 살막을 건드린 것은 아닌가 의심을 하기 시작했다.

'이 새끼, 예전부터 마음에 안 들었어. 진즉에 잘랐어야 하는데…….'

"살막이 돌아왔는지 모르지만 시대가 달라졌다. 너희 살막이 우리 혈곡을 건드린다면 크게 후회할 것이다. 오늘 일은 없던 것으로 해줄 테니 돌아가라!"

그 말에 금동이 쓴웃음을 지었다.

"저 새끼 저거 어디 다른 세상서 살다 왔나, 우리 살막이야!"

"흐흐흐! 너희들이 최고이던 때와는 많이 달라졌다. 바야흐로 세상은 업종 파괴의 시대, 우리 혈곡은 녹림과 손을 잡았다. 너희들이 아무리 대단해도 혈곡과 녹림 두 곳을 동시에 상대할 수 있을 것 같으냐?"

녹림이라는 소리에 금동이 찔끔했다.

'녹림 그 도적 새끼들이 우리 살수업계로 진출하려는 건가? 그리고 그 도적놈들은 숫자가 많아 정말 귀찮은데⋯⋯.'

속으로 무슨 생각하는지가 겉으로 다 드러나는 금동이었기에 마성곡은 금동이 주저하고 있음을 눈치 채고 자신감을 얻었다. 비록 상대의 수가 많지만 이럴 때는 약하게 나가기보다 강하게 치고 나가는 것이 더 낫다 판단했다.

"살왕 그 늙은이에게 전해라. 노망 난 거 아니면 조용히 은퇴하라고 말이야."

그런데 너무 세게 나갔다.

"늙은이? 노망? 감히 우리 막주님에게 그런 개소리를 지껄이다니. 얘들아, 저 새끼 조져 버려!"

"예, 형님!"

살막 살수들이 마성곡을 향해 우르르 달려갔다. 살막은 살수답지 않게 정면 승부를 즐기는 곳이지만, 혈곡 살수들은 암습에 능한 곳이었다. 그러니 이렇게 상대를 훤히 보고 있는 상태에서라면 혈곡 출신은 살막 출신들에게 상대가 되질 않았다.

"이 새끼들 내 매형이 누군 줄 알아? 혈곡 곡주이신……."

마성곡은 그 말을 다 끝내지도 못하고 바닥에 널브러졌다. 곧이어 살왕 당막천을 닮아 사람 두들겨 패는 데는 일가견이 있는 살막 살수들의 구타가 시작됐다.

금동과 목개만 한 전문가는 아니었지만 그래도 그들의 막주는 천하제일 박투술로 유명한 당막천이었다.

"허광 이 새끼야, 너는 우리랑 면담 좀 하자."

그와 동시에 금동의 대가리가 허광의 면상에 작렬했다.

"헛! 형님, 나만 빼놓고 재미 보는 거요?"

그때까지도 저항하던 혈곡 하북 지부 살수들을 정리하느라 뒤늦게 달려온 목개가 서둘러 금동에게 합류했다.

허광은 아직까지 살아 있는 것이 오히려 더 신기할 정도로 엄청나게 두들겨 맞았다.

갑자기 쳐들어와 순식간에 혈곡 하북 지부 간판을 내려 버린 금동과 목개는 초죽음이 된 허광과 마성곡을 바라봤다.

"퉤! 가급적 살인은 피하라는 진 형님 명만 아니었으면 니

들은 오늘 대가리는 저 북쪽 북해빙궁으로, 몸통은 남쪽 해남
도로 날아가며 이단 분리됐어. 운 좋은 줄 알아!"

일을 끝낸 그들은 곧 혈곡 하북 지부를 떠났다.

第六章
영웅탑

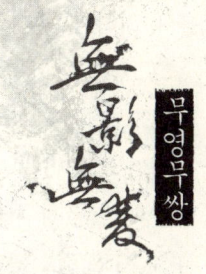

무영무쌍

　호남성 무당산으로 이어지는 외진 길.

　낡은 음양관을 머리에 쓰고, 잿빛 도포를 걸치고 있는 노도사 한 사람이 노새를 타고 느릿느릿 움직이고 있었다.

　노도사는 환하게 떠오른 하늘의 보름달을 바라보며 오묘하기 그지없는 은빛을 감상하고 있었다.

　"참으로 아름답고, 고운 달빛이로다. 세상 사람들도 저 은빛 달의 색채처럼 곱게 곱게만 살아갔으면 좋으련만."

　고운 달빛에 어느새 취해 버린 듯 노도사는 어느새 흥겹게 노래를 부르기 시작했다.

　때마침 그 노도사가 가는 길 맞은편에서 순백의 백색 궁장을 유려하게 차려입은 여인 한 명이 걸어오고 있었다.

그 여인은 한쪽에 보랏빛이 은은하게 서려 있는 눈동자를 가지고 있었다. 그런데 그녀의 얼굴색은 순백이다 못해 일견 창백한 느낌마저 주고 있었다.

순백의 궁장 차림인 미녀는 사슴이 걷는 듯 가뿐가뿐 노도사를 향해 걸어왔다. 노도사는 달빛을 받아 몽롱하게 빛나는 미녀의 얼굴을 보며 절로 탄성을 내질렀다.

"참으로 곱고도, 곱구나. 월궁항아(月宮姮娥)가 울고 갈 정도로 말이야."

여인의 미모에 크게 감탄한 노도사는 절로 시 한 수를 읊기 시작했다.

운모 병풍 앞 촛불 그림자 깊어만 가고[雲母屛風燭影深]
은하수 너머 새벽별 기울어갈 때[長河漸落曉星沈]
항아는 영약 훔친 일 후회하고 있으리[嫦娥應悔偸靈藥]
푸른 하늘 밤마다 홀로 지새는 마음[碧海靑天夜夜心]

당나라 때 시인 이상은의 '항아(嫦娥:상아라고도 발음)' 라는 시였다.

노새 등에 탄 채로 흥겹게 시를 읊는 노도사와 달빛 아래서 그 환상적인 미모를 뽐내는 여인이 서로 교차할 무렵이었다.

여인이 웃었다. 그러나 그 웃음은 얼음장처럼 차갑기만 했다. 게다가 그 웃음에는 북풍한설보다 매서운 살기가 어려 있었다.

노도사, 무당의 장로 중 한 사람이자 정파 십대검객 중 하나로 꼽히는 현허자가 그 싸늘한 살기를 놓칠 리 만무했다.

"곱디고운 미녀의 살기가 이리도 대단하다니. 안타까울 따름이외다. 무량수불!"

월궁항아보다 아름다운 여인이 뿜어낸 살기는 단숨에 현허자 자신의 뼛속까지 스며들 정도로 시린 것이었다. 그런데 현허자는 그 차가움이 두렵기보다 오히려 안타까웠다.

세상에 이토록 시린 살기가 또 있을까 싶어 안타까웠고, 대체 무슨 연유로 이리도 지독한 살기를 갖게 되었는지를 추측하게 되자 또다시 안타까웠다.

순백의 궁장을 한 미녀가 현허자를 보며 차가운 미소를 지었다.

"한 자루 검을 기가 막히게 쓰는 노인이라지? 달빛도 교교한데 어디 한번 은빛 달의 춤을 추어볼까?"

그러더니 미녀가 극도로 차가운 안광을 뿜어내며 말했다.

"그대, 검을 뽑으라!"

순간 그녀의 몸에서 잘 벼려진 수십 자루의 검이 일시에 쏟아지는 듯한 살기가 폭사되기 시작했다.

그 살기에 현허자가 크게 긴장했다.

'이렇듯 엄청난 살기는 일생 동안 느껴본 적이 없다.'

그러나 그는 무당의 도사이기 이전에 평생 검도를 추구해 온 한 사람의 검객이기도 했다. 어쩌면 버거울 수 있는 상대이기도 했으나 결코 비굴한 모습은 보이고 싶지 않았다.

현허자가 검을 뽑았다.

"그대도 병기를 들라!"

미녀가 입가를 씰룩거리며 미소를 지었다.

"월광(月光)이 일단 뽑히면 반드시 상대의 피를 빨아들이고 나서야 그 진동을 멈출 것이다. 오늘 뜨겁게 달아오른 월광의 요기(妖氣)를 그대 현허자의 피로 식힐 것이다!"

그러며 미녀가 교교한 은색 달빛 아래서 요도(妖刀) 월광을 뽑아 들었다.

시퍼런 도신이 부르르 떨고 있었다. 사람의 피를 빨아먹고 산다는 요도 월광이 피에 굶주려 크게 요동치고 있었다.

수백 년 동안 수천, 수만의 피를 빨아들였으나 요도 월광에게는 아직도 턱없이 부족했다. 요도는 보다 많은 양을, 보다 많은 이의 피를 갈구하며 소름 끼칠 정도의 요기를 뿜어내고 있었다.

요도 월광이 인간의 피를 완전히 빨아들이기 위해 탐욕으로 가득 찬 요기를 사방으로 뿌려대고 있었다.

"참으로 요사한 칼이로구나! 요도 월광이라……."

현허자는 옛 기억을 더듬으며 월광이란 요도에 대한 것을 찾았고, 그는 얼마 지나지 않아 그에 대한 완전한 기억을 떠올릴 수 있었다.

"그대는 십만마교에서 왔겠구나. 십만마교가 이제 본격적으로 이빨을 드러내려 하는 것인가? 그대가 그 시작이고?"

요도 월광은 고금십대기병(古今十大奇兵) 중 하나였다. 피를 먹고살며 종국에는 그 주인의 피까지 모조리 빨아버리고 나서야 요기가 진정된다는 요도 월광.

현재 그것을 가지고 있다 알려진 이는 당대의 십만마교 교주 구양창천이었다. 그러니 현허자는 이 여인이 십만마교에서 왔음을 추측할 수 있었다.

미녀는 현허자의 물음에 싸늘하게 웃는 것으로 그 답을 대신했다. 그러고는 말없이 현허자를 향해 요도 월광을 겨눴다.

미녀가 대화할 뜻이 없다는 것을 명확히 한 이상 현허자 역시 더 이상은 묻지 않았다.

현허자가 무당을 상징하는 검인 송문고검을 곧추세웠다. 현허자의 나이 이제 육십, 이제껏 많은 이들과 검을 섞어왔다. 비무도, 생사결도 수없이 치러봤던 당대의 검객이었다.

최근에도 마도 십대 검객 중 하나라는 십만마교의 수라검(修羅劍) 우정까지 베어버렸을 정도로 대단한 검을 자랑했다.

'아마 그 일로 인해 십만마교에서는 나를 노리고 저 여인을 보냈겠지.'

그 점은 많은 것을 시사했다. 수라검 우정을 벤 자신에게 그보다 하수를 보냈을 리 만무하다. 그렇다는 얘기는 저 미녀가 수라검 우정보다 강하다는 의미였다.

송문고검을 잡고 있는 현허자의 손에 서서히 힘이 들어가기 시작했다. 그와 동시에 무당의 비전심법인 건곤일기공(乾坤一氣功)을 급격히 몸 안에서 회전시켰다.

'저 여인을 상대할 수 있는 검법은 오직 태극십혜(太極十慧)뿐이리라.'

현허자가 송문고검을 서서히 들어 올렸다. 은빛으로 빛나는 검끝이 여인의 미간 정중앙을 겨냥했다. 그러자 상대의 기운에 반응하기라도 했는지 미녀가 들고 있는 월광이 더욱 요란스럽게 떨리기 시작했다.

미녀가 도를 머리 위로 치켜들었다. 월광 끝에 집중된 요기가 더할 나위 없이 크게 회오리치기 시작했다.

"그대에게 선수를 양보하겠다. 마지막 가는 길, 후회없이 가진 모든 재주를 펼치도록!"

무척 오만하게 들리는 소리였다. 그러나 현허자는 월광 끝에 모인 요기를 보고는 이 미녀에게 충분히 그럴 자격이 있다고 판단했다. 오만이 아니리라. 저것은 절대적인 자신감의 발로일 것이다.

"이 늙은이가 선수를 잡으리다!"

현허자가 그 순간 몸 안을 흐르는 건곤일기공을 격발시켰다. 그러고는 그 기운을 일시에 대기 중으로 분출시켰다.

띠이잉~!

하나의 맑디맑은 소리가 검에서 들렸다.

쉬이익~! 쉬이익~! 쉬이익~!

거친 바람 소리가 대지를 거세게 갈랐다.

팟! 파팟! 파파팟! 파파파팟!

건곤일기공의 흐름에 따라 급격히 대기가 요란한 변화를 일으켰다. 그렇게 사방에 휘몰아치던 기운이 곧 태극(太極)으로 화하기 시작했다.

현허자가 미녀를 향해 송문고검을 쭉 뻗었다.

무당이 자랑하는 절기 중의 절기인 태극십혜의 마지막 초식인 태극만만(太極滿滿)이 펼쳐진 것이었다.

그에 맞서 미녀가 손에 들고 있는 월광이 느릿하지만, 강하게 휘둘러졌다. 그와 함께 검끝에 맺힌 요기가 응축의 한계에 달한 듯 일순간 폭발했다.

쉬리리리리릭! 쉬리리리리리릭! 쉬리리리리리릭!

허공에서 핏빛 달들이 쏟아지기 시작했다. 그 무수한 핏빛 달들이 태극으로 화한 현허자의 송문고검을 향해 크게 휘감아 돌았다.

미녀가 사방에 흩뿌린 핏빛 달들에 필사적으로 대항하던 현허자는 순식간에 단전이 텅 비어버린 것을 느껴야 했다.

현문 정종의 내공은 본디 증진 속도는 느리지만 대신 내력의 연결이 끊이지 않는 장점이 있었다. 게다가 현허자는 무당 특유의 연단법을 익혀 내력 하나만은 자신이 있었다.

그러나 미녀의 공격에 대항하기 위해 너무나 급격히 내력을 소모했기에 내력이 전혀 이어지지 않고 있었다. 그 정도로 미녀의 공격은 막강했다.

'내 검이 꺾였다!'

현허자는 자신을 향해 쏟아지는 핏빛 달그림자들을 절망적인 눈으로 바라보며 속으로 외쳤다. 고수들의 싸움은 극히 찰나의 순간에 끝나게 마련이고, 이번 역시 마찬가지였다.

현허자는 도저히 항거할 수 없을 정도로 많은 핏빛 달그림자가 자신의 몸통과 머리, 양팔과 양다리를 관통하는 것을 무기력하게 지켜봐야 했다. 심지어는 요도 월광이 자신의 육체가 가진 모든 피를 빨아들이는 것까지도……

현허자는 곧 온몸의 피가 모조리 빨려나가며 숨이 끊겼다. 그의 온몸에는 이루 헤아릴 수도 없이 많은 반월(半月)의 상처가 남아 있었다.

죽어 있는 현허자를 위에서 아래로 내려다보며 미녀가 오만한 미소를 지었다.

"너의 검은 쓸 만했다만 그 정도로는 턱없이 부족하다. 정파의 고수들이 고작 그 정도라면 결코 우리를 막지 못하리라!"

미녀는 그러더니 달빛 아래서 막대한 요기를 뿜어내고 있는 월광을 바라봤다.

"이제 너의 끝없는 떨림과 피에 대한 탐욕이 채워졌느냐?"

그러자 그 말에 화답이라도 하듯 월광의 도신이 달빛 아래서 요동쳤다. 그 떨림은 야수가 약한 짐승을 수없이 잡아먹은 후 느끼는 포만감처럼 느껴졌다.

"앞으로도 계속 피를 맛보게 해주겠다!"

미녀는 월광을 집어넣으며 여전히 무심하게 달빛을 뿌리고 있는 은빛 달을 바라봤다.

그 이후, 계속해서 정파에서 이름을 날리던 명숙들이 죽어갔다. 무당파 장로 현허자로부터 시작해 화산파 장로인 매화일검(梅花一劍) 이군영, 곤륜파 제일검객 운룡팔검협(雲龍八劍俠) 조준, 심지어는 점창파 당대 장문인인 무적분광검(無敵分光劍) 주소까지 살해당하고 말았다.

그들의 사 인은 한결같았다. 온몸에 셀 수도 없이 많은 반월 흉터를 가진 채로 발견된 것이었다.

정파 무림맹은 처음 발견된 현허자의 시신에서는 곧 바로 떠올릴 수 없었다. 그러나 그런 시체가 연달아 발견됐고, 증거가 계속 쌓이자 그것을 바탕으로 정파에는 여러 문헌들과 기록들을 참고하기 시작했다. 마침내 그들은 이 수법이 수백 년 전 등장했던 전설의 북도(北刀) 월하혈영도임을 확신할 수 있었다.

또한, 그들은 죽은 이들이 모두 피가 빨려 죽었음에 주목하고 또 한 가지 결론을 내렸다. 이처럼 죽은 자의 피를 모조리 빨아들이는 기병은 강호에 딱 하나밖에 없으며 그것의 이름은 요도 월광이라는 사실을.

*   *   *

장강 이북, 정확히는 강남과 강북의 경계에 있는 안휘성부터 호북, 하남, 하북, 산동, 산서, 섬서 등지가 정파 무림맹의 세력권이었다.

천하사패 중 하나인 정파 무림맹을 이루고 있는 것은 구파 일방과 강호오대세가를 비롯한 여러 명문세가들이었다. 물론 군소문파들도 다수 포함돼 있었다.

무림맹에 속해 있는 문파들의 수나 인원만 따지면 천하사패 중 으뜸이 바로 무림맹이었다. 그러나 용부나 십만마교와는 달리 여러 문파들이 복잡하게 뒤섞여 있기 때문에 대대로 그 두 세력만 한 힘은 발휘하지 못하고 있었다.

연합체인 무림맹의 최고 의결기구는 바로 장로회의였다. 무림맹주가 있긴 하나, 무림맹주는 형식상의 존재일 뿐이었다.

당대의 무림맹주 이군성은 환우십삼성 중 하나로 꼽힐 정도로 대단한 고수였다. 개인의 강함만큼은 천하 그 누구도 의심하지 않았다.

그러나 문제는 그가 이제껏 무림맹을 주도해 왔던 구파일
방이나 강호오대세가 출신이 아니라는 점이었다. 맹주 이군
성에게는 정파 내부에 지지 세력이 전무했기에 그가 실질적
으로 할 수 있는 일은 거의 없었다.

어쩌면 다른 문파 출신에게 맹주 자리를 넘겨주기 싫었던
서로의 계산이 맞물려 고독한 늑대 같은 처지였던 그에게 맹
주 자리가 넘어간 것인지도 모르지만.

그런 상황이었기에 이군성은 어느 순간부터 장로회의에도
참석하지 않고 무림맹 안쪽에 마련된 처소에서 은거하고 있
었다.

그러나 수시로 문제가 발생하는 것이 바로 강호란 곳. 맹주
가 은거하고 있다 하여 무림맹이 해야 할 일이 없어지는 것이
아니었다.

"흉수가 전설의 북도가 맞소?"

청성파를 대표해 무림맹에 상주하는 장로 유허자가 불편
한 얼굴로 물었다.

"믿기는 싫으나 모든 증거가 그렇다 말하고 있소."

개방의 장로 윤이달이 그리 답했다.

"이를 어쩌나……."

평소에는 여러 이권을 두고 서로 못 잡아먹어서 안달인 경
우가 많았던 이들이었으나 전설의 북도라는 얘기에는 전부
근심을 표했다.

그만큼 전설의 북도는 공포의 대상이었다.

"군사, 이렇게 넋 놓고 당하고 있어서야 되겠소?"

추궁하는 것 같은 유허자의 물음에 무림맹 군사를 맡고 있는 제갈세가 출신의 제갈성수가 조심스럽게 입을 열었다.

"전설의 북도를 상대하려면 전설의 남검을 찾는 것이 순서겠지요."

그 무의미한 답변에 유허자가 혀를 찼다.

"군사가 진짜 군사 맞소? 군사면 군사답게 현실적인 방안을 내놓아야지, 북도가 등장했으니 남검을 찾자? 남검이 찾으면 나오는 그런 존재랍니까? 도대체 무슨 생각으로 맹을 꾸려 나가고 있는 것인지 원."

유허자의 무례한 언사에도 제갈성수는 특별한 반응을 보이지 않고 차분히 말했다.

"의미 전달이 불충분했나 봅니다. 남검을 찾자는 얘기는 우리 역시 남검을 내놓자는 얘기였습니다."

그 소리에 무언가 눈치를 챈 것 같은 사천당가의 당호우가 물었다.

"내놓자는 의미는 혹?"

"전설의 북도라 하나 그도 엄연히 사람에 불과합니다. 그가 홀로 우리 모두를 상대할 수 있겠습니까?"

"그건 그렇지요."

하북팽가 출신인 팽자운이 맞장구를 쳤다.

"북도가 중요한 것은 그가 가지고 있는 상징적인 의미 때문이지요. 그리고 북도의 전설은 지나치게 과장된 면도 있습니다."

"군사, 빙빙 돌리지 말고 요지를 말하세요."

거지들의 방회인 개방 장로치고는 지나치게 살이. 쩐데다 입고 있는 옷도 화려한 윤이달이 제갈성수를 다그쳤다.

"간단합니다. 우리도 남검을 만들어서 세상에 내놓으면 된다는 얘기지요."

"그 말은 혹……."

이제는 알아차린 유허자였다.

"전설은 우연히 생기는 것이 아니라 능동적으로 만들어 나가는 겁니다. 전설의 북도라고는 하지만 그가 어느 날 갑자기 하늘에서 뚝 떨어졌겠습니까? 우리를 노리는 세력에서 전면에 내세운 한 무인에 불과합니다."

"흠, 그럴 수도 있겠군그래."

조용히 듣고 있던 무당의 장로 현운자가 고개를 끄덕였다.

"북도에 대한 대책은 남검으로써 한다라… 괜찮은 계책 같소. 그럼, 어떤 인물을 선택할 것인가만 남았는데……."

장로회의의 주재자 격인 소림의 원법 대사의 말이 나오자 참석자들 모두가 긴장하기 시작했다.

마도에 전설의 북도가 있다면, 정파에는 전설의 남검이 있다. 전설의 남검을 배출한 문파는 수백 년 내 최대의 영광을 얻을 수 있는 것이다. 그것이 비록 조작된 영웅, 만들어진 전설이라 할지라도 세상에는 그렇게 알려질 것이고, 강호사에도 분명 그렇게 기록될 것이다.

'저 탐욕스런 눈빛들……. 무림맹이 확실히 예전 같지가 않구나. 나무아미타불.'

참석한 장로들은 서로의 눈치를 보고 있었다. 일단 낙점되기만 하면 향후 무림맹을 주도할 수도 있는 민감한 문제였기에 누구 하나 시원스레 나서는 사람이 없었다.

계속 무거운 침묵이 흐르자 소림의 원법 대사가 처음 그 제안을 던진 군사 제갈성수에게 물었다.

"군사, 아무래도 군사에게는 무슨 생각이 있어 남검을 내놓자는 얘기를 한 것 같은데, 빈승이 혹 잘못 생각한 것이오?"

원법 대사의 물음을 들은 제갈성수가 미소를 지으며 말했다.

"워낙 민감한 문제이기는 하지요. 그만큼 신중을 기해야 한다고 여겨 여러 날 고심한 끝에 마침내 한 가지 방법을 생각해 냈습니다."

"그것이 무엇이오?"

곧 회의에 참석한 모든 이들의 시선이 제갈성수의 입으로 쏠렸다.

"영웅탑에서 천룡백봉전(天龍白鳳戰)을 여는 것입니다."

"천룡백봉전?"

참석자 중 천룡백봉전을 모르는 이는 없었다. 그러나 그들은 의외의 시점에서 그 얘기가 나와서 약간 당황했고, 그래서 반문했을 뿐이었다.

무림맹은 해마다 후기지수들을 위한 비무대회를 열곤 했었다. 각파를 이끌어갈 후기지수들에게 교류의 장도 열어주고, 서로에게 자극을 주기 위한 목적이었다.

그런데 어느 순간부터 초기의 순수한 목적을 잃고 비무대회가 타락하기 시작했다.

강호의 이권을 두고 끼리끼리 손을 잡는 몇 문파들이 생겨나면서 상대편 참가자에게 이쪽 참가자가 일부러 패해주는 것은 다반사였고, 심지어는 상대를 매수하기도 하는 등 온갖 추잡한 일들이 벌어졌다.

그러던 와중에 제갈세가 소속 참가자가 살막에 사주해 결승 상대였던 청성파 참가자를 살해하는 일이 벌어졌었다.

그 사실을 안 무림맹은 크게 충격을 받았고, 더 이상 비무대회를 계속할 이유가 없다 판단했다.

이십 년 전 폐지된 무림맹 비무대회 명칭이 바로 천룡백봉전이었다.

"천룡백봉전이라……."

그 심각한 폐해를 잘 알고 있는 참석자들이 조금 망설이는 기색을 보였다.

"합시다! 이미 이십 년 전 일이오. 게다가 우리 청성파는

제갈세가와 풀어야 할 해묵은 옛일도 있으니!'

가장 먼저 찬성하고 나선 이는 청성파의 유허자였다.

"어차피 언젠가는 다시 부활시키긴 해야 할 것이나⋯⋯."

천룡백봉전이 예전처럼 과열될까 걱정이 되는 무당의 현운자가 신중론을 폈다.

"과거의 실수를 교훈 삼아 제대로 한번 운영해 보면 될 것이 아닙니까? 우리 장로회의에는 충분히 그럴 만한 역량이 있다고 봅니다."

비교적 젊은 축에 속하는 당가의 당호우가 적극 찬성하고 나섰다.

"군사의 말은 천룡백봉전을 열어 그 우승자를 남검으로 만든다는 말씀이신데 말이오. 천룡백봉전을 다시 여는 것을 논하기 이전에, 천하에 전설의 남검으로 내놓기에는 천룡백봉전의 우승자 정도로는 많이 부족하지 않겠소?"

원법 대사의 날카로운 지적에 모두가 고개를 끄덕였다. 이십 년 만에 부활되는 천룡백봉전이라 하지만 엄연히 일개 비무대회에 불과했다. 비무대회에서 우승했다 하여 그를 전설의 남검이네 뭐네 하는 것은 상당히 우스운 일이었다.

"추가로 생각해 놓은 것이 있습니다."

"말씀해 주시겠소?"

제갈성수가 잠시 뜸을 들이더니 입을 열었다.

"전설의 북도를 상대하기 위해 내세울 남검을 뽑는 천룡백봉전이니, 이번에 한해 천룡백봉전 우승자에게 영웅탑의 건축도면을 보여주는 것입니다."

쿵!

영웅탑의 건축도면이란 말에 순간 좌중에 벼락이라도 내려친 듯 충격이 밀려왔다.

그나마 평정심을 유지하고 있는 원법 대사가 물었다.

"영웅탑의 숨겨진 길을 열어 영웅탑 정복을 시키자는 얘기요?"

"물론 그렇게까지 해서는 곤란하겠지요. 과거에도 육층까지는 오른 기록이 있으니 그 선에서 그치게 하면 적당하겠지요. 영웅탑 육층에 오른 인물이라면 전설의 남검이라 내세워도 전혀 손색이 없을 것입니다."

영웅탑 육층까지라 해도 그것은 대단히 중요한 의미를 갖고 있었다.

정파에서는 영웅탑에 오른 고수들의 수를 통해 문파의 힘을 가늠했다. 문파의 힘, 그것은 곧 강호의 이권과도 직결되는 일이었다. 힘이 강한 문파에 군소문파들이 줄을 서고, 부자나 상인들이 몰려드는 것은 당연한 이치가 아닌가?

영웅탑의 도면을 본 인물은 영웅탑의 뒷길을 분명 자파에 알릴 것이고, 이는 곧 그 파에 속한 이들은 다른 파와는 달리 손쉽게 영웅탑에 오르게 된다는 의미였다.

이는 곧 정파제일세의 등장을 뜻하는 것이었다.

"방법도 옳지 못하며, 이는 너무나 위험한 발상이오."

원법 대사가 바로 반대하고 나섰다.

다른 이들도 바로 찬성하고 나오기는 그랬다. 자파에서 천룡백봉전 우승자가 나오고, 그가 영웅탑에 오른다면 더할 나위 없이 좋다. 하나, 다른 파에서 우승자가 나온다면 그것은 곧 끔찍한 재앙이었다.

그래서 일단은 다들 주저했지만 사실 크게 욕심이 나는 것도 부정할 수 없었다.

'만약 우리 파에서 우승자를 배출한다면…….'

장로회의에 참석한 각파의 대표자들은 그것을 상상하는 것만으로도 전율을 느끼고 있었다.

*   *   *

천상루.

"크게 욕심은 나는데 위험하니 움직이지 않는다? 역시나 정파의 겁쟁이들답군."

천상루주가 격론 속에 결론을 내리지 못하고 있는 무림맹 장로회의 결과를 듣고는 크게 비웃었다.

"어찌하면 좋겠습니까?"

"좀 더 흔들어줘야지. 정파 인물이 계속 죽어나가는데 언제까지 주저하고만 있겠나?"

"하나 그들이 영웅탑을 이용하는 방법을 선택하는 대신 다른 방법을 택할 수도 있습니다."

"그럴 리 없으니 걱정할 필요 없어. 아예 처음부터 거론되지 않았으면 모를까, 영웅탑이라는 엄청나게 탐스러운 미끼가 눈앞에서 아른거리는데 그들에게 다른 길이 보이겠어? 설사 다른 방법이 있다 해도 그들은 일부러 귀를 막고 듣지 않으려 할 거야."

"죽일 대상을 선정해 보겠습니다. 그런데 이번에도 혹, 무당의 현허자를 벨 때처럼 루주님께서 직접 나서실 것입니까?"

"그랬으면 좋겠지만 이곳에서도 할 일이 있어. 아이들을 보내도록 해."

"알겠습니다."

명을 수행하기 위해 백의사내가 떠나자 천상루주는 천하지도를 펼쳤다. 그녀는 천하사패의 세력권이 표시된 그 지도의 남쪽 지역을 바라봤다.

"무영대가 용부를 떠나고 있다지? 호호호! 무영대가 용부를 떠나는 순간, 가짜 무영대를 등장시켜 보면 어떨까? 그 무영대로 하여금 십만마교를 들쑤셔 놓고."

북경에 앉아 천하에서 일어나는 모든 중요한 일들을 다 꿰뚫고 있는 그녀는 최근 흔들리고 있는 용부와 관련된 계책을 차근차근 그려 나가고 있었다.

"일단은 북경 한복판에서 신경을 건드리고 있는 청설위국부터 유심히 지켜보고 움직여도 늦지 않겠지."

그녀는 도저히 정체를 짐작키 힘든 청설위국 문제가 먼저라고 생각했다.

*　　*　　*

위국을 확장한다며 언제나 큰소리 뻥뻥 치고 다니는 소국주 장우서는 실제로 아무 일도 하지 않았다.

그저 기루나 도박장에 처박혀 미친 듯이 돈을 써대는 것이 그의 유일한 존재 이유였다. 사실 위국 사람들은 소국주가 밖에서 큰 문제만 만들지 않으면 그것으로 족하다 여기고 있었다.

위국 경영에 별 관심이 없는 국주가 나설 리 만무하니, 위국 확장과 신입 위사 확충과 관련된 문제는 대위사인 막청송과 조자한의 몫이었다. 그래서 두 사람은 근래 눈코 뜰 새 없이 바빴다.

"아무리 찾아봐도 이곳만 한 데가 없는데 말이야……"

여러 곳을 알아본 끝에 막청송과 조자한은 새로 위국을 옮길 곳으로 한 곳을 낙점했다.

크기도 현재의 청설위국보다 몇 배는 큰 데다 전에 그곳을 소유했던 이가 존귀한 인물이었던지라 당대의 대목(큰 목수)

인 오수가 처음부터 끝까지 직접 챙기며 꼼꼼하게 지었다는 건물이었다. 싼 자재를 쓰거나 엉터리로 지었을 리 절대 없는 확실한 건물이었다.

"그런데 이곳은 족히 은자 일만 냥은 줘야 할 것인데."

조자한이 힘들지 않겠냐는 표정으로 말했다.

"급하게 쓸 돈을 제외하면 지금 당장 금고에 있는 은자는 삼천 냥에 불과해. 우리 위국 건물을 팔아도 고작 일천 냥이 전부일 테니 육천 냥이 부족한 셈이지."

막청송도 동의했다.

"사실 그곳이라면 은자 일만 냥도 비싼 것은 아니지요. 일단 샀다가 얼마 있다 되팔아도 족히 두 배는 받을 수 있을 것인데요."

"그것보다도 난 이곳이 참으로 마음에 든단 말이야. 우리 주 고객들이 사는 왕부정대가와도 가깝고, 북경 중심가와도 바로 통하니 말일세."

가진 은자가 턱없이 모자랐으나, 너무 욕심이 나는지라 막청송과 조자한 두 사람 다 그곳을 포기할 수 없었다.

"정 안 되면 이번에 우리와 거래를 트게 된 은하전장에서 은자를 빌리면 되겠으나, 일단 해볼 수 있는 방법은 모두 동원해 봐야지."

막청송의 말에 조자한이 물었다.

"그럼, 역시 진 조장에게 한번 맡겨볼까요?"

"그래야겠지."

그런데 막청송이 무언가 궁금하다는 표정으로 말했다.

"난 당최 진 조장의 정체를 모르겠어. 얼마 전 금의위 얘기만 해도 그렇고 말이야. 일개 위사가 금의위 전체에게 사부 소리를 들을 만한 실력을 갖고 있다는 것은 말이 안 돼. 사실 돌이켜 생각해 보면 이상한 점이 한두 가지가 아니야."

그는 그러며 세인이 처음 위사 시험에 응시할 때 작성했던 신상명세서를 바라봤다.

"용부의 하급 무사였다 적었고, 하오문을 통해 알아보니 그것이 사실로 밝혀져 신분에 대한 의심은 해본 적이 없었지. 제법 실력이 좋았던 것도 용부 출신이니 그러려니 했었고. 그런데 금의위에 고수가 적지 않을 텐데 그들 모두가 진 조장을 사부로 모시고 있다니…… 너무 실력이 좋은 것이 나는 도리어 크게 의심스럽다네."

"그렇긴 하지요. 하나, 실력이 너무 좋다는 이유로 위국을 나가라 할 수도 없는 노릇 아니겠습니까?"

"그래도 의심이 가는 건 사실이야."

"사람 올곧고, 실력 좋고, 뭐 하나 나무랄 데가 없는 친구입니다. 유일하게 걱정되는 것이 살수 단체에서 침투시킨 첩자라거나 그들과 내통을 할지도 모른다는 점인데, 사실 형님이 보기에 진 조장이 그럴 사람 같습니까?"

"확실히 그럴 친구는 아니지. 하나, 사람을 겉만 보고 어찌

속을 판단할 수 있겠는가?"

"옳은 얘기이긴 하지만, 제가 보기에 그 친구는 속도 겉과 전혀 다를 바 없을 것 같습니다."

그러나 막청송은 이미 뜻을 굳힌 상태에서 조자한에게 얘기를 꺼낸 것 같았다.

"이번 일까지만 그를 데리고 있다가 일이 마무리되면 그를 위국에서 내보낼 생각이야."

"형님, 그래도……."

"나 역시 마음이 편한 건 아니네. 하지만 같은 식구를 의심하느니 그러는 편이 나을 것 같아. 그러니 자한이 자네도 이번만은 내 뜻을 따라주게."

막청송이 그렇게까지 나오자 이제는 조자한으로서도 어쩔 도리가 없었다.

"그럼, 당 노인이랑……."

조자한이 막청송에게 세인 일행에 대해 막 물으려던 참이었다. 그들이 있던 방문이 열리며 중년 사내가 들어왔다.

두 사람은 그를 보고 깜짝 놀랐다.

"헐헐헐! 두 대위사가 고생이 많소."

문을 열고 들어온 이는 바로 국주 장원교였다.

"국주님께서 어찌 이곳까지 행차를……."

"헐헐헐! 국주가 대위사 방에 오는 것이 잘못된 일이오?"

"그것은 아니지만……. 국주님, 용무가 있으면 저희를 부르시면 됐을 것인데."

"한가한 내가 위국 일로 바쁜 대위사들을 찾아와야 도리지요. 헐헐헐!"

실없어 보일 정도로 연방 웃음을 터뜨리는 장원교가 두 사람에게 말했다.

"내 본의 아니게 엿듣게 되었는데 진세인이란 위사를 내보내려 한다고요?"

"그럴 생각입니다. 너무 이상한 구석이 많습니다. 위국이란 안전을 제일 우선시해야 하는 곳이니 의심이 가는 인물과 같이하기에는 무리가 있습니다."

"맞는 말이에요."

"그럼, 국주님께서도 승낙하시는 것으로 알고……."

"잠시만 더 들어보세요. 진세인이란 친구, 나와 개인적인 인연이 있는 친구요."

"이, 인연 말입니까?"

"그렇소. 아마 그 친구도 그 인연 때문에 여기까지 찾아온 것 같소. 그러니 그가 나쁜 뜻을 품은 것은 아닌가 의심할 필요는 없을 것 같아 보이는데 말이오."

"아, 그런 줄도 모르고 저희가 공연한 의심을 했습니다."

애초부터 세인을 내보낼 뜻이 없었던 조자한이 구명줄이라도 잡은 듯 바로 화답했다.

"아니오, 아니오. 내가 진즉에 얘기를 했어야 하는데 말이오."

그러나 애당초 세인을 내보내겠다는 말을 꺼낸 막청송은 딱히 말이 없었다. 그는 약간은 불만 섞인 얼굴까지 하고 있었다.

막청송은 진 조장이 국주와 과연 어떤 인연을 가지고 있는지 궁금하기도 했으나 묻는 것은 포기했다.

국주의 성품상 그는 국주가 자신들에게 알려줄 얘기였으면 진즉에 말해줬을 것이고, 알려주기 싫은 얘기였다면 결코 말하지 않을 것임을 잘 알고 있었다.

"헐헐헐! 그럼 일들 보시오. 나는 읽다 만 불경이 있어서 그거나 다시 읽으러 갈 생각이니."

할 얘기 끝났다는 표정으로 국주가 바로 등을 돌리자 그때서야 막청송이 물었다.

"국주님, 그런데 그 얘기를 하러 여기까지 오신 것입니까?"

막주가 고개를 돌리며 말했다.

"내가 무슨 얘기를 하러 왔었더라… 무언가 다른 용무가 있었는데……."

그는 잠시 생각해 보더니 고개를 가로저었다.

"지금 당장에는 기억이 나질 않으니 다음에 생각나면 한번 다시 들르겠소. 나도 나이가 들었나, 요즘 가끔 이런다오. 헐헐헐!"

"아, 예……."

국주는 곧 왔던 길 그대로 나가 두 사람의 시야에서 사라졌다.

막청송은 여전히 의문이 남는 것은 사실이었으나 위국 일에는 통 관심이 없던 국주가 직접 와 이렇게까지 말하고 갔는데 세인을 내보낼 수가 없었다.

"당분간은 두고 보도록 하지."

세인은 곧 조자한에게 불려갔다.

"진 조장, 내 자네에게 어려운 부탁을 하나 하려 하네."

"무슨 부탁이신지요?"

"우리가 위국을 새로 옮길 장소로 옛 한왕 전하의 저택을 생각하고 있네."

"그러셨습니까?"

"그런데 말일세……."

조자한이 그와 관련한 문제들을 세인에게 설명했다. 그 설명을 다 듣고 난 세인이 물었다.

"그럼, 저는 일단 연 대인 댁에 가서 매각할 의향이 있는지만 일단 묻고 오면 되는 것입니까?"

"그렇네. 모든 일에는 순서가 있으니 차근차근 진행시켜야겠지. 매각할 의향이 있다면 우리는 자네를 다리 삼아 연 대인과 대화를 나눠볼 생각이네."

"알겠습니다."

세인은 흔쾌히 대답했다.

"자네가 한왕 전하와 교류가 있고, 연 대인과도 친분이 있다는 것을 빌미 삼아 이런 일을 맡기게 돼 미안하네. 하나, 장기적으로 볼 때 그곳만큼 좋은 조건을 갖춘 곳도 없고 하니 내 이렇게 부탁하네."

"최선을 다해 보겠습니다."

"고마우이."

세인이 나가자 그런 그의 뒷모습을 바라보며 조자한이 중얼거렸다.

"청송 형님 생각도 이해는 가지만, 위국 일이라면 그 어떤 것이든 눈살 한 번 찌푸리지 않고 나서는 진 조장을 어찌 의심할 수 있겠어? 이제는 확실히 우리 식구야."

"진 형님, 어디 좋은데 가십니까?"

혈곡 하북 지부를 박살 내고 돌아온 지 며칠 된 금동과 목개가 물었다.

"좋은 데 가기는……."

"형님, 얼굴에 다 써 있습니다요. 혹 기루라도 가시는 것입니까? 소문에 북경제일기녀인 천상루 비연이 형님에게 목을 매고 있다는 얘기도 들리던데요."

"그거 다 헛소문이니 너희들은 그런 소문 퍼뜨리고 다닐 생각 마라."

"기루 점소이 아상 말로는 사실이라던데…… 몇 번이나 형님을 청하러 사람도 보냈다던 걸요?"

"쓸 데 없는 소리 마라!"

세인이 서둘러 부인하고는 위국을 나왔다. 그가 멀리 떠나자 뒷모습을 바라보며 야릇한 미소를 지었다.

"그렇게 안 봤는데 형님이 여자 후리는 솜씨가 대단하다더라."

"금동 형님, 그게 사실입니까?"

그때, 막 근무를 끝내고 위국 내 숙소를 들어오던 철웅 또한 그 얘기를 듣고는 물었다.

"세인이가 여자 후리는 솜씨가 그리 대단해?"

금동이 그 물음에 음흉한 미소를 지으며 품에서 수십 통의 편지들을 꺼냈다.

"이게 다 무엇이냐, 북경의 여인들이 형님께 보낸 연서들 아니겠소?"

그 소리에 철웅이 깜짝 놀라 물었다.

"이렇게나 많아?"

"오늘 온 것만 이 만큼이요. 어디 보자, 천상루 예설이, 예설이는 형님만 보면 바로 치마끈 풀 기세고. 형부 각사난중 대인 댁 셋째 딸 소미화 소저라… 대갓집 규수가 이 일 소문 나면 어쩌려고. 광명로 비단장사 왕 서방 집 첫째 방실이, 이야~ 나도 이 여자 봤는데, 장난이 아니더만……."

금동이 한참 여러 여인들의 이름을 읽어 내려가다 홍랑이라는 이름을 발견하고는 혀를 찼다.

"얘는 진짜 이러는 거 들통나면 목이 날아갈 텐데."

"목이 날아가다니? 연서 한 통 보냈다고?"

철웅은 말도 안 된다는 표정이었다.

"연서에 어디 사는 누구라는 얘기가 하나도 적혀 있지 않아서 이 연서 전해준 인간 뒤를 파보니 홍랑이라는 여인은 자금성의 궁녀였소."

"궁녀?"

"궁녀란 자고로 황상의 여인, 황상의 여인이 이러는 게 들통나면 사약을 한 백 사발은 들이켜야 할 거요."

사약 백 사발 운운은 말도 안 되는 얘기였지만, 확실히 목숨까지 위험한 일이기는 했다.

"금동 형님, 연서만 보내고 끝입니까? 대개 연서와 함께 선물 같은 거도 보내고 그러잖습니까?"

"모, 몰라. 그냥 연서만 내가 가로챈 거야."

말을 더듬는 금동을 보며 목개가 의심의 눈길을 던졌다.

'형님이 뭔가 숨기는 게 있군.'

"그런데 세인이는 어찌 그리 여인들을 이리 대량으로 후리고 다닐 수 있지? 체격으로 보나, 생긴 걸로 보나 훨씬 나은 나도 이제껏 한 번 못 받아본 연서인데."

'거참! 말도 안 되는 소리를…… 진 형님이 백배는 훌륭하

지. 저거 조장인데다 한가락 하는 인간만 아니었으면……'

목개가 다시 한 번 평위사의 설움을 뼈저리게 체험하며 이
번에 새로 신입들이 충원되면 어떻게든 조장 자리에 앉아봐
야겠다고 다짐했다.

"글쎄올습니다. 일설에는 진 형님이 여인을 전문적으로 후
리는 섭혼술을 익혔다는 얘기도 있고, 타고나길 화화공자로
태어나 여인들이 그저 형님 얼굴만 바로 자빠진다는 말도 돌
고… 하여튼 형님을 일컬어 만송이 꽃을 꺾을 사내란 의미로
만화공자라고도 부른답니다."

"헐! 그럼 요즈음 북경 바닥에 색마로 소문이 자자한 만화
공자가 바로 세인이를 가리키는 거였단 말이야?"

"그렇지요. 북경 색마계의 샛별, 곧 지존 등극이 확실하다
는 만화공자가 바로 진 형님이었습니다."

요즘 자신이 뭐라 불리는지 알 길 없는 세인은 자못 두근거
리는 가슴을 안고 연청학의 집 대문을 두드렸다. 그러자 곧
그와도 안면이 있는 집사 오방이 나타났다.

"진 대인이시군요."

세인이 크게 손사래를 쳤다.

"그 대인이란 말은 빼달라니까요."

처음 만날 때처럼 집사 오방이 자신을 진 위사 정도로 불러
줬으면 하는 세인이었다.

"대감마님께서 엄히 명하셨습니다. 대인께서는 정오품 검서관 직을 받았으니 앞으로 합당한 호칭으로 부르라고 말입니다."

"오 집사님도 참."

연 대인이 그리 명했다 하니 자신이 그러지 말라 해도 뻔히 듣지 않을 것을 알기에 세인은 그 얘기 대신 다른 것을 물었다.

"요전에 만져 드린 허리는 어떠십니까?"

"아, 대인께 감사드린다는 것을 이 사람이 깜빡했습니다. 그것참 신통방통한 것이 대인이 한 번 만져 주신 후로는 요통이 씻은 듯 사라졌지 뭡니까."

"참으로 잘됐습니다."

얼마 전 오방이 요통으로 크게 고생하는 것을 알게 된 세인이 추궁과혈을 통해 허리를 만져 준 적이 있었다. 의술에는 거의 무지한 세인이기에 효과가 있을지는 장담할 수 없었으나 오방이 효과가 좋았다고 말해주니 다행이다 싶었다.

"그런데 대인이 제 허리를 만져 줘 제 요통이 사라졌다는 말을 대감마님께서 들으시더니 상당히 섭섭한 눈치시더군요. 대인께만 알려 드리는 건데 대감마님께서 무릎 신경통이 상당히 심하십니다. 제 허리를 만져 줬던 것처럼 대감마님 무릎도 만져 주시면 대감마님께서 크게 기꺼워하실 것입니다."

"그렇습니까?"

"혹시 압니까? 대감마님 눈에 계속 들다보면 둘째 아가씨를 대인께 출가시킬지⋯⋯."

세인이 그답지 않게 얼굴이 발개지며 크게 당황했다.

"그, 그런 소리 하지 마십시오. 연 소저의 청명에 누를 끼칠까 저어됩니다."

오방은 그런 세인을 바라보며 속으로 웃었다.

'아가씨도 싫은 눈치가 아니던데, 조만간 결판을 지으시지요? 생각 같아서는 대인이 이 집에 들어와 사는 것도 괜찮을 듯싶은데⋯⋯.'

"연 대인께서는 안에 계시지요?"

서둘러 화제를 돌려 묻는 세인에게 오방이 웃으며 답했다.

"대감마님은 물론 둘째 아가씨께서도 계시답니다."

"연 소저에 대해서는 묻지 않았습니다만."

"그래도 가시기 전에 둘째 아가씨께도 한 번 들르시지요. 대인께서 이곳에 들르는 것을 하루 거르시니 어제 아가씨께서 보통 심술이 나신 게 아니었답니다. 이 사람 편하게 해주는 셈 치고 꼭 들러주시지요."

"흠흠, 그렇습니까? 그럼, 오 집사님 편케 해드린다 생각하고 들러보겠습니다. 하하하!"

확실히 평소의 세인이 아니었다. 무공은 화경의 경지에 달했을지 몰라도, 남녀 간의 애정 문제에 있어서는 강호 초출만도 못해 보였다.

"이 사람이 대인을 너무 오래 붙잡아둔 것 같습니다. 어서 안으로 드시지요."

"그렇게 할까요?"

세인은 오방의 안내를 받으며 연청학이 즐겨 찾는 정자로 향했다.

"대감마님, 진 대인 오셨습니다."

그 소리에 무언가 깊은 상념에 잠겨 있던 연청학이 크게 반가운 목소리도 답했다.

"들라 하게."

세인이 정자에 올라 읍을 하고는 말했다.

"대인, 평안하셨습니까?"

"내게 무슨 일이 있겠는가? 그저 하루하루 시간만 헛되이 보낼 뿐이지."

"헛되이 보내시다니요, 최근에 대인께서 펴낸 '청운집(靑雲集)'이란 문집을 보았습니다. 대인의 유려한 문장은 저로서는 감히 흉내도 낼 수 없다는 생각에 결국 크게 좌절하게 되었지요."

"겸양이 지나치군그래. 그런데 문집을 읽었다니 하는 말인데 청운집의 청운이 누구를 뜻하는지 알아보겠던가?"

그 물음에 세인이 순간 안색을 굳히더니 말을 잇지 못했다. 그런 세인을 보더니 연청학이 미소를 지었다.

"알아봤나 보군. 어쩌면 세상 사람들 모두가 내 마음을 알아줬으면 하는 생각에 더욱 그리 칭했는지도 몰라."

"대인께서는 소주에 계신 분을 진정한 왕재라 여기시는 것입니까?"

"내 생각은 이미 청운집에서 다 밝히지 않았는가?"

연청학이 그렇게 말을 끊더니 화제를 돌렸다.

"내 듣자 하니 청설위국에서 한왕 전하의 북경 저택을 매입했으면 한다더군. 내 옳게 들었는가?"

원래 그에 대한 청을 넣기 위해 왔던 세인이었다.

"저 또한 그리 들었고, 위국에서는 저를 보내 대인의 의향을 한번 여쭈어보라 했습니다."

소주에 번을 세우고 있고, 황태자가 살아 있는 한 절대 북경에 돌아올 생각이 없는 한왕에게 있어 북경의 저택은 쓸모가 없었다. 그래서 그가 북경을 떠나기 전 장인인 연청학에게 그 저택을 넘겼다고 알려져 있었다.

"내 의향 물을 것 없네."

"파실 의향이 없으신 것입니까?"

"그것은 내 의사와는 상관이 없다는 얘기일세. 자네가 팔고 싶으면 파는 것이고, 팔기 싫다면 팔지 않으면 될 일이니."

"그것이 무슨 얘기인지……."

"한왕 전하께서 북경을 떠나기 전 내게 그 저택의 집문서를 맡기면서 이리 얘기했었지. '세인 의제에게 많은 도움을 받았으나 당장 줄 것은 이 문서 하나뿐이니, 장인어른께서 잠

시 맡아두었다가 때가 되면 세인 의제에게 건네주십시오' 라
고 말이야. 전하께서는 자신이 직접 자네에게 주면 자네는 필
시 받지 않을 거라 하는 말도 덧붙였었지."

"전하께서……."

"나는 내 것이 아닌 물건을 잠시 맡아두었을 뿐이네. 자네
가 여기를 떠날 때 같이 보낼 것이니 가져가게나."

세인은 한왕의 그런 마음 씀씀이에 크게 감격했다. 몸은 멀
리 떨어져 있으나 그 마음만은 너무나 가깝게 느껴졌다.

"내 오 집사에게 들은 얘기가 있네. 자네가 신통한 재주를
가졌다던데 말이야. 자네 손이 닿기만 하면 절로 병이 낫는다
지?"

손만 닿으면 병이 낫는다는 허황된 얘기를 진정으로 믿을
연청학이 아니었다. 농이 섞인 얘기였다.

"자네만 괜찮다면 내 무릎을 좀 만져 주겠는가?"

"그리하겠습니다."

연청학을 편한 자세로 앉게 한 후 세인이 그의 무릎에 장심
을 갖다 댔다.

"약간 저리는 느낌이 올 수도 있습니다. 힘드시더라도 잠
시만 참으시면 됩니다."

"알겠네."

세인은 곧 장심을 통해 내력을 주입했다. 내력을 연청학의
무릎 부위에 주입해 세월의 흐름에 따라 무릎 관절 주위에 낀

노폐물을 녹이고, 탁한 기운을 밀어내는 것이었다. 이것은 일종의 추궁과혈로 막힌 혈도를 뚫는 재주에서 응용한 것이었다.

차 한 잔 마실 시간이 지나자 세인은 그동안 계속 연청학의 무릎에 대고 있던 장심을 떼며 말했다.

"조금은 편해지셨을 것입니다."

연청학이 무릎을 움직이더니 환하게 웃었다.

"확실히 그렇구만. 무릎을 바늘로 꼭꼭 찌르는 느낌도 씻은 듯이 사라졌고 말이야."

연청학은 그러더니 세인에게 말했다.

"내 자네에게 신세를 지는 김에 한 가지 더 신세를 져도 되겠는가?"

"말씀하시지요."

연청학이 상당히 주저하더니 어렵사리 말문을 열었다.

"만약에 말이네, 정말 만약의 경우인데 말일세……."

대체 무슨 말을 하려는 것인지 연청학은 그답지 않게 무척 뜸을 들였다.

"만약에 내게 무슨 일이 생기면 내 자네에게 가경이를 부탁해도 좋겠는가?"

그 소리에 세인의 얼굴이 바로 딱딱하게 굳었다.

"왜 이리 정색을 하는 것인가? 가경이가 그리도 마음에 차지 않는 것인가?"

"그럴 리가 있겠습니까."

"많이 부족한 아이네만 심성은 참으로 고운 아이니 잘 좀 부탁하네."

연청학은 지금 당장 저승길 떠날 사람처럼 말하고 있었다. 그가 왜 그런 말을 하고 있는지 조금은 짐작하고 있는 세인은 무슨 말을 해야 할지 알 수가 없었다.

"그랬나? 은자 삼천 냥을 선금으로 주면, 나머지 칠천 냥은 삼 년에 걸쳐 받겠다 했다고?"

연청학의 집에 다녀와 세인이 그 결과를 알리자 조자한은 크게 기뻐했다.

"대신, 이자는 합리적인 수준으로 받기를 원하셨습니다."

"그거야 기본 아닌가?"

연청학이 집문서를 세인에게 넘김으로써 한왕의 저택은 세인에게 넘어왔다. 장원교 국주의 청설위국에게라면 그 저택은 공짜로 넘겨도 아무 상관이 없었다. 그러나 그리하면 청설위국에서 그 연유를 물을 것 같았다.

원하는 가격보다 더 싸게 넘길까도 생각했으나 지금 가격도 싼데다 지불 조건도 턱없이 좋은데 그리하면 의심을 살 것도 같았다. 그래서 결국 청설위국에서 원하는 가격 그대로 넘기기로 결정했다.

"이럴 때가 아니지. 청송 형님께 알리고 당장에라도 거래를 성사시켜야겠어. 진 조장, 정말 수고했네. 자네가 이번에 크게 공을 세웠으니 앞으로 좋은 소식 있을 걸세."

조자한은 크게 기뻐하면 막청송이 있는 방으로 향했다.

형식상 연청학이 파는 걸로 거래가 끝났고, 청설위국은 마침내 보잘것없던 옛 위국에서 한때는 친왕이 살았던 크고 화려한 곳으로 보금자리를 옮기게 되었다.

第七章
위사 선발

無影無雙
무영무쌍

　지원자들에게 청설위국이 이제 큰 규모의 위국이라는 것
을 알리기 위해서라도 위사 선발은 반드시 새로 옮길 장소에
서 하기로 진즉부터 계획돼 있었다.

　청설위국이 옛 한왕의 저택으로 대충 이사를 끝내자마자
정확한 일시를 기록한 위사 선발 날짜를 공고했다. 이미 예전
에 곧 위사를 뽑겠다는 공고를 하북성 인근에까지 해놓았기
때문에 이 사실을 알리는 데는 큰 문제가 없었다.

　그 동안에도 청설위국은 기존 위사들을 최대한 가용해 부
지런히 영업을 계속했다.

　그리고 마침내 청설위국의 대규모 위사 선발하는 날이 밝

았다.

청설위국에서는 위사 응시자들에게 보란 듯이 각계에서 온 축하 글을 위국 정문 앞에 떡하니 붙여놓았다.

금의위 도독 한청서, 예부상서 연청학, 병부상서 사마연, 하북팽가주 팽우, 남궁세가주 남궁초운, 환우십삼성 중 한 명인 검성 남궁유수에게까지 축전이 당도했다. 그리고 일면식도 없는 제갈세가주 제갈연수로부터도 축전이 전달됐다.

그런데 가장 놀라웠던 것은 황상을 대신해 모든 정무를 관장하고 있는 황태자로부터 짤막한 축전이 온 것이었다. 황상이 아직은 살아 있으니 어지(御旨)라 할 수는 없으나 실질적인 황제로부터 온 그 축전은 북경 전체에 큰 화제를 불러일으켰다.

그로 인해 사람들은 역시나 청설위국이 황태자의 비밀 감찰기관이라는 확신을 또 한 번 갖게 했고, 위사 시험에 응시할지 말지를 고민하던 무과 응시생들까지 상당수 끌어들이게 만들었다. 황태자의 조직이라면 향후에라도 청설위국을 발판으로 무관이 될 길이 많기 때문이다.

그 외에도 북경은 물론 천하 각지의 명망가들로부터 축전이 쇄도해 청설위국 정문에 다 붙여놓을 수 없을 지경이었다.

"하하하! 이게 다 이 장우서가 그동안 열심히 발로도 뛰고, 접대도 한 덕분 아니겠습니까?"

일개 위국으로서는 상상도 할 수 없는 거물들로부터 축전을 받은 장우서가 기세등등했다. 실제로 그를 보고 축전을 보낸 것은 하북팽가주 한 명뿐이었으나 장우서는 그런 것을 상관할 위인이 아니었다.

'어찌 됐든 분위기는 한껏 띄울 수 있겠다. 정말 좋은 인재들이 지원을 해야 할 것인데……'

막청송과 조자한이 걱정 반, 기대 반으로 장우서 곁에 서 있었다.

"어, 이건 뭐야? 어디 살수 따위가 위국에 축전을 보내?"

장우서가 우연찮게 눈에 거의 띄지 않는 가장 구석진 자리에 붙어 있던 축전을 발견했다.

"이런 게 눈에 띄면 위국 망신이야."

그는 그 축전을 떼어내더니 박박 찢는 것으로도 모자라 몇 번이나 발로 잘근잘근 밟아버렸다.

근처에서 그 광경을 목격한 금동이 발끈했다.

"저 새끼가 죽을라고!"

"형님, 참으십시오. 저거 원래 좀 모자란 놈입니다."

"그래도 그렇지, 기껏 생각해서 보낸 축전을 가장 구석에 처박은 것은 물론이고, 박박 찢어버리기까지 해? 감히 대하북 살막의 막주가 보낸 축전을……"

금동이 화를 내는 이유가 있었다.

장우서가 찢어버린 축전은 하북살막주, 즉 금동 자신이 몰래 보낸 것이었다.

"저 새끼 언제 날 잡아서 조질 테니 일단은 참고 곧 우리 수

발들 아이들이나 구경 갑시다!'

목개가 여전히 씩씩거리는 금동을 이끌고 신청설위국 안으로 들어갔다.

아직 시간이 좀 일렀음에도 청설위국 내부는 이미 만원이었다. 각지에서 몰려든 위사 지원자들도 많았으나, 위사 선발 시험을 구경 온 구경꾼들이 엄청나게 많았다.

"대단한 구경거리가 되지 않겠나?"

"그러기를 바라네만, 소문난 잔치에 먹을 거 없을 수도 있으니……."

"그래도 무슨 상관이겠나? 청설위국에는 이미 고수들로 득시글할 텐데."

"그건 그렇지."

사람들이 잔뜩 기대를 하며 돌아보다 곧 청설위국이 자랑하는 고수 한 사람을 우연히 발견했다.

"헛! 북경제일도 장철웅 대협이다!"

"정말이네?"

구경꾼들은 저런 유명한 고수를 이리 가까운 거리에서 볼 수 있다는 사실에 신기해했다.

"하하하! 열심히 하게."

철웅은 자신의 명성을 듣고 조언이라도 얻어볼까 하고 모여든 지원자들에 둘러싸여 있었다.

그는 지원자들의 어깨를 두드려 주며 이것저것 상세히 조언했다. 하나, 철웅 스스로가 그리 대단한 실력의 소유자가 못됐기에 대부분은 아무 도움이 안 되는 것들이었다.

그러나 북경제일도라는 명성은 그런 점을 상쇄하고도 남았다.

"조언이 큰 도움이 될 것 같습니다."

"대협, 꼭 합격해 대협에게 한 수 지도받고 싶습니다."

그런 지원자들을 보며 철웅이 호탕하게 웃었다.

"합격만 하게. 한 수 아니라 두 수, 세 수라도 가르쳐 줄 것이니."

오늘 가장 즐거운 것은 연방 자신의 명성을 뽐내고 다니는 철웅이었다.

조자한이 그런 그를 발견하고 불렀다.

"장 조장, 곧 시작할 예정이네. 어서 심사위원 자리에 앉게."

"알겠습니다, 대위사님."

그는 자신을 우상처럼 생각하는 지원자들을 향해 마지막으로 말했다.

"장철웅처럼 생각하고, 장철웅처럼 칼을 쓰게. 스스로를 북경제일도 장철웅이라고 여기게. 그럼, 합격할 거야! 하하하!"

그는 그러고는 조자한에게 향했다.

"철웅이, 진 조장 보지 못했는가?"

다른 사람들 앞에서는 직함을 불러주지만 두 사람은 본디 형님, 아우 하던 사이였다.

"그러고 보니 아침 내내 보지를 못했네요."

"시작할 시간이 다 되었는데 어디를 갔단 말인가?"

"제가 금동이랑 목개에게 일러 한번 찾아보라 하겠습니다."

"그러게. 아, 심사위원이 나타나지 않으면 어쩌란 거야……."

오늘 선발 시험의 심사위원은 형식상 모신 국주 장원교, 막청송과 조자한 등의 대위사 셋, 그리고 북경제일도 장철웅과 근래 대단한 명성을 얻고 있는 세인까지 총 여섯이었다.

그런데 시험 시작 시간이 가까워 왔는데 심사위원 중 한 사람인 세인이 보이질 않으니 조자한이 난감한 것이었다.

결국 세인은 끝내 나타나질 않자 어쩔 수 없이 심사위원 다섯으로 선발 시험을 시작할 수밖에 없었다.

막청송과 조자한이 상의한 끝에 새로 뽑을 위사 수는 무려 백 명으로 결정했다. 현재 청설위국 위사 수가 육십 정도니 백 명이란 수는 청설위국 정도의 위국 한 개 반을 새로 새우는 것이나 마찬가지였다.

'어떤 이들이 지원했을지 확실히 걱정이 되는군.'

조자한이 이제 막 작성돼 넘어온 지원자 명단을 확인했다.

예전에는 위국 규모도 작고, 다른 곳과 갈등도 없어 신원 확인을 슬렁슬렁한 경향이 있었다. 그러나 위국 규모가 커지면 자연스레 적도 생기게 마련이다. 더욱이 모용위국이 여전히 자신들을 향해 이를 갈고 있는 상황이었다.

그래서 이번에는 꼼꼼한 신상명세서 작성을 요구했다. 나중에라도 여기 적은 신상명세에 거짓이 있음이 밝혀지면 무조건 합격을 취소할 생각이었다.

지원자 신상명세를 확인하던 조자한은 한 가지 특징을 발견할 수 있었다.

'흠, 용부 출신이 상당히 많은걸? 요즘 용부가 은근히 시끄럽다더니 용부 하급무사들의 이탈이 많은가 보지?'

그러며 혹 이들이 진 조장과 관련이 있지는 않을까란 생각도 했다.

'뭐 그럴 수도 있겠으나, 진 조장의 신원이야 국주님께서 직접 확인해 주셨으니 이제는 별문제가 없지. 진 조장과의 친분으로 용부 무사가 지원해 온다면 오히려 우리가 기뻐할 일이야. 용부 무사들 수준이 높은 것은 천하가 다 아는 사실이 아닌가.'

그는 조금씩 희망에 부풀기 시작했다. 북경에 어찌 소문이 났든 철웅과 진 조장 정도를 제외하면 위국에 괜찮은 위사들은 거의 없었다. 적어도 그가 알기로는 그랬다.

'그리고 이번에 선발한 위사들 수준이 괜찮으면 지난번에 위국의 위기를 모른 척했던 놈들을 모조리 잘라 버리겠어.'

위국의 급격한 성장과 함께 인원이 부족해서 그들을 아직 자르지 않았을 뿐, 인원만 보충되면 바로 자르겠다고 다짐에 다짐을 하고 있었다.

조자한이 총 지원자 수를 확인해 보니 삼백 명이 훌쩍 넘어갔다.

"이 정도면 괜찮은 숫자로군."

지원자 수준이야 어떨지 몰라도 일단 경쟁률은 마음에 들었다.

둥~! 둥~!

심사위원석 근처에서 선발시험 시작을 알리는 징 소리가 울려 퍼졌다. 곧이어 국주 장원교가 자리에서 일어섰다.

"시작합시다!"

그의 시작 선언이 나오자 구경꾼들이 일제히 환호성을 질렀다.

"와아아아아아아!"

대위사 막청송이 일어섰다.

"일차 시험은 근력 측정이오!"

곧 시험장에 족히 백오십 근은 나갈 것 같은 커다란 바위가 준비됐다.

가장 먼저 엄청난 근육을 자랑하는 거한이 나섰다.

"왕팔이오!"

그는 짧막하게 자신의 이름을 밝히더니 바위 쪽으로 향했다. 그런데 당당하게 나선 것과는 달리 바위 앞에서 한동안 주저했다. 한참이 지나도 그가 바위를 들어 올릴 생각을 하지 않자 구경꾼들 사이에서 쑥덕거림이 생기기 시작했다.

"왜 저러는 거지?"

"혹 체구만 컸지, 속은 물러터진 거 아니야?"

"첫 지원자부터 이러면 실망인데."

그 쑥덕거림이 계속되자 막청송이 나섰다.

"무슨 문제라도 있소?"

그러자 그때까지 계속 주저하던 왕팔이 물었다.

"이거 어떻게 들어 올려야 하는 것이오?"

막청송이 답했다.

"두 손을 쓰든, 두 발을 쓰든 아무 제한이 없소. 어떻게든 들어 올리기만 하면 통과요."

그 말에 모든 고민이 풀렸다는 듯 환하게 웃었다.

"난 또……. 이렇게 가벼운 거라면 혹 손가락 하나로 들어야 합격인 줄 알고 고민했었네. 그거라면 간단하지."

왕팔이 그러더니 터무니없는 일을 해냈다. 고작 손가락 두 개로 백오십 근이 넘는 바위를 가뿐히 들어 올린 것이었다.

"허! 저것이 사람의 근력이란 말인가?"

왕팔은 머리 위까지 들어 올린 바위를 손가락 두 개로 뱅글뱅글 돌렸다.

그 신기에 구경꾼들이 크게 환호했다.

"최고다!"

그 환호에 왕팔이 머쓱한 듯 머리를 긁적였다. 그런데 머리를 긁은 손이 바로 바위를 돌리던 손이었다.

"어, 어……."

쿵!

백오십 근 바위가 왕팔의 발 위로 떨어지자 사람들은 차마 그 광경을 보지 못하고 고개를 돌렸다.

'발이 가루가 됐을 거야.'

고개를 돌린 사람들은 모두 그렇게 생각했다.

"어, 이게 언제 여기 떨어져 있었지?"

엄청난 무게로 인해 그의 발과 함께 바닥으로 푹 꺼진 바위를 뒤늦게 발견한 왕팔이 발등에 힘을 주었다. 그러자 백오십 근 바위가 공중으로 휙 떠올랐다.

그는 그 바위를 머리로 퉁퉁 튀기기도 하고, 두 어깨로도 넘겨가며 튕기기도 했다. 그러더니 양손으로 작은 공을 가지고 놀듯 한참이나 바위를 가지고 놀더니, 무릎과 발등을 이용해 자유자재로 움직였다.

"우와아아아!"

구경꾼들이 그 놀라운 재주에 열광적인 환호를 보냈다. 반면, 지원자들은 그 재주에 안색이 창백하게 변했다.

'저, 저거 가짜 바위 아니야?'

'지원자들 전부가 저렇게 엄청난 것은 아니겠지?'

심사위원석에 앉아 있던 철웅 역시 크게 긴장했다.

'저런 자식들이 들어오면 내 자리가 위험한데…… 아니야, 나는 북경제일도라고. 겁먹을 거 없다.'

곧 왕팔의 '석구(石求)' 재주가 끝나고 다른 지원자들이 차례로 일차 시험에 응시했다.

내력 또한 대단한데다 천생 신력까지 가진 왕팔이야 공 가지고 놀듯 자유자재로 움직였지만, 실상 그 바위의 무게는 대단히 부담스러운 것이었다.

그 시험 하나로 무려 일백에 가까운 지원자들이 단번에 걸러졌다. 그리고 막판에 예쁘다고밖에 말할 수 없는 미소년이 시험에 응했다.

"저 소년이 들기에는 상당히 무리이겠는걸?"

그러나 그런 예상을 비웃기라도 하듯 소년은 가볍게 그 바위를 들어 올렸다.

곧이어 이차 시험인 순발력 측정이 시작됐다.

"두 번째 시험은 여기 걸린 장대를 뛰어넘는 것이오."

양쪽에 수직으로 세워진 장대 사이에 장대 하나를 수평으로 걸쳐 놓은 것이었다. 그런데 그 높이가 거의 이 장에 육박했다. 보통 사람은 물론이고, 고수들조차 경공이 딸리면 넘기가 쉽지 않아 보였다.

"이번에는 제가 먼저 넘어 보이지요. 미랑이라고 합니다."

시험장에 치마 양쪽이 트여 허벅지가 훤히 드러나 보이는 미랑이 장대 앞으로 걸어나갔다.

그녀가 한 발자국 옮길 때마다 속살이 보일 듯 말 듯 하는 것이 사내들 애간장을 태웠다.

꿀꺽!

구경꾼들은 물론이고 철웅마저 마른침을 삼켰다.

'선녀가 하강했나…….'

철웅은 한눈에 반해 버렸다.

'소저, 그대는 삼차 시험에서도 무조건 만점이오. 부디 합격하시오.'

철웅이 정신을 못 차리고 있을 때 구경꾼들이 돌연 환호성을 내질렀다. 미랑이 그 자리에서 훌쩍 뛰어오르더니 장대를 뛰어넘은 것이었다.

특히, 남정네들의 환호성이 거대했는데 치마를 입고 있던 그녀가 장대를 넘을 때 아주 살짝 속옷이 보였기 때문이었다.

"최, 최고요! 하, 한 번만 더!"

"이 인간이 미쳤나? 바로 옆에 마누라가 있는데 딴 년한테 넋을 잃어?"

아낙 하나가 철없는 남편 귀를 잡아 비틀었다.

미랑이 소리쳤다.

"여러분, 한 번 더 넘어볼까요?"

남정네들이 소리쳤다.

"한 번 더! 한 번 더!"

미랑이 자신의 육감적 입술을 야릇하게 내밀었다.

벌러덩! 벌러덩!

사내들이 뒤로 넘어가기 시작했다.

휙!

미랑이 다시 한 번 장대를 넘었다. 그런데 그녀가 이번에는 일부러 더 속옷을 노출시켰다.

"으으윽!"

그 모습에 격정을 이기지 못한 노인들이 가슴을 움켜쥐었다.

"한 번 더! 한 번 더!"

사내들의 한 번 더 소리에 미랑이 또다시 장대를 넘고, 또 넘었다. 그때마다 노출의 강도는 점점 세져 갔다.

그녀로 인해 남자들이 계속 뒤로 넘어가 구경꾼들이 있던 자리가 쑥대밭으로 변했다.

"그, 그만 하시오!"

그 사태를 진정시키기 위해 막청송이 나서고 나서야 그녀의 엽기적인 노출 행각은 겨우 끝을 맺었다.

"헐헐헐! 보기 좋은데 왜 중단시키고 그러시오?"

장원교 국주까지 그리 말하자 막청송은 고개를 절레절레 혼들 수밖에 없었다.

약간의 소동 속에 치러진 이차 시험에서 오십 명이 추가로 탈락했다. 시험의 난이도가 꽤 있었음에도 일차에서 상당수

어중이떠중이들을 걸러냈기에 상대적으로 탈락자가 적었다.

"마지막 관문은 자신이 가진 장기를 발휘하는 자유 시범이
오."

이번에는 예쁘장한 소년 소운이 먼저 나섰다.

소운은 손에 작은 콩을 한 움큼 쥐고 나왔다. 그는 한 움큼
의 콩을 일시에 허공에 뿌렸다.

슉! 슈슉! 슈슈슉! 슈슈슈슉! 슈슈슈슈슉!

소운의 강철 판관필이 엄청난 속도로 콩들을 꿰뚫기 시작
했다.

그리고 잠시 후.

대체 무슨 재주로 그리 만들었는지는 알 수 없으나 바닥에
떨어진 콩들이 '생사(生死)'라는 두 글자를 이루고 있었다.
게다가 더욱 놀라운 건 그 글자를 이루고 있는 수많은 콩들의
정중앙에 모조리 구멍이 뚫려 있었다는 점이었다.

"사, 사람의 재주가 아니다!"

"저 아이는 귀신이야!"

구경꾼들은 물론이고 그때까지 남아 있던 지원자들마저
경악성을 내질렀다.

그 어떤 상황에서도 적의 생사만은 자신의 손으로 결정한
다 하여 '생사판관(生死判官)'이란 별호를 갖고 있는 강남의
소악마 소운의 화려한 북경 신고식이었다.

그에 이어 왕팔과 미랑이 또 한 번 사람들을 놀래켰다. 그

리고 거대한 도를 들고 있는 외눈 도객 하나가 순식간에 시험 장을 찾은 사람들의 심장을 싸늘하게 얼려 버렸다.

"여러분, 제 재주는 불꽃 장난이지요. 너무 놀라지들 마세요."

봉두난발에다 무척 괴팍하게 생긴 청년 하나가 순간 손바닥 위로 입김을 불어넣었다.

파파파파팍! 파파파파팍! 파파파파팍!

원을 이뤄 둥글게 모여 있던 구경꾼들 바로 앞에서 수십 번의 작은 폭발이 일어났다. 그 폭발이 단순한 장난은 아니었던 듯 땅바닥이 거의 한 자 가까이 움푹 파였다.

만약 저 폭발이 반 자만 더 자신들 앞에서 일어났다면…….

비명 한 번 제대로 지르지 못한 채 자신들은 붉은 고깃덩어리로 변해 바닥을 뒹굴었을 것이었다.

"저 지원자의 재주는 놀랍지만, 위사로는 적당하지 않군."

막청송이 냉정하게 평가했다.

"그런 것 같습니다."

조자한 등이 그에 동의했다.

"그럼 저치는 탈락시키겠습니다."

막청송이 그 지원자의 이름에 실격이라고 적으려 했다.

"헐헐헐! 굳이 탈락시킬 것 있나?"

"하나 저런 재주로는 위사 일을……."

"합격시키게."

"국주님, 그것은 불가합니다."

막청송이 크게 불쾌한 표정을 지으며 반대했다. 그러나 그것은 소용이 없었다.

"헐헐헐! 국주는 나네."

그 한마디에 막청송은 더 이상 반대할 수 없었다. 그러나 그는 속에서 가벼운 분노가 치밀어 올랐다.

'국주가 변했다. 우리가 말하면 무조건 찬성하던 예전의 국주가 아니야.'

그러나 막청송이 속으로 어찌 생각하든 위국의 주인인 국주가 합격시키라는데 아랫사람이 그 뜻을 거스를 수는 없었다.

곧 자신들을 용부 하급무사 출신이라 밝힌 이들 중 마지막 지원자까지 재주 선보이기를 끝냈다.

"저것들 그때 그것들이지?"

일전에 진 형님을 찾아왔던 세 사람을 알아보자마자 금동이 잔뜩 긴장했다.

"그렇네요."

"저것들이 이제 본격적으로 진 형님에게 달라붙으려고 하는 건가?"

말은 정확하게 해야 했다. 무영대원들은 원래 세인과 함께했던 이들이고, 세인에게 한 수를 배워보겠다는 일념에 불타고 있는 금동과 목개가 세인에게 들러붙으려 하는 것이었다.

하지만 단순한 금동이 그런 것을 구분할 리 없었다.

"저 자식들, 견제해야겠어."

"그래야 할 것 같소."

금동과 목개는 벌써부터 경쟁심에 불타고 있었다.

이번 위사 선발 시험에는 용부 출신의 무영대원들만 지원한 것이 아니었다.

먼저 천상루주가 보낸 고수가 등장했다. 그는 다섯 치가 넘는 두꺼운 대리석 위에 선명한 장인을 새겨 넣음으로써 자신이 장법의 고수임을 입증했다.

'오늘 왜 이래? 무슨 위사 선발 시험에 이리도 고수가 많아?'

안목이 없는 장철웅조차도 대단하다고 인정할 수밖에 없는 고수들이 엄청나게 많았다.

'이거 이러다 이번에 대위사 자리를 꿰차려던 내 계획에 차질 생기는 거 아니야?'

위사 수가 대폭 늘어나면 당연히 대위사 숫자도 늘어나는 것이 정상이었다. 그 늘어나는 대위사 자리에 자신만큼 어울리는 이가 없다 여겼다. 그런데 막상 새로운 신입들을 보니 위기감이 몰려왔다.

다음은 동창의 제독태감 장필의 명을 받고 청설위국의 실체를 알아보러 온 동창의 고수가 등장했다. 태감의 명을 받아 어쩔 수 없이 오기는 했지만 은근히 불만이 많았다. 황태자의 비밀조직 운운해도 결국은 위국. 권세가 하늘을 찌르는 동창의 고수인 자신에게 어울리는 자리가 아니었다.

'젠장! 남자 구실 못하는 것도 서러운데 이런 위국에서 무시까지 당해야 하나?'

불만 가득한 속마음이 무공 시범에도 그대로 드러났다. 그의 시범은 확실히 성의도 없었고, 그다지 위력적이지도 않았다.

"흠, 눈이 높아져서 그런지 몰라도 저 지원자는 시원찮게 느껴지는군. 다른 사람들 생각은 어떻습니까?"

막청송의 물음에 다른 사람들이 일제히 고개를 끄덕였다. 막청송은 혹 국주가 또 반대를 할까 걱정했으나 국주는 이제 지원자들의 시범조차 보고 있지 않았다.

그래서 동창의 고수인 그는 탈락했다.

대체로 수준이 높았으나 중간 중간 유달리 뛰어난 실력을 보여주는 지원자들이 있었다. 그들은 대개 다른 곳에서 모종의 임무를 띠고 위국에 잠입한 이들이었다.

"뭐 이렇게 한가락 하는 놈들이 많아?"

하북제일, 제이 살수인 금동과 목개조차 인정할 수밖에 없는 실력자들이 많았다.

앞쪽에 주로 출전한 무영대원들이야 그렇다 쳐도, 거의 막판에 나온 인간은 정말 장난이 아니었다.

어디선가 본 듯한 느낌을 주는 그 인간의 기세는 어쩌면 천하의 무영대원들을 능가할 정도로까지 느껴졌다.

두 사람은 그가 십만마교 교주의 아들인 구양소유일 것이라고는 상상조차 하지 못했다.

금동과 목개가 처음 왔을 때는 청설위국에 혹 고수들이 우글우글한 것이 아닌가 걱정했었다. 그러나 시간이 지나자 북경제일도를 제외하고는 별 볼일 없음을 깨달았다.

하지만 오늘 보니 앞으로의 청설위국은 진짜 고수들이 바글거리는 엄청난 위국으로 변할 것 같다는 느낌이 들었다.

그것은 심사위원석에 앉아 있는 조자한도 마찬가지였다.

"하하하! 이거 이러다 우리 위국이 북경제일의 위국이 되는 거 아닙니까?"

그 소리에 소국주라는 이름으로 은근슬쩍 심사에 끼어든 장우서가 소리쳤다.

"우리 뒷배를 봐주는 곳이 하북팽가고, 하북팽가는 북경위국과 연결돼 있습니다. 그러니 우리 청설위국은 딱 이등만 노립시다! 사실 일등이 되면 이놈저놈 노리는 놈들도 많아지고 여러 귀찮은 일들에 휘말릴 테니. 이등입니다, 우리 목표는 이등!"

소국주의 말이 한심하기 짝이 없었으나, 애당초 그에게는 별로 기대도 하지 않았으니 실망도 하지 않았다.

'소국주는 그냥 술이나 마시고 계집들 꽁무니나 쫓아다니며 위국 일에 손 떼는 것이 위국을 도와주는 일이오.'

어차피 소국주는 틀렸다. 앞으로도 위국에서 나오는 은자나 부족하지 않게 쓰게 해주면 위국 일에 별 흥미를 느끼지 않을 것이다. 간혹 자신이 위국 확장에 나서겠다는 헛소리를 지껄일 테지만 그런 것쯤은 깨끗이 무시해 주면 그만이다.

'국주도 위국 경영에 흥미가 없다. 그럼, 실질적으로 누가 위국을 운영하는가? 그건 바로 나 막청송이지.'

막청송은 뿌듯함을 느꼈다. 그런데 실질적으로 위국을 운영하는 것은 자신인데 단지 위국을 처음 세웠다는 이유만으로 국주가 여전히 위국의 주인이라는 것이 불공평하게 느껴졌다.

위국이 앞으로 크게 일어날 것 같자 마음 한구석에는 이 위국이 자신의 것이었으면 얼마나 좋을까란 상상을 하기 시작했다.

'그런 생각하지 말자. 나는 단지 위국이 좋고, 위국 식구들이 좋아서 열심히 일했던 것이 아닌가.'

막청송은 그렇게 마음을 다잡으려 했지만 계속 욕심이 생기는 것만은 어쩔 수가 없었다.

          *   *   *

"어? 나 휴가 간 사이에 위국이 망하기라도 했나?"

보름 정도 휴가를 받아놓고는 뻔뻔하게 근 한 달 반이나 고향 땅에 머물다 온 당막천이 어이없다는 표정을 지었다.

작기는 했어도 사람들의 출입은 끊이지 않았던 청설위국에 개미 새끼 한 마리 보이지 않았다. 게다가 정문에 걸려 있던 청설위국 현판마저 없었다.

한 달 반 동안이나 외진 곳에 있었고, 그동안 연락도 되지 않아 당막천은 청설위국이 이전한 것을 까마득히 모르고 있었다.

어찌 된 일인지 지나가는 사람에게 물어보고 싶어도 땅값이 싸다는 단 한 가지 이유로 청설위국은 북경 외곽에 위치했었던지라 사람 그림자 하나 보이지 않았다.

조금 더 북경 중심으로 들어가 물어볼까도 했으나 여독이 풀리지 않아 피곤했다.

"일단 안에서 한숨 자고 일어나면 누군가는 오겠지."

당막천은 정문 문짝도 떨어져 나간 옛 청설위국 안으로 들어갔다. 그는 곧 정말 늘어지게 자기 시작했다.

第八章
황제와 위사

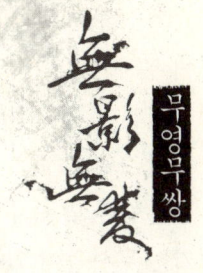

무영무쌍

무림맹 맹주의 거처인 은림(隱林).

무림맹에 와본 적이 없는 이들은 무림맹주의 거처가 무척이나 소박하다는 소리를 들으면 그것은 무림맹주의 처소로 소박한 것이지, 보통 사람이 보기에는 굉장히 화려할 것이라고 단정하곤 한다.

그러나 실제로는 보통 사람의 기준으로도 무림맹주의 처소가 있는 은림은 무척이나 소박하다. 대나무들이 길게 이어져 있는 숲 한가운데에 작은 화단 하나와 아담한 집 한 채, 그리고 텃밭이 전부였으니.

그럼, 처소를 둘러싸고 있는 듯한 대나무 숲에 천고의 절진이 설치돼 있느냐? 그것도 아니었다.

최소한 맹주를 지키는 비밀호위들이 숨어 있느냐? 무림맹에 무사가 많다 하나 맹주를 위한 무사는 없었다.

절진이 설치된 것도 아니고, 비밀호위들도 없으니 누구나 쉽게 오갈 수 있느냐? 그런데 또 그것도 아니었다.

은림은 일종의 금지가 된 지 오래였다. 방해물도 없고, 지키는 무사들이 있는 것도 아닌데 무림맹 인사들 중 이 은림을 찾는 이는 한 사람도 없었다. 또, 은림의 주인인 맹주 또한 밖으로 나올 생각도 하지 않았다.

무림맹에서 정말 기묘한 위치를 차지하고 있는 곳이 맹주였고, 무림맹 내에서 가장 이상한 곳이 바로 이곳 은림이었다.

이 은림에 정말 오랜만에 손님이 찾아왔다. 그는 스님이었으나, 땡중이었다. 땡중이었으나, 천하에서 가장 많은 존경을 받는 활불이었다.

주위의 이목이 두려워 무림맹 내에서는 아무도 맹주를 찾지 않았으나 이 땡중만은 누구의 눈치도 보지 않고 은림을 찾을 수 있었다.

"좋구나!"

호로병에 담긴 곡차를 시원하게 들이켠 땡중이 트림까지 해댔다. 그런 그를 바라보며 탁자 위에 놓인 찻잔에 담긴 차를 마시던 문사 풍의 사내가 미소를 지었다.

"성승께서는 여전하시군요."

성승 혜원, 영원한 정파제일인의 이름이었다. 정파에서 십

만마교 교주 구양창천과 맞설 수 있다 평해지는 유일한 사람
이었다. 지금 그가 이 은림의 주인이자 무림맹주인 검협(劍
俠) 이군성을 만나기 위해 은림을 찾아온 것이었다.

두 사람 모두 환우십삼성 중 한 사람으로 그들이 강호를 종
횡할 때는 가히 무적이란 소리까지 들었을 정도였다.

"맹주, 전설의 북도가 출현했다는데 들었는가?"

"처음 듣는 얘기입니다."

이군성은 정말로 금시초문이라는 표정이었다.

"헐, 정말인가?"

"이 사람이 대사께 언제 거짓을 고한 적 있습니까?"

"헐헐헐! 자네 아들에 대해서는 거짓을 말하지 않았던가?"

"거짓을 말한 것이 아니라, 아예 말하지 않았던 것이겠지요."

"그랬던가? 요새는 기억이 가물가물해져서 말이야."

성승이 이군성의 방을 쓰윽 둘러보더니 물었다.

"이제는 방에 검조차 없군. 손에서 아예 검을 놓아버린 건가?"

"검이 필요없을 때도 되었지요."

그 답에 성승이 눈을 번뜩였다.

"세상에 미련이 없어 검조차 놓은 것인가, 아니면 마음의
검[心劍]을 얻었다는 의미인가?"

"둘 다일 수도 있고, 둘 다 아닐 수도 있겠지요."

"예끼, 이 사람아. 아무리 땡중이라지만 절밥만 수십 년 먹
은 내 앞에서 선문답이라도 하려는 것인가?"

"그럴 의도는 아니었습니다."

"뭐, 이런들 어떻고 저런들 어떻겠는가?"

벌컥벌컥!

성승이 곡차를 들이켜더니 말했다.

"전설의 북도를 상대하기 위해 무림맹 아이들이 아주 깜찍한 생각을 해냈더군. 남검을 만들어내자며 말이야."

무림맹에 대한 얘기가 나오자 이군성은 전혀 관심 없다 듯 고개를 돌렸다. 그러나 그에 개의치 않고 성승은 자기 할 말을 했다.

"천룡백봉전을 부활시켜서 우승자를 뽑는다나, 어쩐다나. 게다가 그 우승자에게 영웅탑의 뒷길을 알려준다 하던가?"

정파인이라면 누구나 관심있어할 얘기였으나, 정파의 영수인 맹주는 기이하게도 전혀 관심 없다는 자세로 일관했다.

"지금은 의견이 분분하나 결국에는 그쪽으로 의견이 통일되겠지. 보이지 않는 손이 그들을 꼭두각시처럼 조종하고 있으니까."

보이지 않는 손…….

흥미로울 법도 한 얘기였으나 이군성은 오히려 화제를 돌렸다.

"성승께서는 어찌 오신 것입니까?"

"왜 왔냐고? 두 발 달린 짐승이 어디를 못 올까?"

"두 발이 달렸어도 하늘이 두려워 아무 곳도 못 가는 짐승도 있지요."

성승의 낯빛이 어두워졌다.

"아직도 떨쳐 내지 못했는가? 그 일은 절대 자네의 잘못이 아니었네."

이군성은 고개를 저었다.

"크게 양보해서 그 일이 제 잘못이 아니라 해도, 그 이후의 일은 전적으로 제 잘못이었습니다."

"잘못을 했다 여기면 지금이라도 그 잘못을 바로잡으면 될 것이 아닌가?"

"바로 잡기에는 너무 늦었습니다."

"늦었다 생각할 때가 가장 빠른 때라는 말도 있지 않은가."

성승이 말을 이었다.

"자네 아들, 북경에 있네."

이군성이 홱 하고 고개를 돌렸다.

"듣고 싶지 않습니다."

"나는 해야겠네. 북경에서 위사 일을 하고 있다고 하더군."

"계속 그 얘기하실 거면 이만 떠나주십시오."

이군성이 축객령을 내렸다. 성승은 더 얘기를 하려다 말고 길게 한숨을 내쉬었다. 그러더니 자리에서 일어서서 조용히 떠나려 했다.

성승이 막 방문을 열고 나가려 할 때였다. 이군성이 떨리는 목소리로 물었다.

"…잘 있습니까?"

*　　　　*　　　　*

하남성 숭산 소림사.

"장문 방장님을 뵙습니다."

턱수염을 멋지게 기르고 있는 중년인이 인사를 건네자 당대의 소림 장문인 원문도 합장을 하며 답했다.

"이리 앉으시지요."

"세가에서 장문인과 소림 제자 분들 즐기시라고 찻잎을 조금 구해왔습니다. 마음에 드실지 모르겠습니다."

"남궁세가주께서 본사를 방문하실 때마다 그리 귀한 선물을 가져오시니 소승은 어찌 보답해야 할지 모르겠습니다."

원문을 찾아온 이는 당대의 남궁세가주 남궁초운이었다.

남궁세가가 자리하고 있는 안휘성은 대대로 차 생산이 활발한 지역이다. 대단한 이문이 남는 차 생산을 틀어쥐고 막대한 부를 쌓고 있는 것이 바로 남궁세가였다. 또한, 안휘성을 지나는 장강과 관련된 사업도 여럿 벌이고 있어 무척 부유했다.

그런 남궁세가의 가주가 차를 가져왔다니 그 차는 분명 훌륭할 것이 분명했다. 조금 가져왔다 하나 그 양은 막대할 것이다. 그것을 잘 알기에 원문이 무척이나 감읍해하는 것이었다.

"별말씀을요. 오히려 예물이 부족한 듯해 마음에 걸립니다.

더욱이 청을 드려야 하는 입장이라면 더더욱 그러하지요."

"청이라 하셨습니까?"

남궁초운이 잠시 안색을 굳히더니 입을 열기 시작했다.

"보름 전, 남궁제 숙부가 북도의 칼로 인해 비명에 가셨습니다."

"나무아미타불, 나무아미타불!"

"숙부께서는 생전에 불심이 깊으셨지요. 그래서 비통하게 가신 숙부의 원혼을 달래 드리고자 소림에서 크게 법사를 일으킬까 합니다."

"가주께서 청하신다면 마땅히 응해 드려야 하겠지요. 나무아미타불."

이 얘기는 별로 어려울 것이 없었다. 이제부터 할 얘기가 진정 까다로운 것이었다.

"지금이야말로 북도를 잡기 위해 누군가는 일어서야 할 때라고 생각합니다."

"복수를 원하는 것입니까?"

원문의 물음에 남궁초운이 굳이 숨기려 하지 않았다.

"저뿐만 아니라 남궁세가 전체가 복수를 원합니다!"

"아미타불, 아미타불."

"복수를 원하지만 문제가 있습니다. 북도는 무당이 있는 호남성에서도, 북쪽 감숙성과 섬서성에서도, 저 남쪽 광동성에서도 출현했습니다. 중원 대륙 전체에서 신출귀몰하게 출

현하고 있다는 얘기지요. 안휘성 내에서라면 세가의 모든 역
량을 동원해 노력해 보겠지만…….."

안휘성 하나를 뒤지기에도 버거운데 남궁세가 홀로 천하
를 뒤질 수는 없었다.

"그래서 말인데 소림이 정파 전체를 위해 이번에 한번 크
게 나서주시겠습니까?"

"무림맹이 존재하는데 어찌 저희 소림더러 나서라 하시는
지요?"

"무림맹에는 큰 기대를 하지 않고 있습니다. 북도를 잡으
려 하기보다는 가짜 남검을 내세우려 하고, 이제는 남검을 세
우는 문제로 이전투구하고 있는 상황이니…….."

그 얘기에 원문이 길게 한숨을 내쉬었다. 부정하고 싶으나
부정할 수가 없었다.

"그럼, 남궁 가주께서는 소승이 어찌해 주기를 바라는 것
입니까?"

"소림은 정파 무림의 태산북두, 방장께서 북도를 강호의
공적으로 선포하는 무림첩을 돌려주십시오."

"그것이 무엇을 의미하는지 모르시지는 않을 테지요?"

남궁초운이 그 의미를 모를 리 없었다. 그가 바로 답했다.

"무림맹 체제의 붕괴겠지요."

무림맹이 엄연히 존재하는데 남궁세가와 소림이 손잡고 무
림첩을 돌린다면 그 순간 무림맹은 유명무실한 존재가 된다.

더욱이 다른 문파들이 무림첩에 동조한다면 그것은 곧 정파 내 또 다른 연합체의 탄생, 그것은 곧 무림맹의 붕괴로 이어진다.

"가주께서 무림맹 체제의 붕괴를 원한다고 생각하지는 않습니다. 가주께서는 혹 무림맹 체제를 붕괴시킬 수도 있다는 위협을 가해 무림맹이 움직이도록 하고 싶은 겁니까?"

"단순히 위협만 하려는 것이 아닙니다. 무림맹이 계속 이렇게 사분오열된 상태라면 남궁세가는 진실로 행동에 나설 것입니다."

남궁초운과 남궁세가의 단호한 결의가 절절히 느껴졌다. 남궁제의 죽음은 단순한 계기였을 뿐, 그동안에도 쌓여왔던 불만이 폭발하기 일보직전이었던 것이다.

'그리도 많은 불만이 쌓여 있던 것인가……. 무림맹 내에서 온건파에 속하는 남궁세가가 이렇다면 다른 문파들은 더 볼 것도 없겠구나.'

"북도에 대한 문제는 저희 소림 역시 준비하고 있던 차였습니다."

원문의 말에 남궁초운이 바로 물었다.

"어떤 준비를 하고 있는지 물어도 되겠습니까?"

"자세한 것은 밝힐 수 없으나 곧 움직임이 있을 것입니다."

"혹 성승께서……."

"그럴 수도 있겠지요. 하지만 소림은 그보다 더 강력하고, 확실한 패를 투입할까 합니다."

정파제일인인 성승보다 더 강력한 패? 소림에 그런 패가 있었던가? 전대의 소림 고승들이라도 한꺼번에 강호에 나온다는 것인가? 아니면, 소림에 성승 이상의 고수라도 있었단 말인가?

설마, 그럴 리가…….

그런 얘기는 결코 들어본 적이 없었다.

"방장께서 이 사람을 정말 궁금하게 만드시는군요. 하나, 이 사람은 무림첩이 더 효과적일 거라고 믿고 있습니다."

"이번에 쓸 패가 무림첩보다 더 강력했으면 강력했지, 약하지 않다 보고 있습니다. 이는 혜원 사숙의 생각이며, 혜원 사숙께서 직접 그리 말씀하셨습니다. 그리고 혜원 사숙께서 직접 남검을 찾아오겠다고까지 하셨습니다."

남궁초운이 깜짝 놀랐다.

"지금 남검이라고 하셨습니까?"

원공이 남검을 언급하자 남궁초운은 이제 조바심이 나 견딜 수가 없었다. 소림 장문 방장 원문이 어디 허언을 할 사람이던가? 확신하지 못하면 결코 저 말을 입에 담을 사람이 아니었다.

"남검에 대해 더 알 수는 없겠습니까?"

"혜원 사숙께서 이르시길 남검은 지금 북경에서 한참 뛰어다니고 있을 거라 하시더군요."

*　　　*　　　*

위사 선발 시험에도 참석하지 않은 세인은 지금 다급하게 뛰어가고 있었다. 그가 향하고 있는 곳은 왕부정대가에 있는 연청학의 저택이었다.

'너무 늦게 알았다. 황태자가 연 대인과 친분이 깊은 한 대인을 철저히 배제한 채 일을 진행시킬 것을 예상했어야 했는데……'

이미 연 대인에 대한 추포령이 내려진 상태였고, 연 대인의 식솔들 또한 모두 잡아들이라는 명이 내려와 있었다.

뒤늦게나마 이렇게 알게 된 것도 지난번에 깊은 연을 맺었던 제갈소린 천호가 목숨을 걸고 귀띔해 줬기 때문이었다.

최대한의 속도로 달려 순식간에 연청학의 저택에 당도했다.

'설마……'

정문이 박살나 있었다.

부서진 정문 사이로 세인이 걸어 들어갔다.

모든 것이 달라져 있었다. 화려하지는 않지만 단아하게 가꾸어져 있던 정원이 엉망으로 변해 있었다. 작은 폭풍이라도 휩쓸고 지나간 듯 정원수 몇 개가 부러져 있었고, 곳곳이 심하게 파여 있었다.

이해가 가지 않는 광경이었으나 그것을 따지고 있을 겨를이 없었다. 계속해서 달려갔다.

연청학이 평소 즐겨 찾았던 정자 인근은 마치 큰 싸움이라도 난 것처럼 난장판이었다.

"왜?"

있을 수 없는 광경이었다. 설사 군사들이 저택 안에 들이닥쳤다 해도 저택 안에 누가 있어 군사들과 싸움을 했단 말인가?

그 의문을 안고 가경의 처소로 향했다.

그곳으로 가는 길은 더욱 의문스러웠다. 곳곳에 난투의 흔적이 남아 있는 것은 물론 핏자국 또한 이곳저곳에 남아 있었다.

'부디 연 소저의 핏자국이 아니기를…….'

간절히 기원하며 가경의 처소 안으로 들어갔다. 이 저택 안에서도 여러 번 그녀를 본 적이 있지만, 처소까지 들어와 본 것은 처음이었다.

"이곳에서도 싸움이 일어났다……."

이제는 정말 이해할 수 없었다.

그는 가경의 처소를 미친 듯이 찾아 헤맸고 끝끝내 그곳에서 가경을 발견할 수 없었다. 연청학의 저택 전체를 훑고 돌아다녔으나 가경의 흔적은 발견할 수 없었다.

"연 소저……."

세인은 그 상태 그대로 바닥에 주저앉고 말았다.

* * *

자금성.

"동창은 대체 무엇 하는 곳인가?"

황태자는 격노해 있었고, 동창 제독태감 장필은 떨고 있었다.

"연청학 경을 반드시 잡아오라 하지 않았는가! 그대가 뭐라 장담했었지? 늙은 역적 하나를 잡는 것은 일도 아니라 하지 않았는가!"

"저, 전하, 죽여주시옵소서!"

오체투지하고 있는 장필이 이마를 바닥에 찧으며 사죄하고 있었다.

쉬익!

황태자가 검을 뽑더니 바닥에 부복하고 있는 장필의 뒷덜미를 향했다. 날카로운 검끝이 뒤룩뒤룩 살찐 장필의 목살을 조금씩 파고들어 갔다.

"필요하면 친형제도 벨 수 있는 나다. 비천한 환관 놈 하나 죽이지 못할 것 같으냐?"

"죽여주시옵소서!"

장필은 이미 생에 대한 미련을 버렸다. 이런 큰 실수를 범하고도 살아남기를 바라는 것은 무리였다.

곧 숨이 끊길 것이라 여겼는데 이놈의 목숨이란 것이 질긴 것인지, 아니면 다른 이유 때문인지 자신은 여전히 살아 있었다.

목 뒤를 파고들었던 검으로 인한 고통은 여전했지만, 더 이상 고통이 증가하지는 않았다.

"가라! 가서 어떻게든 역적을 잡아와라!"

용서를 한 것인지, 단지 죽음을 유보시킨 것인지 황태자는 장필을 죽이지 않았다.

쿵! 쿵! 쿵!

자신이 살아 있음을 느낀 장필은 바닥에 이마를 찧었다.

"전하, 기필코 늙은 역적을 잡아오겠나이다."

장필은 그렇게 재차 다짐한 후 바닥을 기어 황태자 앞에서 사라졌다.

그가 사라지자 직전까지도 분노에 몸서리를 치던 황태자의 얼굴이 돌변했다. 아무 일도 없었다는 듯 평온한 모습이었다.

"모든 것이 내 뜻대로 됐고, 앞으로도 그렇게 흘러갈 것이다. 모든 것이 차근차근 준비되고 있어."

황태자는 정말 큰 꿈을 꾸고 있었다.

진정한 황제가 될 셈이었다. 장성 안은 물론 장성 밖의 모든 땅까지 지배할 것이었다. 그리고 자유로운 강호 운운하며 황제의 권위에 도전하는 무림까지 완벽하게 지배하는 최초의 황제가 될 셈이었다.

"얼마 걸리지 않을 것이다……."

그런데 그는 알 수 없었다.

진정한 황제가 될 그의 앞길을 한 위사가 가로막게 될 것이라고는…….

『무영무쌍』 제3권에 계속…

Golden Key

박이수 소설

황금열쇠

「달의 아이」, 「붉은 소금성」의 작가 박이수.
그가 또 하나의 기대작 「황금열쇠」로 나타났다.

우연한 만남이란 단어는 그들에겐 존재하지 않았다.
얽혀 있는 사람들… 그리고 피할 수 없는 운명의 굴레!

뒤틀려 버린 운명의 주인공 세이엔 가이스카 리베 폰 라시에…
한순간 인생이 뒤바뀐 불운의 주인공 듀이 델쾨
그리고… 유일하게 그녀를 기억하는 단 한 사람 이샤무딘!

이제 운명의 주사위는 던져졌다.
엇갈린 운명 속에 모든 사건은 하나로 연결된다!
황금열쇠를 차지하기 위한 그들의 위험한 모험이 지금 시작된다.

유행이 아닌 자유추구 -
WWW.chungeoram.com

Book Publishing CHUNGEORAM

武士 廓優

참마도 新무협 판타지 소설

무사 곽우

『무정지로』,『십삼월무』,『화산진도』의
작가 참마도, 그가 돌아왔다!!

새롭게 시작되는 그의 네 번째 강호 이야기!!

"힘이 있는 자가 없는 자를 돕는 것입니다.
또한 힘이 없다면 돕기 위해 노력이라도 하는 것입니다.
그것이 진정한 협 아니겠습니까?"
"호오……."
송완은 다시 봤다는 듯 곽우를 바라보았고 담고위는
무슨 케케묵은 보물단지 보는 듯한 얼굴을 만들었다.
송완은 살짝 킥킥거리며 웃다가 이내 곽우에게 말했다.
"틀렸다. 협이란 무공이 높은 자의 중얼거림일 뿐이야.
무공이 낮은 자는 그저 그 협을 바라만 보고 있어야 하는 것이지.
그래서 세상은 협사가 널렸고 그 협사의 주변엔 구더기들이 들끓고 있는 거야."

강호라는 세상 속에서 지금 한 사람이 그 눈을 뜨려 한다.
한 자루의 부러진 검과 함께 곽우라는 이름을 가지고……

유행이 아닌 자유추구 -
WWW.chungeoram.com

Book Publishing CHUNGEORAM

운룡쟁천

雲龍爭天

조돈형 新무협 판타지 소설

팔룡전설을 아는가?

북녘 하늘을 밝히는 별의 정기를 받고 태어난 여덟 명의 기재가
한 시대에 나타나리니, 그들의 눈은 삼라만상(森羅萬象)을 살피고
지혜는 하늘에 닿고 웅심은 천하를 덮을 것이다.
그들이 화합을 한다면 더없이 평온한 세상을 이룰 것이나,
만약 그렇지 않다면 피의 광풍이 온 천하를 휩쓸 것이다.

혼란의 시대!! 모략과 음모가 극에 다다른 혼돈의 강호무림!!

이때 하늘이 안배해 놓은 이가 있었으니, 그의 이름 도극성이라……!!
도극성!! 그가 무림에 다시 모습을 드러내는 날,
팔룡전설은 그로 인해 깨질 것이고 새로운 전설이 탄생할 것이다!!

유행이 아닌 자유추구 -
WWW.chungeoram.com
Book Publishing CHUNGEORAM

임희정 소설

조디학클리

그러던 어느 날, 그에게 그 '능력' 이 찾아왔다.
조금은, 아름답지 않은 모습으로.

신의 뜻, 그것 외엔 없었다.
신의 영역, 시대의 금기를 깨는 그들의 불꽃같은 삶!

막연히 의사가 되기 위한 삶을 살아왔던 세요 폰 어뷔니트.
인간을 살리기 위해 의사가 되어야만 했던 웨인 파예트.

잔혹한 과거, 어긋난 현재.
그리고 우연히 찾아온 신비로운 능력!
보통 사람들과 다른 존재가 아니라는 것에 대한 증명.

The health of my patient
will be my first consideration

유행이 이년 자유추구 —
WWW.chungeoram.com
Book Publishing CHUNGEORAM